Violaine Huisman

Rose désert

Gallimard

Violaine Huisman est née en 1979. Elle vit depuis vingt ans à New York où elle organise des festivals et des événements littéraires. Elle a aussi effectué plusieurs traductions de l'américain aux Éditions Allia, dont *Un crime parfait* de David Grann et *La haine de la poésie* de Ben Lerner. Elle est l'autrice de deux romans, *Fugitive parce que reine* (prix du roman *Marie Claire* 2018, prix Françoise Sagan 2018) et *Rose désert*.

I

Y a rien qui bouge. C'est-à-dire, rien qui bouge ? Bah, je peux pas te dire mieux, y a rien qui bouge ! Ah oui, je fais mine de comprendre, un regard entendu esquissé au-dessus de ma tasse de café infect. La répétition n'ayant rien élucidé, je renonce au sens pour préserver l'instant.

Je parle français pourtant, je connais des tas d'expressions populaires, je me trouve même assez calée en dictons. Mais qu'est-ce que ça veut dire *rien qui bouge* ? A posteriori, comme je tente de discerner ce qui m'échappe dans cette déclaration banale, je vois se dresser entre son énoncé et mon interprétation une allusion sexuelle dont l'obscénité fait barrage.

On se dit tu ! annonce-t-il. J'ai la sensation d'être bousculée dans ma langue. J'ai toujours eu du mal à tutoyer les gens spontanément. Surtout quand ils ont, comme lui, plus du double de mon âge. Le triple, ai-je d'abord pensé, avant de me souvenir que je m'approche dangereusement de la trentaine. Raison de plus pour exiger un minimum de respect. Mais soit, on se dit tu.

Qu'est-ce que tu fous là, toi ? Je visite. Tu visites ? Tu visites quoi ? Y a rien à voir ici ! Et tu viens d'où comme ça ? Je lui réponds que j'arrive du Maroc, mais je viens de New York, enfin de France à l'origine, mais c'est là que je vis, à Brooklyn précisément, enfin j'ai fait la route depuis Marrakech jusqu'à Nouakchott, où nous sommes, mais là je l'ai perdu, ces détails sont à la fois beaucoup trop précis et pas du tout clairs, et tandis qu'il m'inspecte d'un œil méfiant, je suis presque soulagée de l'entendre interrompre mon bafouillage à demi cohérent pour ajouter : Et t'es avec qui ? Personne. Je veux dire, euh, personne sur place. À ce stade de la conversation je rougis.

Il est dégueulasse ce café, non ? Ouais, de la pisse de chat. Lui est à la bière. Il est neuf heures du matin. Le seul endroit où boire un café correct ici, affirme-t-il, c'est La Palmeraie. Je constate, troublée, que son attention se déplace sur mon corps. Je fais de mon mieux pour ignorer l'afflux de tension entre nos tabourets, rester impassible en dépit du tangage du mien, le talon calé contre le repose-pied. D'un air dégagé, mâchouillant discrètement l'intérieur de ma joue droite, un tic dont j'essaie de me débarrasser depuis quelques semaines, je répète niaisement : La Palmeraie ? Ouais, La Palmeraie. Je t'emmène ? J'hésite à lui rétorquer que j'ai des projets, je suis soucieuse de paraître occupée, entourée, mais je m'entends répondre oui, OK, avec plaisir. Alors on y va? conclut-il, sifflant sa bière cul sec. D'accord. Je passe prendre mon sac et j'arrive.

En remontant l'escalier orné de bougainvilliers desséchés qui mène du patio extérieur de l'hôtel à ma chambre, je me mets à interroger mon comportement, une réflexion labyrinthique dans laquelle je me suis égarée plus d'une fois récemment. Comment vais-je encore me laisser embarquer à La Palmeraie par un inconnu qui picole dès le matin? Bon, si La Palmeraie sert le meilleur café de la ville, ou plutôt le seul potable, ce n'est probablement pas là que je cours les pires dangers. Néanmoins, pourquoi me laisser embarquer, la question demeure. Elle reste ainsi suspendue dans l'opaque nébuleuse de ce périple, dont la raison d'être ne cesse de s'obscurcir au fil des jours et des escales, une véritable énigme – pourquoi avoir entrepris de traverser le Sahara en plein été, sans plan, sans guide, sans programme? – que je n'éluciderai sûrement pas à La Palmeraie. Je range mon passeport et mes liasses d'ouguiyas dans la poche intérieure de mon sac en cuir jaune, assorti à mon chapeau d'homme en paille tressée, un Stetson, acheté juste avant mon départ, lequel a fait dire à ma sœur : Waouh, j'adore le look *Out of Africa*!, alors que je pensais ressembler à la fille sur le Mékong. Au moment de refermer la porte de ma chambre, la bandoulière de ma besace dans le pli du coude, j'hésite. Je n'arrive pas à décider si mon passeport et l'argent seraient plus en sécurité sur moi. Non, allez si. Non. Je les cache au fond de mon sac de voyage, sous un amas de petites culottes d'une propreté douteuse.

Il n'est plus au bar. Une pointe de déception me serre la poitrine. Je me reproche aussitôt de m'être déjà attachée à ce type à moitié chelou. Je le retrouve à la réception, soulagée, puis inquiète, mon Stetson légèrement incliné sur le front, j'allume une cigarette et lui tends le paquet ouvert. J'ai ce qu'il me faut, répond-il, me toisant. Je continue de faire celle qui ne remarque pas – mâchouille ma joue – et, mi-altière mi-farouche, lui lance : *Let's go ? Yes*, mademoiselle.

Les rues n'ont pas de trottoirs à Nouakchott, seul le nivellement du sable délimite la chaussée. Un sédiment de coquillages crisse sous les pas, évoquant à la fois l'origine lacustre de cette terre et l'océan qu'elle jouxte. Sa nacre rend le sol aussi aveuglant que le ciel. Les yeux plissés sous ma main en visière, je le vois faire le tour d'une Mercedes flambant neuve, rutilante malgré le film de poussière qui la recouvre. On y va en voiture ? c'est loin ? Parce que t'as l'intention de faire une randonnée dans ce cagnard ? Je hausse les épaules, je trouve la chaleur supportable, moi, dis-je, fanfaronne. La portière est brûlante. Le siège me crame les fesses, je me contorsionne en m'asseyant pour décoller mon pantalon de mes cuisses déjà humides de sueur. J'écrase mon mégot dans le cendrier immaculé, ce à quoi il répond dans le rétroviseur : Je t'en prie, fais comme chez toi !

Nouakchott, place des vents, déplie ses dunes au gré des brises ou des tempêtes. Sous la bourrasque, le village de pêcheurs disparaît, la capitale se dissimule derrière un rideau de paillettes. Les résidents appellent l'avenue principale les Champs-Élysées, et tandis que je regarde défiler les palmiers qui jalonnent l'une des seules routes goudronnées de la ville, les platanes de mon enfance s'y entremêlent virtuellement. Les frontières de la Mauritanie semblent plus arbitraires encore que n'importe où ailleurs. Le désert signale à chaque carrefour combien la nature n'a que faire des caprices politiques, la cartographie urbaine partout ensevelie sous un erg. Je suis reconnaissante de ce moment de silence, agréablement climatisé. En sortant de la voiture, la sécheresse de l'air m'asphyxie, la tête me tourne. Pourquoi suis-je ici, déjà ?

La Palmeraie est telle qu'on l'imagine : un bâtiment en torchis relativement simple à l'intérieur duquel des dalles de marbre présentent un contraste élégant, avec une clientèle couverte de dorures. Nous nous installons à une table que lui choisit, sur laquelle il jette ses clés de voiture à grand bruit. Un serveur accourt. Il commande pour moi : Un café – avec du lait ? non, sans lait – un café noir, et un croissant ? Et un croissant, pour la demoiselle. À une table voisine, un homme le salue. Hé, Serge ! Tu t'appelles Serge ? Question idiote. Oui, je m'appelle Serge, pourquoi, ça te dérange, Géraldine ? Je ne m'appelle pas Géraldine, mais Violaine, et non ça ne me dérange pas, ça me surprend, c'est tout. OK, Géraldine, je vais dire bonjour, pour le business. Je hoche la tête, les sourcils levés. Je rappelle le serveur pour lui demander un journal. J'aurais préféré faire semblant de consulter mes messages, mais mon téléphone fonctionne par intermittence ; je n'en ai pas loué un sur place, bien qu'on me l'ait recommandé vingt fois. Je romps la pointe du croissant, et le peu de miettes qui en tombent me prépare au goût lyophilisé qui me parvient au palais. Un arôme rance me monte aux narines. Je ne comprends rigoureusement rien aux nouvelles locales. L'année a commencé avec le bouleversement du paysage politique, suite aux résultats des élections législatives et municipales, dont l'opposition a obtenu qu'elles précèdent le scrutin présidentiel, et qui ont confirmé un fort désir de changement. Encore faudrait-il avoir un minimum de connaissances sur le régime précédent. J'aurais dû m'y intéresser, mais j'ai accumulé trop de retard. Au point où j'en suis, à quoi bon. Et puis quiconque pourrait m'instruire me renverrait aussitôt à la honte de mon ignorance, à l'imprudence de ma légèreté. À mon inconséquence. Oui, c'est le mot. Inconséquence.

Le café n'est pas mauvais. Il a une saveur occidentale comme le parfum des femmes blanches, tête nue et bras découverts, qui mondanisent parmi les hommes. Serge discute avec un groupe de types dont le rire graveleux, les lunettes de soleil et les muscles indiquent un corps de métier que je n'aurais jamais observé d'aussi près si je n'étais si loin de chez moi. Chargés de la sécurité sur des chantiers de forage pétrolier, à la frontière de l'Algérie et du Mali. C'est pas dangereux par là-bas ? À ton avis, bibi ? Je n'étais pas vraiment au courant du conflit au Sahara occidental avant de traverser la région en autocar. L'ampleur des problèmes de terrorisme dans cette zone du pays n'est pas non plus notoire, si ? Il abaisse ses lunettes fumées avec une emphase théâtrale, et je remarque tout à coup ses yeux bleu-vert, lesquels, entre ses pattes-d'oie, sa peau burinée et sa barbe de trois jours, ressemblent aux lagunes de Dakhla. Géraldine, tu vas devoir m'expliquer ce que tu fous ici. Parce que j'ai comme l'impression que tu me prends pour un con.

De retour dans la Mercedes, le trajet est plus long et le silence ouaté. Des déchets de toutes sortes s'amoncellent sur les bas-côtés, des bouteilles en verre ou en plastique, des boîtes de conserve, des cadavres de bêtes, des cartons. Je me souviens qu'un ami d'amis vit à Nouakchott depuis plusieurs années et travaille pour une ONG qui a pour mission d'assainir la ville. La phrase stratégie de gestion durable d'ordures ménagères me revient en mémoire, et projet pilote, et émergence de structures communautaires. D'une voiture stationnée, un homme jette son Fanta par la portière ouverte. Je me demande pourquoi je n'ai pas appelé cette personne, elle aurait pu au moins m'indiquer La Palmeraie. Cette pensée me traverse comme un courant d'air. Suis-je toujours aussi loquace ou c'est seulement les jours de fête nationale que je fais une gueule d'enterrement? J'avais oublié qu'on était le 14 juillet. Géraldine, on se connaît pas, mais je crois bien que tu files un mauvais coton, ma cocotte... T'es où, là? Ailleurs. À ma décharge, je n'ai pas vu beaucoup de défilés ou de cocardes dans les parages. Attends ce soir, me dit-il. Tu verras, c'est pas le folklore qui manque ici.

Il se gare devant une plage jonchée de pirogues multicolores aux allures de lampions de carnaval. Une brume de chaleur s'élève du sable. Au milieu des embruns, la mer luit comme un mirage. Cette lumière est inouïe, diluvienne. Une odeur de poisson pourri me saisit à la gorge. Je chancelle, ou c'est le sol qui s'affaisse. Il me rattrape au vol. Je m'agrippe à sa chemise; la moiteur du tissu s'épanche dans le creux de ma paume. Hé ho, tu vas quand même pas tourner de l'œil? Non, je me suis juste tordu la cheville. T'as pas d'autres groles que celles-là? C'est quoi ces godasses? Tu te crois à Saint-Trop'! J'allume une cigarette, et recrache la fumée par-dessus mon épaule gauche, en rajustant la bride de ma sandale. La vapeur d'iode rend l'atmosphère plus aride. Le sel oblitère toute humidité, même les poissons à peine sortis de l'eau cessent de suinter, la moire de leurs écailles immédiatement mate, comme dépolie par la sécheresse. Je dois avouer qu'elles ne sont pas commodes, ces chaussures, à chaque pas je peine à dégager mes pieds du sable. La marche est une lutte perpétuelle contre l'enlisement. Le panorama m'apparaît de biais, derrière le papillotement involontaire de mes cils – l'ardeur de ce soleil impose la prosternation, les paupières implorantes.

Grand, va me chercher une autre Gazelle ! T'as pas un peu peur que ça te tape sur la tête, la bière par ce temps ? Il ne me répond pas. Le regard lointain, pensif ou sceptique, je ne saurais dire. Nous sommes à l'ombre, sous l'auvent d'un gargotier qui nous a servi une friture de mangetout – des petits poissons qui se pêchent par bancs entiers, et sous l'onde translucide ressemblent à des cuillères en argent. Tu crois que je pourrais avoir un thé ? Je demande à Serge avec circonspection, consciente que le rituel possède ses heures et ses principes, que peut-être il serait malvenu, voire inconvenant de commander un thé comme ça n'importe comment. Il ne répond toujours pas. Le serveur revient avec sa bière, La Gazelle, la marque sénégalaise vendue sur tout le littoral occidental. Et les enfants ? Ça va les enfants ? Et ta femme, ça va mieux depuis son opération ? Oui, *Alhamdulillah*, elle est guérie, grâce à Dieu. Ouais, enfin, grâce au patron de l'hôpital européen surtout ! Grand, tu me dis pour les médicaments, déconne pas, hein ? Parce que je vais pas m'amuser à rappeler l'hosto tous les matins. Hé, dis-moi, Géraldine ici aimerait prendre le thé.

⋆

Il existe un proverbe qui compare le thé à la vie. Les détails de l'analogie ne me reviennent pas, tandis que mes papilles ravivent le goût âpre et sucré de ce que les Sénégalais appellent le whisky mauritanien. Je revois à travers le verre blanc le breuvage couleur de datte sèche. J'ai fait ce voyage il y a plus de dix ans. Je n'en ai gardé aucune trace – pas une note, pas une photo. Je l'ai reconstruit à partir du vacillement de la mémoire. Cette histoire se déroule quelques mois avant que quatre touristes français préparant un pique-nique sur un bord d'autoroute se fassent assassiner sans raison apparente, un crime qualifié de crapuleux par les autorités, adjectif que j'ai retenu pour son incongruité, un fait divers dont la lecture m'a stupéfiée, à la manière d'un piano qui tombe d'une fenêtre et vous frôle l'épaule sur le trottoir. Il s'agit de l'année qui a précédé aux États-Unis l'élection de Barack Obama. Cet été 2007, des slogans promettaient un avenir plein de changements, un horizon de toutes les couleurs réunies, un ciel cobalt comme notre parti, et je ne m'explique pas ce que je faisais à Nouakchott, mais voilà, j'y étais.

Par où commencer? Il y a eu le passage à Washington, afin d'obtenir un visa pour la Mauritanie. L'ambassade insolite dans le quartier ultrachic de Georgetown, la seule de la rue dont le portail était grand ouvert, pas un employé en vue, sauf enfin au premier étage de l'hôtel particulier, un homme affairé à classer des papiers, isolé derrière un grand bureau au faste suranné, entre les décombres de la réfection du bâtiment. Vous allez faire quoi en Mauritanie? Elle est où votre lettre d'invitation? J'avais oublié la lettre d'invitation. Ou plutôt, j'avais imaginé que mon formulaire téléchargeable dûment complété, la preuve de mes finances, le mandat compte et ma détermination suffiraient à rendre cette paperasse superflue. Devant l'air intraitable du monsieur, je me suis lancée dans une explication abracadabrante, une mission sur la littérature francophone en Afrique, un projet inventé de toutes pièces, j'ai fait valoir que j'étais venue exprès de New York pour la journée, que j'avais déjà mon billet, que j'avais impérativement besoin de ce visa dans les meilleurs délais. J'ai eu raison de l'employé d'ambassade qui déjà m'avertissait sur les risques de mon inconséquence, et je suis repartie visa en poche. M'apprêtant à dîner avec mon ex-future éventuelle belle-famille, c'est-à-dire la sœur et les parents de l'homme avec qui j'espérais tant passer le reste de mes jours, avant que nous ne nous quittions pour la troisième fois.

Était-ce donc lui, ou cette relation calamiteuse, qui m'avait envoyée écoper mon cœur noyé de larmes sur les rives du Sahara occidental ? L'amour est-il justiciable de nos pires fourvoiements ? Sans doute. Sa famille m'a accueillie avec un sourire contrit, ils étaient gênés et pourtant heureux de me voir m'essuyer les pieds sur le paillasson de leur pavillon, avant de poser mes chaussures, selon les habitudes de la maison, sur le tapis de bain à l'intérieur pour protéger l'épaisse moquette gris perle, puis à tour de rôle ils m'ont assurée de toute l'estime et l'affection qu'ils me portaient. Essayaient-ils encore une fois de me redonner espoir, de m'encourager à faire un dernier effort pour lui pardonner son indécision, ses infidélités, nos scènes de séparation qui se terminaient invariablement en ébats hystériques, nos corps fracassés l'un contre l'autre comme un radeau sur un récif? M'incitaient-ils à l'attendre encore, lui avaient-ils parlé, lui avaient-ils même dit que je venais dîner? Peu importe, c'est trop tard de toute manière, c'est trop tard, je n'y retournerai plus, je m'efforçais de croire, j'étais venue faire mes adieux à ses parents. Je m'étais convaincue que je leur devais cette visite, pour la bienveillance qu'ils m'avaient témoignée, pour tout ce que nous avions partagé, les réveillons de Noël, ce dernier Thanksgiving, l'anniversaire de sa sœur, que nous évoquions en riant toutes les deux au dessert. Tu te souviens? Comment aurait-elle pu oublier, la fête impromptue que nous lui avions préparée, son frère et moi, pour ses trente ans, quand, au dernier moment, ses plans avaient capoté? Tu te souviens de cette absurde marmite de moules? Nous avions deux heures devant nous pour préparer à dîner pour quinze, dans mon minuscule appartement de Williamsburg, la chambre à coucher un couloir entre le salon et la cuisine, la cuisine un évier et une gazinière au milieu de la salle de bains. J'ai une idée! avais-je déclaré sur un ton triomphant. On va à Chinatown, on achète un énorme faitout, six kilos de moules et le tour est joué! Chérie, *you're* un génie, m'avait-il répondu, mon amoureux soudain presque transi, mon amant perdu, le frère de cette jeune femme qui riait maintenant aux larmes en face de moi, avant de se mettre à pleurer pour de vrai en me serrant la main sur la table en cerisier : Dans mon cœur, tu sais, tu seras toujours ma belle-sœur. Voilà qui me fait une belle jambe, aurais-je peut-être dû lui répondre, mais je n'ai rien dit, je me suis mise à chialer moi aussi. Et puis je me suis levée brusquement, je suis allée me passer de l'eau sur le visage, j'ai tenté en vain de dissuader son père de m'accompagner à la gare, je me suis remise à pleurer en embrassant sa grosse barbe grise comme la moquette, et je me suis répété tout le long des trois heures et demie de train qui me ramenaient à Penn Station qu'il fallait vraiment que ce soit fini cette fois, je ne pouvais pas continuer comme ça.

L'éloignement ne peut être qu'une saine idée, ai-je pensé, alors que je passais mes journées à marcher de mon appartement jusqu'à l'East River, en boucle, une trajectoire circulaire communément appelée tourner en rond, essayant désespérément de m'aérer l'esprit, quand j'hallucinais sa silhouette en permanence sur le trottoir d'en face. Je n'allais plus nulle part, dans aucune soirée, dans aucun des bars où j'aurais pu me distraire si seulement sa présence ne m'y avait paru inévitable. Me priver de sortie me donnait l'illusion que je choisissais de ne pas le voir. Mon autoséquestration une prise de position vindicative, un coup d'épée dans l'eau – une parade avec laquelle je ne trompais personne hormis moi-même. Derrière la fenêtre de ma cuisine-salle de bains, je fumais des cigarettes, assise sur l'escalier de service, le fameux *fire escape* des comédies romantiques, depuis lequel j'admirais les tiges encore glabres du rosier de la cour. Il y avait eu tant de neige cet hiver-là qu'en ce mois d'avril la nature était encore engourdie de gel. Je m'étais remise à fumer depuis cette dernière rupture, c'était déjà ça. J'avais arrêté quelques mois auparavant, accédant à sa demande insistante : Chérie, ça pue ; chérie, tu te détruis la santé ; chérie, vraiment regarde ton teint, est-ce que tu te rends compte comme tu serais belle si tu ne fumais pas tant ? En abandonnant cette manie qui, plus qu'une assuétude, suppléait à l'incomplétude de mon être, j'avais raisonné qu'arrêter signifiait au moins qu'en cas d'apocalypse je pourrais toujours reprendre pour me remonter le moral. L'attrait n'était pas des moindres. Non, ce n'était pas rien, avais-je eu le loisir de confirmer, alors qu'inspirer la fumée dégueulasse de mes cigarettes ultraslim retrouvées au fond d'un tiroir – derrière un chargeur de portable hors d'usage, des crayons sans mine, des cartes à jouer orphelines, des blocs-notes éventrés – me redonnait, le temps que les cendres refroidissent, a minima le goût de vivre.

Cependant, tandis que je me remémore distinctement mon désarroi, la peine immense que m'avait causée le deuil de cet amour, il se mélange aujourd'hui à la douleur inqualifiable que j'ai ressentie, deux ans après, lorsque maman s'est suicidée dans son appartement parisien, où elle s'était rapatriée de Dakar pour mourir. Elle avait refait sa vie au Sénégal quand j'ai entrepris ce voyage. J'avais débuté mon périple au Maroc, où ma sœur fêtait ses trente ans en grande pompe, avec un de ses amis d'enfance qui avait, en plus d'un penchant pour la débauche, une inclination à l'exprimer dans des contextes improbables. J'avais accepté de la rejoindre, tout en trouvant le concept d'une bacchanale alcoolisée entre Français à Marrakech d'un goût douteux, ce qu'elle me concédait volontiers, mais bon, si ça lui fait plaisir, disait-elle pour excuser son camarade. J'en avais conçu en contrepartie ce projet hasardeux : depuis Marrakech, j'irais à Dakar avec les moyens du bord. Je ne pouvais même pas prétendre que cette expédition avait pour but de retrouver maman, puisqu'elle s'était absentée, comme à son habitude l'été ; l'hivernage aggravait ses nombreux maux, ses hanches détraquées, entre autres. Maman se réjouissait néanmoins que je rencontre l'homme avec qui elle habitait, son compagnon sénégalais. Elle l'avait chargé de venir me chercher à Saint-Louis, juste au-delà de la frontière de la Mauritanie. Je n'avais qu'à l'appeler la veille si je n'avais pas de date précise à lui communiquer, il s'en ferait une joie, tu penses, c'est très facile. Ces anecdotes – le terme semble impropre, et pourtant comment décrire les événements qui encadrent le suicide de sa mère ? Comment évoquer ce drame sans rendre tout incident antérieur trivial, indigne d'être raconté ? – n'expliquent pas pourquoi j'ai choisi de traverser le Sahara, ce que maman était la seule à juger formidable : Quelle aventure formidable, ma chérie, formidable ! Seulement, maintenant ce parcours m'apparaît comme une répétition générale de la perte.

Le soir de notre première rupture, mon amoureux m'attendait à la maison, il avait un double de mes clés. J'ai grimpé l'escalier le cœur bondissant, si heureuse de le retrouver chez moi, presque chez nous. C'était un soir de pleine lune, je l'avais remarqué en tournant le coin de la rue vers mon immeuble et, la confondant un instant avec un lampadaire, j'avais pensé à l'expression *prendre des vessies pour des lanternes*, je m'étais demandé s'il fallait y lire un présage, je m'en étais inquiétée, puis je m'étais rassurée en me disant que j'avais décidément des idées farfelues. Il faisait le guet derrière la porte. Je n'ai pas eu le temps de poser mon sac, il s'est mis à aboyer d'une voix tonitruante qu'il n'était pas mon clébard, que je le traitais comme un putain de clebs, est-ce que tu te rends compte que je t'attends comme un toutou ? Que je suis là dans ta cuisine à t'attendre ? Que tu me traites comme un chien ? Je n'ai pas compris immédiatement de quoi il retournait, puisqu'il savait que je sortais, je n'étais pas tellement en retard et nous étions d'accord, je ne comprends pas, ai-je répété, compulsivement, follement, le sang figé, je ne comprends pas, mon amour, que se passe-t-il ? La suite ne m'a pas éclairée davantage.

Il me parlait en anglais, nous nous parlions en anglais, hormis lorsqu'il voulait me séduire et il me récitait alors des poèmes de Baudelaire dans le texte ou m'affublait de surnoms amoureux : Grenouille. Bichette. Biquette. Blanquette, comme la chèvre de Monsieur Seguin. Chérie. Pas ma chérie, ni mon chéri, juste *chérie*, qu'il prononçait, avec son accent, d'une diphtongue mouillée au milieu des voyelles, mon corps l'enregistrant malgré moi, l'imitant, si bien qu'il m'appelait également, preuve à l'appui, mon petit puits, ma fontaine – Chérie, tu dégoulines ! Oui. J'en convenais des yeux. Muettement consternée. J'en étais catastrophée.

Un parfum entêtant de soufre se dégageait de sa peau ; son contact me rendait combustible. J'aurais voulu brûler vive une fois pour toutes et cesser de me consumer à petit feu. Ce désir indomptable que j'avais de lui immolait en moi toute raison, toute pudeur. Je devais le supplier de ne pas me toucher le bras en public pour ne pas avoir à me débattre, *in petto*, contre l'envie fiévreuse de me déshabiller sur-le-champ. Je me le serais volontiers coupé, ce bras, pourvu qu'il me fasse l'amour encore une fois, juste une dernière fois, sur la banquette arrière d'un taxi, contre un orme à Central Park, dans l'exiguïté puante et chaotique des chiottes d'un train en marche, derrière l'arche du pont de Brooklyn, dans sa chambre d'adolescent, en équilibre sur un balcon au dix-neuvième étage, sous des étoiles brouillées par les gratte-ciel, par terre – carrelage ou graviers, qu'importe –, de préférence à la lumière du jour, à défaut à celle d'un plafonnier, à bout de souffle. Et de fait, quand il m'avait balancé qu'il n'était pas mon clébard, que ce n'était pas possible cette relation, que non, il ne m'aimait pas, qu'il ne voulait pas s'engager, qu'il ne souhaitait en aucun cas s'enfermer dans une relation exclusive, que l'idée même du couple lui faisait horreur, quand je l'avais supplié de ne pas décider sous le coup de la colère, de réfléchir, de ne pas s'énerver, et qu'il avait répondu qu'il était très calme, que sa décision était mûrement pesée, qu'il avait attendu le bon moment pour m'en parler, et voilà il s'était enfin présenté, c'était fini, il ne viendrait pas s'installer chez moi comme je l'espérais sans pour autant le lui avoir demandé, il ne serait pas mon amoureux, ou mon petit ami, encore moins mon fiancé et a fortiori mon mari, quand il m'avait décliné les maintes façons dont il refusait de s'engager auprès de moi, il pouvait encore glisser ses doigts dans ma culotte et me faire jouir en une poignée de secondes, me culbuter contre l'évier et m'écouter gémir plus fort, me traîner jusqu'au lit sur les genoux, son sexe dans ma bouche, me posséder jusqu'à l'aube, et m'embrasser sur le front une fois rhabillé, essuyer la rigole de larmes sous mes yeux cernés de son pouce droit – Chérie, ne pleure pas, c'est mieux comme ça, je te jure – et passer sa main gauche sous les draps, et me trouver trempée, béante. Je me suis collée contre le mur en entendant le parquet grincer devant la porte, le couinement du chambranle, le fracas du pêne, puis le diminuendo de ses pas, un oreiller entre les cuisses, asphyxiée par l'odeur de notre sueur mêlée au caoutchouc des préservatifs, j'ai senti mes sanglots piquer mes pommettes limées par l'émeri de ses joues, j'ai essayé de dormir mais je n'y suis pas parvenue, alors je me suis levée. En voyant ma mine de déterrée dans le miroir taché de postillons de dentifrice au-dessus des toilettes, j'aurais aimé avoir des somnifères, mais comme j'avais grandi dans une maison à la pharmacie suicidaire, je n'avais qu'un tube d'aspirine effervescente, des gélules homéopathiques et un flacon de Rescue, dont j'ai dévissé le capuchon et avalé le contenu. J'ai dû téléphoner à mon patron de l'époque, qui à cette heure matinale n'était sûrement pas au bureau, et je suis passée devant le bahut de la cuisine sur lequel j'ai trouvé son jeu de clés à côté d'un post-it, avec écrit au crayon *xo* – voulant dire *hugs and kisses*, câlins et baisers, ou par litote, je t'aime, ou par euphémisme, oui je te prends bien pour une conne, chérie – signé de son nom. Je l'ai gardé en guise de pense-bête ; pour autant, je ne suis pas devenue moins idiote. Sur le moment, il me semble que je ne l'ai pas pris avec beaucoup d'humour. J'ai le souvenir d'avoir hurlé de douleur et de m'être effondrée sur le sol glacé, avant de sombrer d'épuisement dans un sommeil profond.

J'ai effacé son contact de mon téléphone, mais je connaissais son numéro par cœur. J'ai hésité cent fois à vider la poubelle de ma boîte mail, où j'avais transféré l'intégralité de notre correspondance : je finissais par passer des heures à relire ses messages. Je me suis félicitée de n'avoir jamais participé à aucun réseau social, dont même le champ sémantique m'est étranger : avec quel mot se débarrasse-t-on de ses anciens amis ou amants ? À quel genre de supplice se soumet-on à travers les images ou les récits de son entourage commun ? Au secours.

Mais ça, me disais-je alors, trois ans plus tard, c'était de l'histoire ancienne. J'avais mûri depuis.

À l'époque, j'avais cumulé égarement et humiliation, je m'étais jetée à corps perdu dans l'alcool et le libertinage, jusqu'au dégoût. Il y avait eu cette soirée organisée par un ami commun, où j'avais hésité à aller, redoutant de le trouver au bras d'une autre, convaincue que ce serait le cas. Je m'étais décidée après d'interminables atermoiements, aidée d'une rasade de grappa, une paire de sandales à talons fuchsia et ma robe en crêpe d'un blanc ultrabright. Je savais qu'il me préférait en blanc. Il me l'avait dit à de nombreuses reprises, il aimait son contraste avec mon teint olivâtre, cette expression vestimentaire de la candeur, une façon de prétendre à la chasteté. En enfilant ma robe, j'ai repensé au seul séjour que nous avions passé dans un hôtel un peu chic – à Cracovie, de toutes les villes européennes où nous aurions pu aller, moi qui avais grandi à Paris. Quand il m'avait vue drapée dans un peignoir orné du monogramme de l'hôtel – une rose rouge au liseré d'or – il s'était ébahi de ma beauté, regrettant que je ne puisse porter que ça, et prosterné devant le fauteuil où je m'étais affalée, il avait fait coulisser la ceinture en tissu-éponge pour lier mes poignets dans mon dos, les pans du peignoir lestement écartés, son visage enfoui entre mes cuisses. Dévalant brusquement la pente accidentée des souvenirs, je me suis remémoré ce Noël, quand, assise le plus droite possible dans les coussins trop mous du canapé à fleurs du salon familial, entre les exhalaisons de dinde aux canneberges et le clignotement des décorations lumineuses derrière la fenêtre, j'ai découvert en déballant mon cadeau une sortie-de-bain couleur crème ; je l'ai regardée avec émoi, paralysée de honte, les exclamations joyeuses de ses parents me parvenant en sourdine, prise dans les rets du désir avec une ardeur intempestive. Je l'ai supplié le plus discrètement possible de faire quelque chose pour me libérer, de me sortir de là, par pitié – comme c'est charmant, je les entendais s'esclaffer, je pourrais l'essayer par-dessus mes habits si je voulais –, il a observé mon effarement, l'indécence de mes pensées, et affichant un sourire insolent, il a renchéri : Violaine, tu es rouge écarlate ! Je l'ai entraperçu à cette soirée au troisième verre de ti-punch, dans cette robe aux associations si flagrantes que, même en prétendant avoir tout oublié de notre amour, il ne pouvait pas ne pas y lire un message subliminal. Il m'a esquivée ; je n'ai pas su s'il avait remarqué ma tenue. J'étais en pleine conversation avec un de ses amis, un romancier au visage séraphique dont il avait souvent convoité les conquêtes – avant toi, chérie, avant ! J'ai redoublé d'intérêt pour le discours de ce jeune homme dont j'avais souvent dit qu'on exagérait beaucoup le physique et le talent, nous nous sommes mis à danser avec enthousiasme, sur une chanson de Prince, peut-être, le garçon m'a chuchoté quelque chose dans le cou, sur mes cuisses le crêpe est devenu adhésif, les mouvements de nos bassins ont gagné en hardiesse, nous nous sommes embrassés à pleine bouche, et nous sommes montés dans un taxi depuis lequel j'ai vu ses yeux nous suivre, je me rappelle qu'il nous a vus partir ensemble, c'était le but escompté.

Lui. Lui inventer un nom me paraît ridicule, artificiel, emprunté. Lui rendre le sien, déloyal voire perfide. Quant aux nécessités de la fiction, le nombre de syllabes importe pour des raisons prosodiques ; la vraisemblance requiert une cohérence sociale et géographique. J'ai essayé une soixantaine de variations dont aucune ne m'a plu. Je m'en tiendrai à *lui*.

J'ai donc ramené cet écrivain chez moi, mais alors qu'il se campait gaiement en moi, j'ai senti les mâchoires d'un piège se refermer sur ma chair, aux prises avec une détresse écrasante. Entre les secousses du coït, j'ai tenté d'échapper au désespoir en succombant à l'orgueil, et d'une voix sèche je lui ai demandé s'il avait remarqué que je ne prenais aucun plaisir à ce qu'il était en train de faire. Il s'est retiré tout doucement, et, appuyé sur un coude, caressant les sinuosités de mon buste, il a cherché à savoir de quoi j'avais envie. J'ai entendu dans son empressement le diplômé d'Harvard dont la sœur – une lesbienne transgenre, qui plus tard documenterait sa mastectomie avec le concours de sa compagne, une photographe célèbre – avait été responsable de son éducation sexuelle, ce qu'il avait raconté non sans autodérision et un certain bagout dans son premier roman. J'y ai entendu aussi la componction du garçon qui dans un autre contexte, un autre milieu, aurait pensé tout bas et peut-être prononcé tout haut : Putain, toutes des salopes ! Elle te chauffe, et puis elle te jette, la connasse. Je lui ai demandé pardon, j'étais ivre, j'étais confuse. Il m'a rassurée en me disant que j'avais eu raison de m'exprimer, c'est lui qui était désolé. J'ai rampé le plus gracieusement possible au pied du lit, j'ai retiré le bout de plastique de son érection atone, je l'ai réveillée contre ma langue, j'ai sollicité son aide d'un geste qu'il a compris, il a fait glisser la peau de son sexe d'avant en arrière, précipitant ses allées et venues entre mes lèvres jusqu'à ce qu'il le pousse au fond de ma gorge. J'ai dégluti son sperme sans répugnance ni plaisir, puis j'ai posé ma tête sur ses poils pubiens, sa respiration s'est alourdie, je me suis redressée pour voir s'il s'était assoupi, et son torse imberbe et ses boucles blondes m'ont brisé le cœur pour une raison que je ne me suis pas expliquée. Avant de partir, il m'a remerciée, son allégresse amortie sous un semblant de gêne. Il a récupéré son préservatif vide sur la table de nuit, et il a attrapé le petit livre de poche écorné *Les Belles endormies* de Yasunari Kawabata. J'ai l'impression d'être dans un film de Buñuel, m'a-t-il dit, s'emmêlant dans ses classiques. J'ai eu l'impression d'être une pute de luxe qui n'assouvit aucun fantasme, qui vient juste de se faire flouer.

Il m'a rappelée un jour comme si de rien n'était : lui, c'est-à-dire Lui. J'ai reconnu son numéro avant de le déchiffrer. J'ai hésité à décrocher. Évidemment, j'ai décroché. Évidemment, j'y suis retournée.

Trois fois de suite. Ou non pas tout à fait, puisque la deuxième fois c'est moi qui me suis enfuie en hurlant dans des propos certes moins éloquents, que le paradoxe de sa jalousie maladive assortie à sa peur paralysante de l'engagement me rendait dingue, qu'il me persécutait, ça oui, je l'ai dit, que je ne supportais plus d'être sans cesse victime de son humeur, que je n'étais pas sa chose, que j'étais un être humain, phrase dans laquelle j'ai entendu l'écho de la voix de ma mère – elle qui nous criait sans cesse à ma sœur et moi que nous, ses filles, ne la traitions pas en être humain, alors que nous n'avions fait que laisser traîner nos assiettes sales dans l'évier, ou oublier de tirer la chasse – et puis j'ai claqué la porte avec furie, persuadée qu'il me courrait après dans l'escalier, au besoin dans la rue, que j'aurais tout le loisir de continuer à m'époumoner, mais il n'en fut rien, il ne m'a pas suivie, et il ne m'a pas rappelée, et j'ai compté les jours puis les semaines, j'ai jeté mon téléphone à la poubelle, je l'ai récupéré une heure après, recouvert de marc de café et de miettes de pain et de cendres de cigarette, et des mois ont passé, jusqu'à ce que nous nous croisions par hasard dans une rame de métro, et que, lisant dans le regard l'un de l'autre l'ardeur inaltérée de nos premières rencontres, nous riions aux éclats, et d'un accord tacite formulé d'un coup d'œil nous descendions au prochain arrêt faire l'amour au plus vite.

C'est quoi ça, si ce n'est pas de l'amour, lui demandais-je quand il m'affirmait que nous ne nous aimions pas, ou que lui ne m'aimait pas, ou ne m'aimait pas d'amour : C'est quoi alors, ça? C'est de la luxure, chérie. *It's lust, not love.*

*

Hé dis-moi, Géraldine, t'es sponsorisée par Philip Morris ou quoi ? Un, deux, trois, quatre, cinq, six, sept, huit mégots, sans compter la clope que t'as écrasée dans ma caisse neuve, je te remercie, et je suis sûr de t'avoir vue en griller d'autres entre-temps. On t'a déjà dit que c'était mauvais à la santé ? Je ne lui fais pas remarquer une deuxième fois le nombre de bières que lui s'est envoyées depuis ce matin, je me dis qu'il est un peu tôt pour commencer à s'engueuler comme un vieux couple, nous qui ne nous connaissons que depuis quelques heures. Je lui réponds à défaut que j'apprécie l'absence de messages alarmistes et morbides sur les paquets de cigarettes en Afrique. Elle a quoi, la femme du restaurateur ? Quoi, quoi ? Je lui rappelle sa conversation avec le serveur, l'hôpital, les médicaments. J'en sais foutre rien ce qu'elle a, moi ! Je reçois sa réponse avec une animosité silencieuse, palpable, qui au bout de plusieurs secondes lui fait dire : Bon, Géraldine, fais pas la gueule. Je sais pas ce qu'elle a, je suis pas l'Armée du Salut ! Le soleil semble moins agressif, ou le thé m'a désaltérée. J'aimerais bien marcher sur la plage. Il accueille cette idée avec un enthousiasme modéré. Ouais, bah, sans moi, cocotte. Je me demande quand il va arrêter de m'attifer de petits noms ridicules. T'as quelque chose contre les Géraldine ? Non, t'as juste une tête à t'appeler Géraldine. Bon, je vais marcher. Il m'envoie un des serveurs pour m'accompagner. Pstt, grand, va avec Germaine.

J'ai pris l'habitude de me faire accompagner d'un chaperon. Cette présence qui m'a d'abord importunée ne me déplaît plus, je l'accepte sans maugréer, un compromis à l'affront ou l'impudence de mon autonomie dans ce pays où les représentantes de mon sexe ne se promènent pas seules. Point à la ligne. Avec un bouclier masculin, je deviens moins remarquable, pas tout à fait invisible, pas vraiment passe-partout, mais moins ostentatoire. Mon jeune guide ne parle pas français, nous nous adressons l'un à l'autre par brefs mouvements de menton, un langage de goélands. Des femmes vident des poissons, recousent des filets de pêche aux mailles larges comme des poings, des hirondelles – ou une espèce de leur famille – rasent l'horizon, des enfants font des châteaux de sable avec des boîtes de conserve, la peau maculée de marbrures blanches. Des vagues grises et vertes secouent les pirogues qui s'élancent vers le large. Sur le rivage, le roulis du ressac brasse autant d'algues que de déchets. Une petite fille tire sur ma chemise : Hé madame, madame ! Le jeune homme lui ordonne de dégager avec fermeté. Je sais d'expérience qu'il est inutile d'intervenir. Et, en réalité, quelles leçons donnerais-je, moi qui n'ai rien à faire ici ? Ma présence en ces lieux a quelque chose d'aussi obscène que voyeuriste – je suis touriste, autrement dit quelqu'un qui ne parcourt un pays étranger que par curiosité et désœuvrement, à des fins proprement narcissiques. Je continue d'avancer de ma démarche claudicante, mes sandales ensablées et brûlantes, et je lui indique d'un hochement de tête que je voudrais faire demi-tour.

Serge n'est plus à notre table. J'hésite entre l'attendre et m'éclipser. Je ne sais pas exactement où l'on est, mais j'ai l'adresse de l'hôtel, enfin je crois, enfin je trouverai. Notre serveur m'assure qu'il va bientôt revenir. Il revient, il revient. Je ne suis pas du genre à attendre gentiment qu'un type à qui je n'ai rien demandé revienne me chercher. Allez ça suffit, je me casse. Je me dirige vers le parking, là où il a garé sa voiture, là où le sable est moins houleux, plus plan. L'impétuosité de mon départ me prend moi-même de court. L'impression de commettre une infraction se mêle à une colère excessive, abusive, aurais-je peut-être concédé avec un tant soit peu de distance. Envahie d'une rage sourde, je m'entends m'insurger intérieurement contre tous ces connards qui se prennent pour je ne sais qui, à qui je dois demander la permission de marcher ! Ça va bien, je me barre. Sa voiture n'est plus à sa place. Cependant je ne suis pas certaine, dans cette nouvelle lumière, le soleil à revers, d'être au bon endroit. Je marche. Le long du sentier que nous avons emprunté, je crois, jusqu'à un embranchement vers une route à deux voies à en juger par la circulation. Le passage des voitures paraît aléatoire, une fois à gauche, une fois à droite, pour doubler une charrette, un convoi de camions, une famille nombreuse de chèvres décharnées. Il y a suffisamment peu de trafic pour que la poussière de sable qui sillonne les pots d'échappement se tasse lourdement avant que d'autres pneus ne viennent la remuer. Je n'ai pas d'eau. Je n'ai pas remarqué d'échoppes en arrivant, j'ai l'impression que nous sommes en marge de la ville, le chemin jusqu'à la plage était assez long. Et tandis que devant moi s'étend cette étrange autoroute aux accotements pulvérulents, je me demande une fraction de seconde si je ne ferais pas mieux de retourner attendre Serge, mais non, jamais de la vie, et je m'engage vers la droite, la brume scintillante de l'océan à l'extrémité de mon champ de vision. Ai-je pensé à ce moment-là aux pages de cet océanographe devenu saharien, dans lesquelles il raconte l'amertume de se sentir prisonnier de cet espace sans barreaux, plus confiné dans cette libre immensité que dans le plus étroit cachot ? Est-ce que l'on découvre enfin le sens ontologique de l'existence en traversant les étendues démesurées du désert, là où la distance et le temps se dilatent au point de disparaître dans les moires fluides du mirage ? La réponse est catégorique. Le pèlerin solitaire du haut de son erg ne songe, ne peut songer, qu'à des citronnades frappées, des glaçons qui fondent contre le palais, affirme l'écrivain-géologue-explorateur. J'aimerais m'humecter les lèvres mais la salive me manque, l'opération exige un effort considérable. Non, à ce moment-là, je ne suis sûrement pas en train de méditer ces références littéraires qui d'ordinaire accompagnent mes promenades : je me demande si je ne vais pas mourir de soif sur cette chaussée, ce que je mérite après tout, parce que je suis complètement demeurée, parce qu'on n'a pas besoin d'avoir inventé la poudre pour savoir qu'on ne se balade pas par cinquante degrés en plein après-midi en Afrique sans rien à boire. Je sens l'angoisse monter, et avec elle, ma gorge se racornir, je me vois gisant comme une de ces chamelles crevées qu'on ne prend pas la peine d'enterrer, une vieille charogne pullulant de mouches et de vermine.

À chaque voiture qui passe, je l'entends ralentir à ma hauteur. Il est difficile de prendre l'air dégagé de la fille qui sait où elle va et n'a aucun besoin d'aide – mes seuls mots d'arabe répétés à satiété : *La choucran!* – sur un bord de route sans un piéton alentour. Planquée sous mon Stetson c'est pourtant ce que je fais, non merci de la main, tout en continuant de regarder droit devant moi. Bientôt je vois une pancarte qu'il me semble avoir remarquée à l'aller. Et puis un enclos entouré de fils barbelés qui ne me rappelle rien. Et puis une décharge d'ordures, et une intersection, et je ne sais plus du tout. Je redoute qu'une voiture s'arrête et pourtant je l'espère. Que peut-il m'arriver hormis attraper une insolation? Je sens s'enchevêtrer en moi l'écheveau classique de la crise d'angoisse : fourmillement dans les jambes, vertige, tachycardie, vision trouble, bouche pâteuse, oreilles qui bourdonnent. Chut. Stop. Arrête. Tout de suite. Arrête. Ce n'est pas une décision consciente, et pourtant la stratégie de la fille qui radote toute seule ne semble pas si mauvaise pour faire fuir le chaland. Au bout d'une heure de marche passée à combattre la spasmophilie en me pinçant les poignets et me sermonnant, je reconnais l'enseigne d'un restaurant libanais que je suis sûre d'avoir vue en arrivant en ville de nuit. Il est fermé à cette heure-ci. Mais si je prends à gauche, je crois me souvenir... T'es complètement givrée ou quoi ? me lance une voix dans mon dos. Je sursaute de peur. Putain, mais c'est toi qui es cinglé, tu m'as fait flipper ! T'es vraiment pas nette comme fille. Allez, monte. Je retourne à ma place, celle qu'il m'indique en ouvrant la portière passager de sa Mercedes. Tu vas où comme ça ? À l'hôtel, je lui réponds, reprenant ma respiration, poussant un soupir d'épuisement ou de renoncement. À l'hôtel ? C'est de l'autre côté, cocotte, là tu vas à l'aéroport, t'as quelqu'un à aller chercher ? Je suis trop contrariée pour trouver une réplique, je suis déshydratée, exténuée, j'ai mal aux pieds, j'ai envie de pleurer.

*

Lui et moi avions fêté le 14 Juillet une année – Bastille Day, comme ils disent là-bas – sur le toit de l'immeuble d'une amie française, une soirée arrosée de piquette infâme sur fond de tubes des années 1980. Il s'était pris la tête dans les mains, mimant avec éloquence à quel point c'était la honte de me voir chanter *L'Aziza* avec ma copine : Danse avec moi (danse avec moi) ! Je te veux si tu veux de moi... *Come on, come on*, avais-je insisté. Pour de vrai, danse avec moi. Mon amour, *please*. Viens. Il avait préféré me regarder. Il nous avait quand même trouvées drôles, avec nos chansons pourries, la disco bas de gamme, les solos de synthé scandés de Oh là là. Et puis un type que je ne connaissais pas – j'ai dû lui jurer cinq cents fois au cours de la nuit atroce qui a suivi, je te promets sur tout ce que j'ai de plus cher au monde, je n'avais jamais vu ce mec ! – s'est mis à roucouler avec nous en chœur sur des musiques avec lesquelles nous avions grandi, un Français comme nous, après tout, ça n'a rien de bizarre, ça n'a pas besoin d'être une complicité de longue date, juste une culture commune, la musique de sa jeunesse, c'est un cri de ralliement, ça n'a rien de personnel, on a juste rigolé, il ne s'est rien passé ! Peut-être que s'il ne m'avait pas retrouvée au fond de l'appartement, absorbée devant un livre d'art aux photos plus que suggestives avec ce garçon, ça n'aurait pas si mal tourné. Ou si seulement je ne lui avais pas donné raison en multipliant les excuses : lui demander pardon m'avait – bien entendu, je m'en rendais compte a posteriori – incriminée, j'avais donc quelque chose à me reprocher ! J'ai oublié les insultes dont il m'a accablée. Pute, salope, menteuse, connasse ? Les classiques. Nous étions chez lui – la réconciliation semblait encore possible puisqu'il m'avait laissée rentrer avec lui – quand il m'a attrapée par la nuque, puis par les cheveux, il m'a poussée contre la porte, j'ai d'abord cru qu'il allait finalement me jeter dehors à bras-le-corps, mais non, il m'a immobilisée, et sans prendre la peine de me dévêtir il m'a pénétrée d'un coup sec, son sexe planté sous ma jupe avec une férocité d'aliéné. J'ai essayé de lui faire lâcher prise en sentant ses ongles s'enfoncer dans mon crâne. Il m'a mise à terre, ses griffes toujours dans mon chignon, il m'a fait basculer la tête en arrière pour exposer mon visage, et il m'a aspergée de son sperme comme d'une giclée de gasoil. Je suis restée prostrée longtemps avant qu'il ne vienne m'essuyer avec une serviette mouillée, qu'il embrasse mes paupières boursouflées. Il m'a installée sur le lit, a envoyé voler mon corsage à travers la pièce, puis le reste de mes vêtements, il m'a entièrement dénudée, à l'exception de mes escarpins, des talons hauts à bouts ouverts que j'avais retirés et qu'il m'a renfilés, consciencieusement. Il a caressé la cambrure de mes pieds de ses lèvres, de sa langue, les a léchés en m'épiant le regarder faire, et il les a attrapés pour les maintenir en l'air, en équerre. Il a ouvert la bouche au-dessus de mon sexe, ses dents à l'orée de ma vulve, et j'ai cru qu'il allait m'avaler tout entière, j'ai visualisé le tableau de Goya dans lequel Saturne dévore son enfant, mais je ne sais plus si l'image a devancé l'orgasme ou l'a accompagné. Je lui ai demandé de mettre un préservatif avant de me prendre encore, il a rechigné, et je lui ai dit, comme je le lui avais répété si souvent que c'en était lassant, que ce n'était pas négociable : *Please*, mon amour. Ne nous disputons pas. Il m'a retournée, il a glissé un oreiller sous mon bassin pour me soulever un peu les reins. Je l'ai entendu chercher une capote, les yeux fermés contre le parfum capiteux de son corps dans le linge, et la vigueur du cinglement de sa ceinture sur mes fesses m'a fait hurler, puis me mordre le poing pour m'imposer le silence. Il a continué à frapper avec sa main, j'ai senti ma chair à vif sous sa paume. Je l'ai laissé faire jusqu'à ce qu'il en ait assez. Je l'ai entendu déchirer la pochette du préservatif, je me suis redressée sur les coudes et les genoux pour qu'il entre plus facilement, mes talons pointés vers le plafond, et j'ai recueilli son râle au fond de mon ventre avec extase, un ravissement insensé, en miettes. Nous nous sommes endormis lovés l'un dans l'autre. Je me suis réveillée en sursaut d'un cauchemar où je me desquamais, de l'écorce moisie se détachait de mes bras, des lambeaux de peau s'en écaillaient. Les traces de sa correction ont mis des semaines à disparaître. Il se pâmait en baissant ma culotte, béat d'admiration devant la rose – pourpre, verte, beige fané – qu'il avait peinte sur mon cul : Si tu savais, chérie, comme c'est beau. Si tu savais, mon amour.

Sois sage, ô ma Douleur, et tiens-toi plus tranquille.
Tu réclamais le Soir; il descend; le voici [...]
Sous le fouet du Plaisir, ce bourreau sans merci,
Va cueillir des remords dans la fête servile,
Ma Douleur [...] viens par ici.

Combien de fois ces vers ont accompagné mes nuits, les grelots de son accent égrenant les syllabes, une chanson somnolente entre les plis du désir : Viens par ici, mon amour, oui, ici. Nous avons passé en revue toutes les traductions existantes, nous les avons examinées avec une expertise incontestable, un jugement esthétique irréprochable. Nous étions d'accord, aucune ne convenait entièrement. Il aurait fallu faire un remix – à commencer par l'audace de celle-là : *Behave, o my Sorrow!*, ambiance dressage – mais le style en devenait trop hétéroclite. De même qu'il fallait se résoudre à accepter que le mot *pudeur* reste intraduisible – pas tout à fait la modestie, ni la honte, ni la réserve, mais l'ensemble, auréolé de grâce –, Baudelaire ne pouvait exister que dans ma langue à moi, qu'il avait étudiée avant notre rencontre, bon élève, appliqué, l'enseignement du français dans sa petite école de quartier en primaire, un augure. Les signes tombaient de nos poches, de nos bibliothèques, du ciel, des arbres. Notre premier rendez-vous avait été un hasard, le deuxième une coïncidence, les suivants une dépendance, entre chacun d'eux se jouait la partition d'une musique du cosmos dont le réel ne faisait plus que réverbérer les sons. Les signes abondaient, au point de se chevaucher, de se superposer, de tisser un réseau sémiotique contradictoire, indéchiffrable. Je m'efforçais de croire qu'un entrelacs de présages démontrait avec certitude que l'univers nous avait destinés l'un à l'autre – c'était la fatalité, c'était écrit – mais enfin je le retrouvais, et il m'accueillait avec cette nonchalance désenchantée du flâneur new-yorkais, ce laxisme du *slacker* qui vit sa vie sans contraintes, c'est-à-dire sans même le dandysme parisien, ce qui rendait complètement ridicules toutes ces constellations symboliques que je m'acharnais à décrypter. C'était fou qu'il ait appris le français si jeune, c'était rare, ses parents n'étaient ni francophones ni particulièrement francophiles, c'était dingue, non ? Il m'opposait des arguments étourdissants de logique, une suite de circonstances qui n'avaient rien à voir avec nous, et, me prenant en pitié, il affectait de ne pas avoir compris où je voulais en venir. Je m'abstenais de lui faire part des hallucinations d'indices, voire de prodiges, qui jalonnaient ses absences, ses silences.

Je savais qu'il avait porté les cheveux longs, j'avais vu des photos sur lesquelles sa jeunesse m'apparaissait d'une assurance vénéneuse, le profil type du beau gosse dont le sport favori consiste à briser le cœur des jolies filles, lui qui s'était distingué toute son adolescence par son mépris pour les athlètes, l'anti-héros des équipes de base-ball. Je l'avais imaginé, une petite anthologie au format idéal dépassant de la poche arrière d'un jean baggy, déambulant sous les hauts chênes rouges de son université Ivy League, s'allongeant négligemment sous leur ombre en été, attendant qu'une de ses camarades de classe vienne s'enquérir de ses lectures : « *Les Fleurs du mal* », *you know it?* Si j'avais conscience de l'absurdité de ma jalousie rétrospective – l'envie démente d'arracher les yeux de ces pétasses –, je ne pouvais me défaire de l'idée que ma langue n'était pas seulement pour lui exotique, elle était son arme secrète pour faire tomber les minettes. Le début de calvitie qu'il camouflait sous un crâne rasé m'évoquait, avec sa toison disparue, les jeunes filles qu'il avait dépucelées dans la forêt aromatique de ses mèches ondulantes. Comme j'aurais voulu que l'alexandrin baudelairien n'existe que pour nous, n'appartienne qu'à nous, ou non, qu'à moi ! J'aurais voulu détenir à moi seule tous les vers de toute la poésie française, mais il n'y avait que lui pour réciter Mallarmé, Rimbaud ou Claudel *ad libitum*, ivre, à cloche-pied, sous la douche, dans un français divin, avec pédale wah-wah. Les doigts enduits de ma concupiscence, il me les faisait manger comme des tresses de réglisse, le goût aigre du féminin entre les nœuds de ses phalanges, annihilant toute distinction entre nos corps – me dépossédant de tout. *Give me*, chérie, *give it to me*. Il fallait que je lui donne, à sucer ou à moudre, la saillie de mes côtes, un poignet, ma langue, une épaule, la conque de l'oreille, la cavité de la clavicule, l'anus, mes narines, que chaque parcelle de mon anatomie ait éprouvé les exigences de sa passion.

Tout de même. On ne baise pas comme ça sans être amoureux, lui ai-je soutenu sur tous les tons – je l'affirmais, l'insinuais ou le lui hurlais, selon les circonstances ou mon état d'esprit – quand, dans l'exquise émeute de la jouissance, son abandon s'était uni au mien avec une telle connivence, une telle évidence, que la réciprocité de nos sentiments se révélait indubitable. Je ne pouvais pas croire qu'il ne m'aimait pas. Ou les sens nous trahissaient tous les deux, nous n'étions que pure matière en proie à un malin génie, la réalité n'était qu'une vue de l'esprit, nous allions bientôt nous réveiller de ce rêve érotique dans une mare de foutre, et ce serait dommage, non ? Souvent il restait évasif. Un soir il m'a rétorqué, les yeux rivés sur le point de fuite de sa conscience, aspirant une bouffée de sa pipe de marijuana avant de me la tendre distraitement, que je n'avais donc nul besoin qu'il me le dise puisque je le savais déjà. Pourquoi tu ne peux pas te contenter que j'aime te faire l'amour ? Allez, assez pinaillé, retourne-toi, biquette.

★

Deux litres d'eau plus tard, dans ma chambre d'hôtel, j'entends la sonnerie de mon téléphone portable, et j'accueille ce bruit avec un mélange d'impatience et d'inquiétude. Je pars du principe que pas de nouvelles, bonnes nouvelles, et je ne brûle pas d'envie de parler à qui que ce soit – pour raconter quoi ? Je laisse la messagerie décrocher à ma place, je ne prends pas la peine de regarder qui a appelé. Serge m'a donné rendez-vous au bar pour m'emmener à la réception de l'ambassade de France. D'un point de vue anthropologique, la soirée m'inspire suffisamment pour me motiver à surmonter ma léthargie et mon aversion pour ce genre de mondanités. Je trouve au fond de mon sac de voyage une petite robe noire, un peu froissée ; des surpiqûres verticales pointillées le long de la soie brillante rendent le tissu d'autant plus raffiné, les manches ballons lui donnent une jolie tenue, les petits boutons en nacre sur le devant font distraction, bref, je décide que ça ne se voit presque pas que cette robe est finalement très fripée. Je n'ai rien d'autre à me mettre, de toute façon, il faudra bien que ça le fasse. J'ai pour tout maquillage un crayon de khôl et un tube de rouge à lèvres, et je les applique soigneusement, dans le miroir de poche que je garde toujours sur moi – mon autre gri-gri, un cadeau de lui. Je laisse mon portable – on verra plus tard. Face à Serge, je m'aperçois que j'espérais qu'il commente ma robe, mais je n'ose pas quémander son compliment, alors je redresse le menton et me prépare à affronter le gratin de Nouakchott, en ce 14 Juillet. Tu t'es enregistrée au consulat, évidemment ? me demande Serge, devant le bâtiment en torchis couleur cocktail multi-fruits, le drapeau tricolore de notre patrie flasque sur son mât : il semble avoir flanché devant la chaleur et l'absence totale de vent. Non, pourquoi ? Comment ça, non ? J'apprends alors qu'il convient de signaler sa présence en arrivant en République islamique de Mauritanie. Au moment où j'écris, le site de l'ambassade propose une liste considérable de recommandations générales dont je cite quelques extraits ici :

> Les voyageurs devant se rendre en Mauritanie sont invités à s'informer des dernières évolutions de la situation locale avant de mettre au point leur projet de séjour ou de déplacement dans le pays, et doivent en informer systématiquement les services de l'ambassade (et s'inscrire sur le site ARIANE) et les autorités locales une fois sur place.
>
> Dans le cas d'un voyage d'affaires ou d'études, il convient de se déplacer accompagné d'une personne de confiance connaissant les lieux.
>
> Il est déconseillé de prendre des habitudes dans les déplacements et recommandé de varier les horaires et les itinéraires.
>
> <u>Sécurité de la circulation en zone saharienne</u>
>
> Pour toute sortie loin de la capitale, il est conseillé de se déplacer en convoi de deux

véhicules au moins, d'en vérifier l'état au préalable, de prévoir une réserve d'eau, de vivres et de carburant, d'avoir informé ses proches de sa destination et, le cas échéant, d'être accompagné d'un guide.

Consommation d'alcool et de stupéfiants

La loi mauritanienne réprime sévèrement non seulement le trafic de stupéfiants mais également leur consommation.

Au sens de la loi mauritanienne, l'alcool et le cannabis, notamment, entrent dans la catégorie des stupéfiants, au même titre que les drogues dites « dures ». Les ressortissants français qui seraient pris en possession de telles substances s'exposeraient à des poursuites judiciaires (assorties de périodes de garde à vue et de détention provisoire).

Par conséquent, les Français séjournant ou transitant en Mauritanie s'abstiendront impérativement de tout transport et de toute consommation de stupéfiants au sens de la loi mauritanienne (y compris l'alcool).

J'apprends alors au passage que l'ambassade est soumise à un plan Vigipirate renforcé, que tout invité doit être muni de son passeport, et je regarde Serge devant l'arche du détecteur de métal à l'entrée de la bâtisse : Euh, je crois qu'on va pas y arriver. Vous êtes sur la liste des invités, mademoiselle ? s'enquiert poliment l'employée d'ambassade. Elle est avec moi, répond Serge. T'occupe, me signifie-t-il du regard, mais je sens que sur ce coup, t'occupe, ça va faire léger comme contre-attaque. Peut-être se trouve-t-il penaud de ne pas parvenir à user de son influence, ou vexé. Quoi qu'il en soit, il se met à m'incendier. Que je ne me sois pas inscrite à l'ambassade est une chose, que je décide de but en blanc d'entamer un trek en plein Nouakchott en est une autre, mais que je me déplace en ville sans aucun document d'identité, là, il est outré. Violaine, je ne suis pas ton père, je ne sais pas ce que tu fous là, ça ne me regarde pas à la limite, mais tu n'es pas à Saint-Trop', ici ! Il est où ton putain de passeport, bordel ? Un couple de notables – la jeune fille à la liste derrière le bureau se lève pour les accueillir d'une courbette, s'excuse de les obliger à traverser le sas de sécurité –, la femme en tenue traditionnelle mauritanienne, une melhfa vert d'eau sertie de passements dorés, l'homme en costume-cravate, tamponnant son front du coin de sa pochette pliée, nous sourient avec ménagement. Reste, lui dis-je. Je vais trouver un taxi, t'inquiète pas pour moi, je ne veux pas te gâcher ta soirée. La hargne dans ses yeux achève de me transir : le constat glaçant d'une réalité qui me dépasse, l'inconséquence de mon comportement, l'irresponsabilité de ce voyage, ce type qui ne semble franchement pas un parangon de bienséance ou d'intégrité, et pourtant me chapitre, parce que de toute évidence j'en suis là, je suis tombée si bas qu'il revient à un ancien légionnaire de me remonter les bretelles, j'en ai des sueurs froides. Viens, on y va, annonce-t-il, m'attrapant par la manche comme une sale délurée.

Je m'aperçois que nous venons de contourner le bâtiment pour la troisième fois, tandis qu'il peste de plus belle, mais je n'ose rien dire – mieux vaut garder profil bas dans l'immédiat. Je crois reconnaître un des types à qui il a parlé ce matin à La Palmeraie, celui-ci s'avance vers nous, il fait signe à Serge, qui s'arrête et l'attend. Alors ? En approchant, le type me détaille de plus près, sourit à Serge avec suffisance. Vous allez où comme ça ? Vous venez pas au cocktail de l'ambassadeur ? Y a rien à picoler, dit Serge, et c'est chiant à crever. On rentre au bercail, la patronne a des réserves de pastis, le cuistot nous prépare son fameux bénafé de chameau. Ah bah, quel rêve, du dromadaire au pastaga – Byzance, quoi ! T'as mieux à nous proposer ? Ils se mettent d'accord, Serge récupère enfin sa voiture là où il l'a garée, un vendeur de rue sénégalais nous accoste pour nous proposer des colliers en cuir, l'Afrique en pendentif, la version mauritanienne du panier de roses, et à mon immense surprise, Serge m'en offre un, sans même négocier le prix – t'es un sacré brigand, toi, dis-moi, c'est plus de l'arnaque à ce stade, c'est du grand banditisme ! – , qu'il m'accroche autour du cou. Cadeau ! me dit-il. Je vois ça, merci. Tu peux t'en faire un gri-gri (je ne crois pas qu'il ait deviné à quel point je suis superstitieuse) ou si tu te retrouves dans la dèche, tu pourras toujours en tirer trois-quatre cents balles, en ouguiyas s'entend, ça peut servir. J'ai un peu honte de porter ce collier hideux mais je me souviens que je n'ai personne à séduire, que je n'ai rien à prouver, qu'on s'en moque, alors je me demande si mon sentiment d'inconfort est moins lié à l'objet lui-même – sa laideur et son kitsch – qu'au geste de cet homme, qui vient de me fixer une cordelette à la nuque.

Je ne bois jamais de pastis, je n'ai quasiment rien avalé de la journée, et d'ailleurs je ne sais plus quand j'ai mangé avec appétit pour la dernière fois. Ma tolérance à l'alcool, d'ordinaire assez élevée, a visiblement terriblement chuté. Cependant je m'en aperçois avec plusieurs verres de retard, tandis que l'homme à ma droite est en train de me resservir, et celui à ma gauche me susurre quelque chose à l'oreille avec un frétillement égrillard, une main sur le genou. Je me plains en me contorsionnant qu'il me chatouille et d'un geste brusque lui renverse une rasade d'anisette sur les cuisses. Des rires grivois se répandent autour de nous. Je suis la seule femme dans la cour de notre hôtel transformé pour l'occasion en auberge de fortune. Un amiral, des officiers en pagaille, des quartiers-maîtres et des matelots, planqués en bout de table (j'apprends, en les interrogeant, qu'ils ont intérêt à la jouer discret devant leurs supérieurs hiérarchiques), sont arrivés ce matin, après avoir interpellé un bateau de pêche chargé de plusieurs tonnes de cocaïne – mais enfin ça, ça ne faisait pas partie de leur mission de départ, c'est anecdotique, à vrai dire –, à bord du *Tonnerre*, un porte-hélicoptères amphibie de la Marine nationale française, de la classe Mistral, excusez du peu. Ils sont en escale, en partance pour Dakar. Peut-être devrais-je poursuivre mon périple avec eux. Quelle coïncidence, justement, moi aussi! Je me vois très bien à bord du *Tonnerre* ! Ils n'auraient pas besoin d'une cuisinière ? D'une bonne à tout faire ? Je serais enchantée, même à fond de cale, allez, trinquons à cette grande idée ! Il est possible que Serge me foudroie du regard, il est probable que je sois ridicule, il est certain que je suis soûle. Je comprends de moins en moins ce qui se dit autour de moi, les barbes et les moustaches se confondent, des sourcils se haussent, des visages se plissent le long de rides sinueuses, de balafres, on se gausse de cette viande de chameau imbouffable – ah les chameaux ! Les paroles s'engloutissent sous une polyphonie de barytons chromatiques, j'ai perdu le fil, j'ai lâché prise, je ne suis plus vraiment là, plongée dans l'iridescence de mes pensées, où je suis plutôt bien en fait, même très bien, en pleine conscience et totalement abrutie, en d'autres termes salement éméchée. Un jeune homme est assis près de moi, ce n'est pas un des petits mousses tapis en bout de table, c'est un nouvel arrivant, envoûtant de prestance, d'une splendeur stupéfiante, ses cils comme des ailes de monarque, une dentition parfaite sous des lèvres fauves, ourlées, au pourtour d'ébène. D'une voix cristalline et cash, il me hisse hors de l'hébétude de l'ivresse, me rapproche de la lucidité ou de sa beauté, son front couronné de frisottis luisants de gomina, des lucioles plein les pupilles. Qu'est-ce que tu fous avec cette bande de toquards ? C'est le festival des beaufs ici. Sérieux, ces vieux prolos racistes, t'en as pas eu ta dose pour ce soir ? Si. Oui. Grave. Il a raison. Grave raison. Alors on fait quoi ? Je t'emmène visiter Nouakchott by night. À fond.

Génial. Je vais chercher mon sac, j'arrive. T'as besoin de rien, m'affirme-t-il. Juste un petit tour de la ville, on revient, je n'ai besoin de rien, tout va bien. Cool ? Super cool. On y va ? Top. Je récupère mon paquet de clopes, j'embarque le briquet qui traîne à côté, je quitte la table, je traverse la cour, je passe la réception, j'arrive sur le trottoir de sable devant l'hôtel sans avoir demandé mon reste, sans avoir dit bonsoir à quiconque, sans me retourner, j'aimerais dire les mains dans les poches, mais ma robe n'a pas de poches, juste des perles le long de la poitrine, entre lesquelles apparaissent, de biais, ma peau nue et le ruban noir de mon soutien-gorge.

Et ça, c'est ta voiture ? je lui demande en minaudant, largement titubante, peinant à allumer une cigarette qu'il m'arrache des doigts. Il en tire une taffe, l'écrase sous la semelle de son mocassin en cuir. Ouais, enfin, ma caisse locale. J'ai pas souvent l'occasion de la conduire, mais je suis toujours content de retrouver ma poupée. Il s'agit d'une Porsche décapotable, gris métallisé. Bon choix de couleur, lui dis-je. Assortie aux boutons de ta robe, ajoute-t-il en m'invitant à m'installer, caresse sur la hanche, clin d'œil. Est-ce qu'il saute vraiment par-dessus le pare-brise ou ai-je inventé cette scène, l'imaginaire saturé de James Bond, de Bebel ? Nouakchott by night, nous voilà ! J'ai perdu l'habitude de mettre ma ceinture de sécurité – la plupart des taxis-brousse en sont démunis ou les passagers sont trop nombreux pour en faire usage. Je me ravise lorsqu'il s'engage sur les Champs-Élysées et me démontre, sourire complice, ce que sa poupée a dans le bide. Tu kiffes ? Je kiffe moyen, en vrai. La course automobile m'évoque des souvenirs mitigés, mais j'essaie de faire bonne figure, jusqu'à ce que je m'entende crier : Attention y a un flic ! L'exclamation m'échappe comme un réflexe pavlovien, un automatisme datant de l'enfance, depuis le siège arrière de la voiture de maman, laquelle prenait régulièrement les trottoirs quand ça n'avançait pas, les rues à sens unique, la bande d'arrêt d'urgence sur l'autoroute, jusqu'à ce que ma sœur ou moi lui annoncions en hurlant : Attention, les flics ! Maman alors se rabattait ou décélérait, mais lui n'en fait rien, au contraire, déjà à 120 km/h, il décide d'enfoncer la pédale d'accélérateur, si bien que j'ai l'impression d'être tirée par les boyaux, la force centrifuge me tord le ventre – le flic, bordel ! 140, 150, le regard aimanté au cadran de vitesse – c'est du délire ! et si quelqu'un traversait ! – tandis que le policier gesticule, sifflet à la bouche, agrippé d'un bras à ce feu rouge que nous cramons allègrement, dans un nuage de poussière qui de nuit ressemble à du brouillard. T'es malade ? je l'invective quand il ralentit enfin. T'as pas vu qu'il y avait un flic ? Et alors ? Je m'en branle, du flic. Qui est-ce qui le paye à ton avis ? Qu'est-ce qu'il va venir m'emmerder avec sa matraque et sa flûte à bec ? Hé, tu sais couper ? Couper quoi ? Ouvre la boîte à gants, s'il te plaît, tu trouveras. Il y a effectivement tout ce qu'il faut, sur un plateau en métal, carte de crédit usagée, paille, poudre blanche dans un sachet hermétiquement fermé. Et à côté, un revolver, une arme toute légère, qui doit tenir dans la paume d'une main. Je n'ai jamais de ma vie vu une arme à feu d'aussi près, et la rencontre me semble moins grisante que terrorisante. Tu nous fais deux lignes chacun, OK? Mais pas des trop violentes, hein, elle est très pure. Moi, ça va, lui dis-je, d'une voix que j'aimerais plus assurée, plus convaincante, moi ça va aller mais je fais deux lignes pour toi. Tu m'offenses, dit-il, les yeux hypnotiques. Tu n'as pas entendu parler de l'hospitalité mauritanienne? Deux lignes chacun, OK? Je ne trouve pas l'aplomb de contrevenir à son ordre. Il a remarqué que je n'en menais pas large. Paraît-il que les chevaux sentent la peur du cavalier, son incompétence, qu'ils savent ce qu'ils peuvent se permettre. Pour reprendre le dessus, il faut simuler l'assurance, raccourcir les rênes. Je me rappelle que je ne suis pas en selle, et je ne sais quelle parade va me rendre le contrôle de cette situation dont la suite est clairement en train de m'échapper. Je fais marche arrière dans ma tête, rebrousse chemin, retourne dans la cour de l'hôtel, retrouve l'équipage de la Marine française, Serge. Est-ce que je risquais moins gros entourée de ces vieux libidineux? Est-il encore possible que je m'extirpe de là? Le sang-froid me semble la seule esquive : même pas peur, non, même pas peur. Je sniffe cette coke, très pure, dans cette Porsche intérieur cuir, et je rassemble mes forces pour ne pas trembler. Je prie de toute mon âme que ce soit bien de la coke mais je n'ai pas la moindre idée de ce que je viens d'inhaler, pleine de forfanterie ou de témérité – est-ce que ça change quelque chose ? Ah ouais, très, très pure. Ça calme. Tu vois ? Ça devrait te remettre à niveau. Je passe un doigt sur mes gencives et constate qu'elles en deviennent agréablement anesthésiées. Puis j'attends que la drogue fasse effet comme on guetterait les symptômes d'une prise d'arsenic. Si je ne meurs pas cette nuit, me dis-je, j'ai peut-être une bonne étoile.

Nous arrivons à un bar – je croyais qu'on faisait juste un tour, je lui signale, la voix enrouée de larbinisme ; oui, je te ramènerai saine et sauve, stresse pas ! rigole-t-il. Allez, détends-toi ! – un club illicite, underground, un speakeasy comme on en voit reconstitués à New York pour la blague, pour se donner un genre, de l'interdit en toc pour jouer les hors-la-loi. Moi qui adore pester contre ces endroits tellement *fake*, ce chiqué bas de gamme, cette esbroufe, je suis servie. Voilà qui n'a rien de factice, tout ici est frauduleux pour de vrai. Tenu par de véritables mafieux. Il me sert un gin-tonic, rempli de glaçons. Je me demande un quart de seconde si ces glaçons sont à base d'eau minérale – dans la liste des contre-indications, j'ai retenu l'eau – et calcule mentalement le pourcentage de chances que j'ai de périr d'une intoxication suite à l'absorption des glaçons d'eau croupie de ce cocktail (ce qu'il peut y avoir d'autre dedans me traverse l'esprit tout aussi furtivement). Le résultat de mon opération est faible, mais je ne jurerais pas qu'elle soit hautement scientifique. Nous sommes installés entre des filles en minijupes pomme verte, myrtille, pastèque, les cuisses alignées comme des bâtonnets de cannelle, les chevilles lacées de brides en strass. J'oublie quelle langue on parle, ou c'est lui qui est passé à l'anglais. Pour qu'elles ne comprennent pas ? Qui sait. Une techno dolente me matraque les tempes. Tu dis quoi ? J'ai du mal à suivre son accent, nous revenons au français ; il m'explique que les Chinois ont le monopole des boîtes de nuit à Nouakchott. Un Libanais a essayé de faire son trou récemment, un promoteur immobilier, avec plein de bars à Beyrouth, oublie comme il a explosé. Je l'interroge : Tu veux dire il a cartonné ? Je veux dire que nos amis lui ont pas laissé le temps de voir si ça cartonnait. Dix jours plus tard, ils ont posé une bombe. Pas une grosse-grosse, une grenade à main, balancée par-dessus la clôture, en pleine journée, hop, feu d'artifice, terminé. J'aimerais lui demander ce que fait la police dans ces cas-là, mais je sens que dans l'immédiat je préfère ne pas le savoir. Mon verre ne désemplit pas, et pourtant je l'ai vidé plus d'une fois. De la coke circule encore, j'arrive à dire non cette fois, non non vraiment, je suis super défoncée déjà. Si je n'ai pas tant de mal à le convaincre, il est possible que ce soit parce que mon état tient lieu d'argument. J'ai dû m'allonger sur la banquette en skaï, elle est tiède et collante, mon coude glisse quand j'essaie de me redresser. J'ai les jambes posées sur quelque chose, mais quoi, ou qui, ça n'a plus d'importance, je ne suis pas davantage en mesure d'en débattre. Il est torse nu, les muscles de son dos ressemblent à des bosses, des pleins et des déliés, il y a des lettres calligraphiées, ou alors c'est un tag ? C'est le nom de mon fils, me dit-il.

Toi, tu as un enfant ? On croirait un sigle d'appartenance à un gang dans un film de Takeshi Kitano, mais les idéogrammes japonais se dessinent à la verticale, je m'embrouille dans mes alphabets, je vois trouble, je vois double. Sa peau a la couleur de l'aube, du soleil sur le verglas. Je glisse un peu plus loin, un peu plus bas. J'ai froid tout à coup, tellement froid, est-ce qu'il neige ? Est-ce qu'il neige parfois sur les dunes ? Une lourde pluie de flocons se mélange aux vents de sable, une tempête d'hexagones, des masses uniformes à côtés et angles égaux, un tumulte hexagonal. Je vais être ensevelie, je grelotte, ce silence est sauvage, mais une tentation d'altitude, de solitude s'ouvre avec une force soudaine, il faut que j'avance, que j'avance dans le désert.

Stresse pas ! On est pas bien ici ? Non, pas ici, je voudrais partir, partir, oui, mais je ne sais plus où, je ne sais plus où nous sommes. Au milieu d'un orage anthracite, d'un noir si profond qu'il en devient opale, je cherche des yeux la sortie, un panneau rouge ou vert, un pictogramme d'incendie, un extincteur, je ne sais plus ce que je cherche, ce que je fais ici, où sommes-nous ? Ah oui je sais, à Nouakchott, au Sahara, il faut que j'avance dans le désert. Des météorites ont été retrouvées dans la vallée de l'Adrar, qui ressemble aux Alpes, qui ressemble à Mars, je n'ai pas la moindre idée de l'endroit où nous sommes, dans sa Porsche peut-être, sur une comète ? Il va me déposer dans sa voiture-fusée, il va me ramener, il y a trop de fumée – stresse pas / Sahara – ici ou sur la lune, il va m'envoyer en orbite, je voudrais dormir, ne pas me réveiller trop vite, ne pas rouler trop vite, je voudrais ne pas faire de rêves, surtout dormir d'une traite jusqu'à un autre jour, une autre année, me réveiller ailleurs, sans tête, sans pieds, arrêter la musique, s'il te plaît éteins le contact, je veux dire la musique, par pitié, arrête, s'il te plaît, laisse-moi rentrer.

Quand j'ouvre les yeux, les pales du ventilateur au plafond brassent de l'air gris, la lumière forme un cadre sur le mur à ma droite, un hologramme rectangulaire qui se déplace inexorablement. Engluée à l'horizontale, je ne suis pas sûre de pouvoir bouger, prise de panique à l'idée d'être paralysée, je regarde mon avant-bras avec horreur, le temps que l'information parvienne à mon cerveau, fasse l'aller-retour, je le lève. Je le rejette sur mon visage à hauteur de mes yeux, retourne dans l'obscurité, dans le creux de mon coude. Aïe, putain. J'ai la nuque si raide et engourdie que le quart de tour que je viens de lui imposer provoque une douleur stridente au fond de mon crâne. Je passe la main dans mes cheveux, y récupère des épingles. Je n'ai pas défait mon chignon, autant dire qu'il est peu probable que je me sois brossé les dents. Des souvenirs diffus me reviennent par effluves, avec le goût de l'alcool que je sens sur ma langue, le parfum de tabac froid dans mes mèches grasses, mais ça, ça n'indique rien de spécial. Je me suis déshabillée, vraisemblablement, j'ai retiré mes chaussures, qui sont étrangement bien alignées sous la chaise de bureau, ma robe proprement disposée sur son dossier, mon soutien-gorge pendu au montant. Depuis mon lit, je vois un bout de papier sur la table et mon téléphone portable. Je l'avais presque oublié, celui-là. Je m'avise d'ausculter mon corps : griffures ? contusions ? Pas de traces apparentes. Nue, à l'exception de ma culotte. Comme chez le médecin : vous pouvez garder votre slip, mademoiselle. Dans quel livre une femme est retrouvée morte deux culottes l'une sur l'autre ? Dans mon coma éthylique, est-il possible que j'aie pensé à tout retirer, hormis ma culotte ? Si je ne me suis pas déshabillée seule, pourquoi garder mes fesses couvertes ? Refoulant un haut-le-cœur, j'entreprends de me lever. Fumer une clope, mais non, je sens que ça ne va pas aider. Me regarder dans une glace, dans le trou noir de ma rétine, recouvrer les détails évanouis dans le précipice de l'ivresse. J'oublie qu'il n'y a de miroirs nulle part ici. Debout, debout. Oh putain, ça tangue. Je suis sûre de n'avoir rien à vomir que de la bile. Boire de l'eau, boire beaucoup d'eau. Je retrouve ma bouteille en plastique vide de la veille. Je n'ai pas le courage de descendre jusqu'au bar ou à la réception en acheter une autre, je vais la remplir dans le lavabo de la salle de bains attenante à ma chambre, purifiée avec les pastilles adéquates. La bouteille ne tient pas dans la vasque du lavabo. Je la place sous le robinet de la baignoire, l'eau s'écoule au compte-gouttes, ni froide ni chaude, tiédasse. Il m'est trop difficile de me tenir courbée en avant en attendant que cette bouteille se remplisse, j'enjambe la cuvette qui tient lieu de baignoire.

Est-ce que j'ose toucher l'intérieur de mon sexe? Et quelle preuve y trouverais-je? Je glisse le majeur et l'annulaire entre les lèvres de ma vulve, les écartant de l'autre main. Je les porte à mes narines. Pas d'odeur particulière : ni de caoutchouc, ni de sperme. Je me rince les doigts, dégoûtée. Attendre que les pastilles fassent effet dans la bouteille. Une mare minuscule se répand dans mon dos, la faïence est fraîche. Toujours pas de lésions évidentes. Sur son poussin. Le sobriquet que mon amant a donné à mon *pussy*, caressant affectueusement le duvet de ma toison. On nomme ce qui nous appartient. En désignant une chose, en l'exprimant par l'exercice du langage, on se l'approprie. Il s'était accaparé mon sexe à mon insu. Sans lui, je n'en ai plus usage. Qu'importe dorénavant qui viendra le triturer, à commencer par moi. Il n'y a que lui qui sache s'en occuper. N'abîme pas mon poussin, chérie! ne disait-il pas, en me regardant d'un air censeur me soigner, mettre un tampon, me laver? Laisse-moi faire, tu t'y prends mal! Tu vas l'écorcher avec tes ongles. Son poussin, ce petit animal que j'avais en garde entre les cuisses. C'était pourtant lui qui le tyrannisait, le rendait malade à force de le cajoler. Sa présence m'envahit par mégarde dans cette baignoire sabot. Petite gueule de bois, grenouille? Je sollicite sa compagnie, je l'encourage. Mon amour. Ne pars pas trop vite. Reste un peu près de moi. *Please.* Ma poitrine s'affole. Ma sœur a hérité de maman le galbe et la fermeté de ses seins, et moi leurs larges aréoles, étonnamment brunes pour sa peau de rousse. Je regarde les disques autour des tétons érectiles froncer comme les plis d'une robe à smocks. Les matins difficiles, les lendemains de cuite ou d'excès de passion, languide captive de son étreinte, les paupières encore closes, il venait me tirer hors du lit : Chérie, c'est ton grand moment ! Le percolateur italien à l'anse cramée avait fini de bouillonner sur la gazinière ; mon bain était coulé, mon café servi ; une aspirine effervescente faisait des bulles dans un verre. Je troquais la moiteur de la couette contre la chaleur de l'eau dans laquelle il plongeait un gant mousseux pour me le passer sur le corps – penche-toi en avant, chérie, ton dos est très sale ! Il est arrivé qu'il en profite. Si j'étais consentante, pouvait-on dire qu'il abusait de moi ? Je ne m'étais jamais refusée à lui, par désir réciproque ou par envie de lui plaire, répondre à son appétit était une joie, un privilège. Docile, j'encourageais son ardeur à s'immiscer dans la fente de mes fesses, avec entrain, je dirigeais son érection en cercles concentriques pour amadouer l'approche récalcitrante, malaxant du bout de sa verge le bord de l'orifice jusqu'à ce que les chairs cèdent et laissent s'engouffrer son phallus entier. De le sentir jouir en moi me rendait heureuse à en hurler, suffocante, fébrile, impatiente qu'il recommence, prête à en redemander – encore, encore – comme une enfant qui veut plus de chatouilles malgré les cris, que ça s'arrête et que ça continue. Je suis traversée de secousses, d'un spasme, furtive apoplexie, la puissance magnétique du souvenir hérisse tous les poils de mon corps. Mon amour, s'il te plaît viens me chercher. Je t'en supplie viens me tenir la main là maintenant. Viens me dire que ça va, me raconter ce qui s'est passé, me promettre qu'il ne m'est rien arrivé, dis-moi, je t'en supplie, que tu m'aimes, que tu me protégeras toujours. Je t'en prie, juste cette fois, dis-le-moi, mon amour.

Bois de l'eau, bois, me répétait maman quand je sanglotais de manière incontrôlable. Bois, me dis-je, au milieu d'un torrent de larmes. Qu'est-ce que je fous ici, qu'est-ce que je fais de ma vie, pourquoi c'est si difficile, comment est-ce possible d'être aussi stupide, aussi dépravée ? J'entends maman me rappeler que c'est insupportable ce que je peux être pleurnicharde, que je chiale sans arrêt pour un rien, qu'il y a des guerres, des hommes qui crèvent de faim, et moi, pauvre petite connasse pourrie gâtée, c'est quoi mon problème ? J'aimerais mourir. Dans l'immédiat, c'est mon problème le plus manifeste. J'aimerais simplement mourir. Je regarde les comprimés purificateurs se désagréger dans l'eau : la dissolution d'une substance solide dans un élément liquide. Si j'attends suffisamment longtemps, est-ce que je pourrai fondre moi aussi ? Est-ce que d'ici là j'aurai changé d'avis ? Est-ce qu'on meurt d'amour au XXIe siècle ? Avaler cette eau au goût de chlore purge au moins en superficie mes pensées délétères. Je dois prendre ma Malarone, le traitement antipaludéen qu'il est conseillé de suivre en Afrique. Je déglutis au passage trois Doliprane.

*

Existe-t-il pire chose, après s'être aimés passionnément, à s'en damner, que de se quitter bons amis ? Finalement, notre dernière rupture ne s'était pas tout à fait déroulée comme les précédentes. Nous étions quittes. Nous étions d'accord. La raison parlait pour nous. Nous resterions proches, nous refusions de perdre cette complicité que nous avions construite, ça prendrait le temps que ça prendrait, mais nous nous reverrions à terme, *when the dust settles*, quand la poussière serait retombée, après le désert. Ce n'était pas si dingue après tout de parcourir le Sahara, puisque j'attendais, le regard rivé sur l'ampoule d'un sablier, que le temps efface la furie de cet amour, que les braises se fassent cendres.

Après notre séparation, dans la foulée, j'ai quitté mon travail : tant qu'à tout changer. J'ai touché une grosse somme à l'issue d'un contrat que j'avais négocié dans l'agence littéraire qui m'employait, ce qui aurait pu marquer le début de ma réussite professionnelle, mais au contraire, j'ai interprété cet événement comme le préambule d'un nouveau départ, cet argent me permettrait de voir venir sans trop de comptes à rendre, à mon père notamment. Je passerais l'été à traverser le désert, et après, il serait temps de réfléchir à la suite. À tour de rôle, on me prévenait du danger, de l'irresponsabilité de cette expédition. Même mes copines les plus baroudeuses, celles qui avaient sillonné le pays Dogon par la route de montagne en pleine mousson, même mon ami grand reporter qui avait couvert de nombreuses zones de conflit, même eux me disaient que ce n'était pas *safe*. Au minimum j'allais me faire emmerder. Je n'écoutais pas. Je me suis fait vacciner contre la fièvre jaune, parce que c'était obligatoire pour aller au Sénégal, où je me rendrais après avoir longé la côte du Maroc et de la Mauritanie. Mon médecin traitant m'a posé des questions banales sur mon voyage – vous partez avec qui ? vous allez vous déplacer comment ? quel genre de logements allez-vous trouver sur place ? – et j'ai répondu, excédée par cet interrogatoire, que je n'avais rien programmé, que je verrais au fur et à mesure. Ce n'est pas un peu risqué cette région pour une femme seule ? Ils commençaient à me fatiguer, tous, avec leur obsession du péril d'une femme voyageant seule. Je n'avais pas choisi d'être célibataire, je n'avais pas décidé de me faire planter par l'homme pour qui j'aurais vendu mon âme, à qui, un siècle plus tôt, j'aurais sacrifié mon nom et ma réputation, celui pour lequel j'aurais renoncé à mon indépendance, cette autonomie que j'avais pourtant convoitée avec autant de fièvre que j'avais adoré son corps. Je n'avais pas jugé nécessaire de demander d'autorisation à qui que ce soit pour me fourvoyer à ce point, aussi je leur aurais su gré, aux donneurs de leçons, de me lâcher les basques avec leurs commentaires alarmistes. Je vous emmerde, ça vous va comme réponse ? Quand j'étais en colère je me mettais à emprunter la voix de maman. Maman dont la gouaille, le franc-parler, la grossièreté et l'emphase défilaient dans ma mémoire en blocs entiers de monologues qu'elle nous avait débités tant de fois, à ma sœur et moi, que je pouvais les régurgiter *verbatim*, à volonté. De fait, le plus grand danger auquel il me semblait être confrontée dans l'immédiat était de dépérir, cet amour rance sur le cœur.

Y a-t-il un vaccin contre les chagrins d'amour ? Un remède miracle, une cure au long cours, une méthode infaillible ? Existe-t-il une botte imparable contre cet adversaire inhumainement draconien ? À part hara-kiri, je ne voyais pas d'alternative efficace pour faire taire cette douleur insoutenable. Pourtant je ne me sentais pas non plus prête à passer à l'acte. La lâcheté venait alors s'ajouter au fardeau de mon désarroi ; je n'étais qu'une méprisable poltronne. Est-ce qu'on se suicide à cause d'une histoire de cul foireuse pour commencer ? Cette aventure n'était même pas digne de tourner au tragique, il ne s'agissait que d'un mélodrame pathétiquement trivial, une non-histoire. Comment justifier l'état de prostration qui m'accablait ? À court d'arguments contre moi-même, à court d'excuses, à court tout court, je décidai d'entreprendre un voyage à la mesure de mon égarement. Et l'idée d'errer à travers le Sahara me redonnait au moins la force de me relever, de me tenir debout, d'avancer jusque là-bas.

⋆

Je m'essuie avec le drap du lit, et l'enroule sous mes aisselles. Je retrouve mon miroir de poche au fond de mon sac. Oh là, effectivement. Le contour de mes yeux, violacé et bouffi, dégouline de résidus de khôl. Le bout de papier sur le bureau indique un numéro de téléphone. Pas mon écriture. La sienne ? Mais comment s'appelle-t-il ? Je regarde mon portable et redécouvre l'icône du message laissé la veille. Il est treize heures. C'est donc pour ça qu'il fait si chaud. L'appeler et lui demander : son nom, ce que nous avons fait. Lui dire que si nous avons eu des rapports sexuels, c'était sans mon consentement, je n'étais pas consciente. Mes souvenirs de la nuit sont embrouillés comme la trame d'un rêve. Je me rappelle vaguement une Porsche, un buste sculpté, l'adjectif *gaulé*, prononcé à l'endroit de son propre corps par cet homme au tatouage immense, une boîte de nuit en extérieur, des images qui ne se raccordent à rien de tangible, des lieux ou des situations défigurés par l'inintelligibilité du cauchemar. Dans cet état vaseux de post-alcoolémie, cet abominable inconfort qu'induisent les mauvais mélanges, ma perplexité se transforme en paranoïa. Ce type va revenir me chercher, me séquestrer et me droguer, me jeter en pâture dans un bar à putes. Et la police n'y pourra rien. Et je ne me suis même pas inscrite au consulat. Et je n'ai prévenu aucun de mes proches de mon arrivée à Nouakchott. Je crois que je vais vraiment vomir. Me recoucher. Il n'y a que ça à faire. J'entends frapper à la porte de ma chambre. Mon cœur se fige. Relaxe. Calmer mes nerfs à vif, avant tout, décompresser, relativiser. Au secours, du calme. C'est Serge. Il a trouvé mon pendentif dans l'escalier. Il ne s'en offusque pas, mais il a pensé que je serais contente de le récupérer. Comme signe du destin, il y a mieux que de perdre un gri-gri. Il me dit tout ça dans l'entrebâillement de la porte, derrière laquelle je me cache, à moitié à poil. Est-ce que je veux l'accompagner déjeuner à La Palmeraie ? Je réponds – sous l'effet d'une réaction lamentablement puérile, comme si mon papa venait m'annoncer, pour me consoler d'une chute, qu'il m'emmène manger une glace – que oui, j'adorerais. Donne-moi dix minutes pour me préparer.

Serge ne m'avance pas davantage. J'ai beau essayer de lui soutirer des informations – Ah bon, tu ne m'as pas vue rentrer ? Mais tu le connais bien, toi, ce mec ? Moins que toi, de toute évidence ! – c'est peine perdue. À moins de lui avouer que j'ai fait un black-out. Mais je n'ai pas le courage de m'humilier à ce point. Ma mine est suffisamment éloquente. Je sens mon visage enflé, je suis sûre d'être livide malgré mon bronzage. Nous mangeons un tagine d'une viande indéterminée (mouton, agneau, chèvre, chameau ?) au goût d'oignons, de cumin et de curcuma, que je sauce avec de larges morceaux du pain plat et farineux servi dans un panier sous un tissu aux motifs bariolés. Bah au moins t'as bon appétit ! commente Serge. Pourquoi cette phrase me met dans un tel état ? Je suis brusquement submergée d'émotion, envahie d'un sentiment d'obscénité, d'inconvenance. Je me souviens avec dégoût de ma gourmandise, enfant, un péché dont j'étais punie par l'embonpoint que je portais telle une croix, le gras du bidon rebondi en bourrelets autour de mon collant de danse, les cuisses bien trop dodues pour imaginer en faire des jambes de petit rat. Je m'étais affinée à l'adolescence, j'étais devenue mince sans pour autant être anorexique, mais je gardais en moi l'image de ma tendance à l'obésité, le diagnostic qu'avait prononcé l'endocrinologue que maman m'avait emmenée consulter, cherchant des réponses à ma morphologie si peu idéale, elle qui avait toujours eu une taille de guêpe. Moche comme trente-six cochons ! disait papa des femmes dont les mensurations ne correspondaient pas à ses standards esthétiques. Je quitte la table précipitamment pour que Serge ne me voie pas pleurer, il ne manquerait plus que ça, que je me mette à chialer devant lui. Au-dessus du trou des toilettes, je m'exhorte à me reprendre en mains. Personne ne va pisser à ma place, maman me l'a assez répété, personne ne va vivre ma vie pour moi, il est temps que je me ressaisisse, que j'aille de l'avant. Un peu de tenue, bordel.

Je vais commencer par me rendre à la bibliothèque de l'Institut français, consulter des livres sur l'histoire de la Mauritanie, sa géographie, sa poésie, m'instruire, me renseigner. J'ai l'espoir que ce détour redore un tout petit peu mon image auprès de Serge, et de fait il me dépose devant le centre culturel d'un œil encore suspicieux mais adouci, avec un soupçon de déférence qui gonfle mon orgueil. Voilà qui devrait le convaincre que je suis une fille sérieuse, une fille qui aime la lecture, voire une intellectuelle. Je ne suis pas n'importe qui, enfin. La bibliothèque de l'Institut a aussi, accessoirement, un ordinateur avec une connexion

Internet. Sur lequel je peux consulter mes mails, ce que je n'ai pas fait depuis des semaines. Et justement aujourd'hui, il m'a écrit. Lui. J'hésite à ouvrir son message. Est-ce vraiment le moment de me faire du mal pour rien ? Apparemment, oui.

Chérie. *Happy Bastille Day!* Tu as fêté ça? Je suis tombé par hasard sur un article dans le *New York Times* sur le Sahara occidental. Ça a l'air un peu chaud – j'espère que tu fais attention à toi. Je te l'envoie ici. Pas d'urgence pour le lire. Peut-être que tu ne trouveras ce message qu'à ton retour. Est-ce que tu te souviens dans quel roman de Balzac – je me rappelle l'avoir lu dans ton lit, tu dormais – le héros hésite entre deux femmes, une brune et une blonde, de caractères opposés (Balzac, toujours tellement subtil !) ? Un manuscrit que je viens d'accepter a une histoire un peu semblable, je voulais demander à l'auteur s'il y avait pensé. Tu as le titre en tête? Oh, et j'ai redécouvert Apollinaire. Envie soudaine de traduire ses poèmes. Je suis assez content de ma version des *Colchiques*. J'attends de voir si une revue la publie. Je te l'enverrai. Les colchiques qui sont comme des mères, filles de leurs filles. Ces vers me font tellement penser à toi, et ta maman. Si tu peux, dis-moi en deux mots que tu es en vie. Ou deux lettres. OK? xo

Le Lys dans la vallée. Un de mes livres de chevet. Oui, je dormais. Cet hiver-là, une pneumonie avait bourgeonné dans mon poumon gauche, ironiquement après que j'avais arrêté de fumer, comme si les corolles de goudron arrachées à mes bronches les avaient fragilisées. J'avais dû entamer un deuxième protocole d'antibiotiques, le premier s'étant révélé insuffisant. J'étais alitée depuis des jours, il avait enfin accepté de me rendre visite, et allongé auprès de moi, il s'était mis à lire ce roman dont je lui avais parlé lors de notre première rencontre – un rendez-vous professionnel : il était éditeur, j'étais agent littéraire. Il m'avait apporté un bouillon infâme du restaurant polonais du quartier, me forçant à l'avaler – C'est bon pour ce que tu as ! – tout en me narrant le repas aussi peu appétissant dont lui avait dîné : kielbasa au chou rouge, salade de pommes de terre, pain de seigle et bière brune. J'aurais voulu des caresses dans le dos, sa main fraîche sur mon front, j'aurais voulu avoir le ressort de le lui demander en le voyant défaire sa braguette. Lui trouvait ma pâleur érotique. Je n'ai pas osé refuser, il était venu jusqu'ici, lui témoigner ma reconnaissance me paraissait la moindre des choses, mais mes yeux me piquaient et j'étais asphyxiée, le raclement de son sexe au fond de ma gorge m'empêchait de respirer. J'étais désolée. Je n'ai plus de souffle, je ne suis plus bonne à rien, lui avais-je dit, lui proposant de jouir sur mes seins dégagés de ma chemise de convalescente.

Pourquoi avait-il ressenti le besoin de se replonger dans la poésie d'Apollinaire ? Que cherchait-il en m'annonçant cette nouvelle comme ça, à brûle-pourpoint ? Était-il plausible qu'il ait oublié que c'était mon poète fétiche ? Ou s'efforçait-il de me torturer ? Pourquoi me citer ces vers en particulier, avec lesquels il s'assurait de me déchiqueter comme une misérable pâquerette ? *Les mères, filles de leurs filles*. En français dans le texte. Oui, ma mère maniaco-dépressive, ne parlant pas un mot d'anglais, imposait que je m'occupe d'elle comme de ma fille. Il l'avait rencontrée à l'occasion de l'un de ses séjours à New York, un seul déjeuner lui avait suffi pour prétexter toutes sortes d'obligations par la suite, il avait prétendu ne pas parler français, me forçant à lui servir d'interprète, rendant la conversation ingérable. J'avais vu, ce n'était pas la peine d'essayer de me mentir, j'avais bien vu l'épouvante avec laquelle il l'avait saluée. Elle était flippante, je n'aurais pas dit le contraire, dans un état second, droguée aux anxiolytiques, bouffie, essayant de se faire comprendre dans son anglais inexistant, hélant le serveur avec des simagrées grotesques. Je le voyais déglutir avec difficulté. C'était donc ça, ma mère. Son spectacle lui restait sur l'estomac, et je ne pouvais que le comprendre, mais nous aurions pu avoir mal au cœur à deux, plutôt que lui me laisse plantée là, avec ma mère, fille de sa fille, sur les bras. Nous aurions pu être deux pour affronter la difficulté d'être, l'injustice du monde, nos parents vieillissants, nos choix de carrière, la maladie. Il aurait fallu qu'il ait envie de mon soutien, qu'il consente à m'apporter le sien, qu'il y daigne, c'est-à-dire qu'il m'en juge digne. La majesté de maman n'avait plus rien d'évident, elle était bien loin de la sublime danseuse française, d'une beauté céleste, qu'elle avait pourtant été. Il y avait quelque chose de dégradant à être vu avec elle, de limite infamant, dans son attitude outrancière, ses grands gestes, sa coquetterie dissonante sur ses traits avachis de vieille alcoolique. Et voilà qu'en une ligne il me rappelle tout ça, sur l'écran jauni d'un bureau bringuebalant sous les rayonnages de livres et de cassettes vidéo VHS hors d'âge de la médiathèque française de Nouakchott, et je me retrouve à nouveau prostrée, abasourdie, assaillie d'un déluge de mots, de réminiscences, qui rend l'idée de lui répondre avec brièveté absurde, inimaginable, ou alors en deux lettres, FU ! en majuscules, suivi peut-être de vingt-deux points d'exclamation. Mais je sais bien que c'est encore moi qui vais passer pour la folle, l'hystérique, alors que lui m'a envoyé un message parfaitement gentil, courtois, voire empressé. Je m'imagine lui écrire d'aller se faire foutre, que décidément si les mères sont les filles de leurs filles, les filles sont aussi tout de même filles de leurs mères, et les chiens ne font pas des chats, et lui n'est qu'une fouine, une saloperie de fouine, et comme je tente de contrôler mon émotion, je m'aperçois que je ne vais pas y arriver, ainsi, je me convaincs de ne pas répondre – laisse donc, laisse.

Nous avions pris un verre avant mon départ. C'est là qu'il m'avait conseillé d'appeler ses parents si je passais à Washington : Ça leur fera tellement plaisir ! Tu sais ce qui me désole, m'avait-il dit d'un air repentant la nuit de notre ultime séparation, ce qui me rend vraiment triste, c'est de penser à quel point ma mère et ma sœur vont être déçues. Elles espéraient tellement qu'on se marie. J'ai recensé dans ma tête les armes dont je disposais à portée de main : sécateur, ciseaux, couteaux... Sors de ma vie, espèce de salopard. Je te hais. Je te méprise, tu ne m'inspires que de la répugnance. Je ne veux plus jamais te voir ! Or c'est encore lui qui m'a devancée. Il m'a embrassée avec transport et l'aigreur qui avait raidi mon corps s'est dissipée dans la langueur de son étreinte, ma colère mollifiée contre son épaule virile. Pourquoi ? Enfin pourquoi ? Comment était-ce possible d'aimer un homme à ce point ? Jusqu'à n'avoir plus aucun respect de soi, jusqu'à jouir de lui être soumise, jusqu'à baiser ses pieds avec adoration pourvu qu'il me relève et me plaque contre un mur. Et voilà, trois mois plus tard, nous nous retrouvions à l'apéritif, il n'avait qu'une heure à me consacrer, il devait filer à un dîner, il m'embrassait distraitement d'un coup de pommette au moment de partir, et je devais me mordre l'intérieur de la joue et serrer les poings pour ne pas m'agripper à la poche de son jean, et ramper derrière lui et le supplier de ne pas me quitter.

La bibliothèque va fermer, c'est dimanche, ils ferment plus tôt que d'habitude. Je peux revenir le lendemain. Ils sont ouverts tous les jours jusqu'à vingt heures, sauf le vendredi, jour de la grande prière. Et le dimanche. Je demande au bibliothécaire s'il a des livres à me conseiller sur la culture mauritanienne, il me regarde de travers, et finalement me répond, oui, nous avons des livres, comme vous voyez. Revenez demain, si vous voulez, mon collègue vous aidera. Ce n'est pas une mauvaise chose que je n'essaie pas de m'attaquer à l'analyse de la culture mauritanienne dans l'immédiat. Un violent mal de tête pointe comme Vénus au crépuscule, il s'apprête à dominer la voûte de mes pensées. Inutile d'insister. Nous verrons demain. Demain il fera jour.

Je me souviendrai, cette fois, du chemin de retour vers l'hôtel. Je mémoriserai le trajet, et l'emprunterai le lendemain, et le surlendemain, et le jour suivant, tôt le matin. Je repartirai de la bibliothèque le plus tard possible. Le garçon dont je n'ai pas retenu le nom – si je l'ai seulement connu – ne réapparaît pas, et j'en suis soulagée ; j'essaie de me convaincre qu'il ne s'est rien passé ; je tente d'oublier cette soirée. Serge a dû retourner travailler, une nouvelle semaine a repris son cours. Je n'ai pas bien compris ce qu'il fait : quelque chose en rapport avec le contrôle d'importation, le service d'inspection, la douane, la contrebande ou la contrefaçon. Est-ce que ça veut dire qu'il empêche les services locaux d'empocher des bakchichs, que lui s'assure des pourboires, ou que tout le monde partage ? Ou est-ce qu'au contraire il se porte garant de la probité de chacun des intervenants de la chaîne de l'export, par l'intermédiaire de la multinationale qui l'emploie ? Lui aussi a momentanément disparu. Je ne m'en plains pas. Je me prépare à partir pour Chinguetti, la cité médiévale au sommet du plateau de l'Adrar, dans les profondeurs du Sahara. Il faut que j'avance dans le désert. Si je ne sais toujours pas pourquoi je suis ici, ce que j'y cherche, peut-être les dunes me le diront-elles. En attendant, je m'instruis.

Depuis nos villes occidentales, équipées de connexions Internet haut débit et d'électricité illimitée, on peut collecter une somme considérable d'informations quant à la culture mauritanienne, ses mœurs, ses usages, ses penseurs, ses figures populaires ou ses chefs de partis politiques. On peut, entre autres, lire un rapport entier sur les droits de la femme de la Commission nationale des droits de l'homme, indiquant en chiffres et en données – quoi exactement ? L'aberration des inégalités, leur injustice, leur abjection morale ? Comment prétendre se faire une idée d'un peuple et de milliers d'années d'histoire au détour d'une notice Wikipédia ? Quelle responsabilité individuelle nous incombe dans un monde où ces informations nous sont données à lire, à observer, en touriste ? La seule certitude qui me paraisse à peu près stable est que ma présence dans ce pays est une hérésie.

À la bibliothèque de l'Institut français de Nouakchott, je trouve des informations semblables à celles aisément réunies au cours d'une enquête Internet parcellaire. Je ne prends pas de notes parce que j'ai envoyé le cahier qui devait me servir de journal de bord (je n'ai pas écrit une ligne en trois semaines, mais une amie me l'a offert, et je crains que si je le jette inconsidérément cela ne revienne me hanter, voire me porter préjudice), à la poste de Laâyoune, avec les livres que je n'ai pas non plus ouverts.

Tout ce que je lis me conforte dans l'idée que c'est à Chinguetti qu'il faut que j'aille. Je saute les épisodes de l'histoire contemporaine : la colonisation, qui unit la Mauritanie et le Sénégal en Afrique occidentale française, puis la décolonisation qui les sépare. L'inévitable coopération avec l'ancien pays prédateur, l'usage du français comme langue fédératrice, l'indépendance ambiguë ; dans ces nouvelles frontières tangibles tracées hâtivement sur une carte abstraite, le conflit entre les différents groupes ethniques qui ravage la nation. Je me concentre sur le passé plus lointain, et l'histoire du désert, là où l'homme blanc s'est aventuré avec davantage de circonspection, tenu en joue par l'hostilité de cette terre. Gagner Chinguetti n'est pas évident – il n'y a pas de transports en commun, ce n'est pas la saison. Il faudrait prendre un taxi-brousse jusqu'à Atar, c'est-à-dire attendre à la gare routière de Nouakchott qu'une voiture se remplisse de gens qui veulent collectivement se rendre dans cette ville. Mais en ce moment, me confirme le réceptionniste, tu ne vas pas trouver foule pour partir à Atar. Et Chinguetti, non, dit-il. Tu peux attendre à la gare et voir. Ou alors à Atar. Il faut être patiente, peut-être une semaine, peut-être plus. Ou tu peux prendre une voiture privée, avec un chauffeur. Mais c'est très cher. C'est quoi très cher ? Très cher ! Pour Chinguetti ! À cette période ! Très cher. J'ai des dollars, dis-je. Non, des ouguiyas, c'est mieux pour avoir un bon prix. Il faudra marchander. Je peux commencer par aller convertir mes dollars au marché, le bureau de change est dans le quartier des horloges, c'est-à-dire sous les tentes des échoppes qui vendent des montres d'occasion, ou les réparent. Ça se sait. Pas besoin d'un kiosque avec banderole ou néon. Ça se fait en sous-main ; ce n'est pas de la contrebande, juste la norme locale ; il faut être informé. Il y a très peu de banques en ville. Aucune n'a de distributeur de billets. Pour obtenir de l'argent liquide, la seule forme de paiement acceptée pour les transactions qui me concernent, il faut déjà en avoir par-devers soi, dans une autre monnaie éventuellement, mais des billets de banque. Ou alors on peut attendre de se faire envoyer un virement, ce qui peut prendre un moment.

Si vous voulez vraiment comprendre l'histoire du Sahara, me dit enfin le bibliothécaire avec qui j'essaie d'engager la conversation depuis trois jours, il faut lire Ibn Khaldûn, l'*Histoire des Arabes et des Berbères du Maghreb*. Le grand historien de l'islam Abdesselam Cheddadi, son professeur à l'université, est en train d'établir une édition de la Pléiade, un deuxième volume. Le premier, dans lequel sont traduits l'*Autobiographie* et la *Muqaddima*, a demandé au professeur dix ans de travail. Ce qu'il faut comprendre de cette histoire du désert, ajoute-t-il, c'est l'opposition entre Bédouins et cultivateurs, nomades et sédentaires, entre Berbères et Arabes, entre ruralité et urbanisation. Des questions toujours d'actualité, vraiment contemporaines, et la théorie de la société d'Ibn Khaldûn est d'ailleurs un livre phare pour les sociologues modernes – Erving Goffman, je connais ? Les yeux du bibliothécaire, jusque-là ternes et fuyants, s'illuminent. Il faut lire *La Présentation de soi*, me dit-il. Je lui demande s'il n'y a pas aussi un livre de Bourdieu sur les Berbères. Oui, me répond-il. Sur les Kabyles. Notre dialogue s'interrompt abruptement sur cette déclaration, son visage se ferme à nouveau, et je me dis que je ne comprends décidément rien.

De retour dans ma chambre, j'essaie de calculer combien d'argent il faut que je conserve pour aller jusqu'au Sénégal après Chinguetti. À Saint-Louis je pourrai retirer du liquide dans une banque. Je suis très mauvaise en maths, si nulle que je m'y reprends à trois fois, crayon en main, le bout de papier journal sur lequel je pose des équations que je n'arrive pas à résoudre – je tente de simplifier, j'arrondis – se déchire après plusieurs ratures, alors j'arrondis encore. Je change presque tout l'argent qu'il me reste, moins ce qu'il me faudra en cas de pépin, avant la prochaine frontière, la banque. Mon décompte est terriblement approximatif. Au pire, je revendrai le pendentif! me dis-je, me moquant de Serge. Mon chauffeur ne m'est pas présenté avant le matin du départ, mais le gardien de l'hôtel, le moins avenant, me promet qu'il s'agit de quelqu'un de confiance, le prix est négocié, y compris l'eau – des réserves d'eau largement suffisantes, pour lui comme pour moi. Il faudra prévoir au moins un repas, pour le chauffeur aussi. La route est longue, il fait très chaud. Oui, bien entendu. On ne meurt de soif dans le désert que par imprévoyance, paraît-il. Je me demande ce qu'il en est des imprévus.

L'idée même de marchander me contrarie, dis-je à Serge. Il est au bar de l'hôtel, là où je l'ai rencontré la première fois, devant un gobelet d'alcool blanc. Je suis vraiment abrutie, apparemment. Il me l'annonce sans ambages. C'est pas possible d'être aussi couillonne, c'est du délire, il faut renégocier, on marche sur la tête, le chauffeur va s'acheter une kasbah avec ce pactole ! Je lui réponds, avec la petite dose d'assurance que mes quelques jours de solitude ont réinsufflée en moi, que ça m'est égal, ou plutôt, non, ça ne m'est pas indifférent, je serais ravie que mon guide s'achète un palais grâce à notre voyage à Chinguetti, j'en doute cependant. J'ai droit à une leçon de morale sur l'économie locale, les méfaits de ce type de démarche inflationniste et pseudo-généreuse, la santé fiscale des échanges transactionnels, qui trinque derrière. Et je vais où comme ça à Chinguetti ? Je verrai sur place. Sourcils froncés – cette fille n'est pas nette –, il me fixe de nouveau. Tu vas me faire le plaisir d'appeler mon ami Raoul à Atar. Je vais le prévenir que tu passeras le voir. Je te marque son numéro. Tu l'appelles de ma part. Tu le fais, hein ? Que je ne sache même pas si mon chauffeur parle français le préoccupe beaucoup. Moi, je monte me coucher plutôt sereine, sobre. Impatiente sans trop d'appréhension.

En faisant mon sac je retrouve mon téléphone portable, j'ai dû le jeter sous mon linge sale dans un accès d'intempérance, après ma nuit épique, pas la peine de revenir dessus. Il s'est déchargé depuis le temps que je l'ignore. J'attends qu'il reprenne vie lentement. L'icône de la messagerie s'affiche sur l'écran. J'avais complètement zappé le message. Je m'assieds pour l'écouter. La voix de mon père, reconnaissable entre toutes, à peine la première syllabe énoncée, me parvient derrière le bourdonnement du ventilateur, dans la lumière ocre de l'ampoule sous son demi-abat-jour. La peau moite dans cet air sec, je me redresse, plaque mes mèches folles en arrière. Que papa me rejoigne dans cette pièce où jamais au grand jamais il ne se trouverait me bouleverse. Papa tellement de son temps et totalement anachronique, papa s'adresse à moi, à Nouakchott, l'été 2007, via un modèle de téléphone déjà vétuste l'année de sa commercialisation.

> Allô-allô, ma chérie, c'est papa ! Mon amour adorée, ça fait longtemps que je n'ai pas eu de tes nouvelles. Tu es sur répondeur, rappelle-moi quand tu as ce message, ça ferait plaisir à ton vieux père d'entendre ta voix. Tu me manques, mon petit ange, ça fait trop longtemps qu'on ne s'est pas vus. Tu es où, déjà ? Au Maroc, c'est ça ? Il doit faire une chaleur de bêtes. Mais tu es où exactement, j'ai oublié. À Tanger ? À Marrakech ? Agadir ? Moi, je garde un très mauvais souvenir du Maroc mais ça n'a rien à voir avec le pays. Je n'y ai jamais remis les pieds après juin 40 – cette histoire que je t'ai déjà racontée cinquante fois ! – quand papa, qui était alors directeur général des Beaux-Arts au cabinet de Jean Zay, et nous quatre, maman, mes deux frères et moi, avons

embarqué à bord du *Massilia* le 21 juin 1940, qui devait nous emmener à Alger où papa, Jean Zay, Georges Mandel, d'autres dont j'oublie les noms, ah si, évidemment, Pierre Mendès France ! – moi j'avais le béguin pour la fille de Mandel, qui avait mon âge, elle me plaisait beaucoup – bref, ils devaient continuer la lutte contre les Allemands, et pendant ce temps, ce salaud de Pétain a signé l'armistice dans notre dos ! Le *Massilia* était un guet-apens, un piège, nous on est tombés dedans comme des bleus, et au lieu d'Alger on a débarqué à Casa, qui n'était pas un territoire français, seulement un protectorat, papa et ses confrères du gouvernement, des Français absolument patriotes, qui souhaitaient tous poursuivre la lutte contre les Allemands, contrairement au Maréchal, se sont fait arrêter, certains même emprisonner, on nous a déchus de la nationalité française, privés de pension, de retraite, de tout, entièrement démunis. Le juif Jean Zay, disaient les journaux le lendemain, le juif Jean Zay : déserteur. Nous pareil. Pour ça, non, je ne garde pas un bon souvenir du Maroc. Mais toi, ma chérie, tu es où ? J'ai oublié le nom du garçon avec qui tu es en ce moment. Il est gentil au moins ? J'espère qu'il s'occupe bien de toi, ma chérie adorée. Qu'il se rend compte de la chance qu'il a, c'est pas tous les jours qu'on rencontre une fille aussi belle et intelligente que toi, une perle rare ! Ce serait bien que tu trouves un mari qui t'assure une vie confortable, que tu puisses élever des enfants à l'abri du besoin. Tu n'as pas eu l'air décidée à te marier jusqu'ici, ta sœur non plus d'ailleurs.

Tant mieux, tant mieux, prenez votre temps, moi je me suis marié très jeune, à dix-neuf ans, et résultat je m'y suis repris à quatre fois ! C'est peut-être la recette de la longévité, d'attendre d'être plus mûr. C'est quoi déjà le dicton : Qui en hâte se marie, à loisir se repent ? Quelque chose dans ce goût-là. D'ailleurs, on est très heureux avec ma femme, ça fait presque vingt ans, mine de rien. Vingt-deux ans ! me crie-t-elle. Pardon pardon, ma chérie, tu vois, tu es une épouse tellement parfaite que le temps passe trop vite en ta présence, j'en oublie les années. Mon amour adorée, ma Violinou chérie, je vais devoir raccrocher, on passe à table. Mais ça m'a fait plaisir de te parler. Je t'embrasse fort fort, mon ange, ma dernière petite fille chérie, tu manques à ton papa, j'ai hâte de te serrer dans mes bras, rappelle-moi bien vite, je t'aime fort fort fort, allez, je raccroche, à très vite au téléphone, à très vite, je t'aime, au revoir, au revoir.

Mon papa. Soudain je me souviens avec une netteté fulgurante de sa main de géant autour de la mienne, de mes doigts peinant à en faire le tour. Je me remémore tout aussi distinctement le parfum de son eau de Cologne, son menton aux égratignures aléatoires, aux petites touffes inégalement négligées sous les lames rotatives de son rasoir électrique au cordon tire-bouchonné, l'odeur de ses baisers sur mon poignet, ses gencives rincées au bain de bouche Synthol, le résidu de bordeaux à la commissure de ses lèvres, son torse nu d'une blancheur étonnante sous sa toison brune, puis grise, plus blanche, sa blancheur toujours aussi étonnante, ses bras décatis avec l'âge, ses biceps qui n'ont jamais connu l'haltérophilie, fanés, flétris. Mon papa chéri. J'avais longtemps redouté que la vie nous vole notre amour, nous dérobe notre lien avant que je n'atteigne l'âge adulte, qu'il ne m'accompagne pas même jusqu'à ma majorité. Papa a cinquante ans de plus que moi, et voilà qu'il s'approche dangereusement de l'octogénat, autant dire d'un âge gériatrique ; il est en voie de devenir ce vieillard cacochyme qu'il avait ironisé être quand sa vitalité lui permettait encore de se moquer du décompte des années. Papa est de plus en plus dépendant de sa femme, domestiqué au point de renoncer à sortir, lui que j'avais rarement vu à la maison, toujours au restaurant ou derrière son bureau, papa presque retraité, papa est maintenant reconnaissant de l'assiduité de sa femme qui lui fait la popote devant la téloche. Rappeler papa, faire résonner sa voix d'outre-tombe, sa voix qui outrepasse la finitude de son existence, qui tonne contre les parois du caveau familial, où se bousculent les morts dans les mots du présent, sentir les vibrations de son timbre contre mon tympan, le savoir gai, l'écouter siffloter, peut-être même me chantonner cette chanson paillarde qu'entonnait sa mère les jours de fête nationale : Quand les fusées pétaient en l'air / Elle a senti comme un trou de balle / Un frisson parcourir sa chair !

Je n'ai pas la force de rappeler papa. Pas ce soir. Je ne sais plus très bien ce que je lui ai baratiné au sujet de mon voyage. J'ai beaucoup brodé. Je ne voulais pas l'inquiéter. Entendre pour la énième fois l'épisode de son débarquement à Casa, le début de cette guerre qui l'avait tant traumatisé que son identité en était indissociable, infléchit le sens de mon voyage : j'avais choisi sans m'en apercevoir de partir du point d'ancrage du désastre dans ma généalogie familiale, pour rejoindre Dakar, la ville que maman avait identifiée comme sa terre promise.

Je quitte la ville à l'aube, et je dois finir mes bagages, mais je me laisse à nouveau distraire par le cahier des *Contes de Mauritanie*, imprimé au Sénégal, sur papier épais, à l'encre stable, contrairement à celle du journal qui déteint sur les doigts, que j'ai trouvé au marché, entre les étals de fruits, les vêtements pour femmes et le bureau de change, chez les horlogers.

La première fable tourne autour d'un jeu de mots sur la différence entre l'arabe dialectal et l'arabe classique, la langue officielle de l'école depuis que le français ne l'est plus. Que perd-on en changeant de langue ? Cette irréductibilité de l'intraduisible, ce qu'une langue maternelle dans la mélodie de ses syntagmes communique de soi, me rappelle ces poèmes qui m'ont nourrie, la voix de mes parents, la voix de leurs parents dans la leur, ma voix aujourd'hui empreinte de l'américain. Le hassanya possède un terme pour indiquer l'eau tombée autour du puits (en puisant l'eau) ou l'endroit où l'eau puisée au puits est tombée avant qu'elle ne reparte dans les rigoles ; des tas de particularismes lexicaux pour indiquer l'équipement et les moyens de puiser l'eau, de la contenir ; l'eau bue à la main ; un vocabulaire aussi concis que précis pour la traverse, la perche entre deux piliers (ou entre le pilier et le mur) pour suspendre des tentures, des vêtements. Un des mots que la langue française recense comme incommunicable tel que le natif l'entend est *coquetterie*. Un autre est *dépaysement*.

This ou *that*? Je lui demandais souvent de corriger mes fautes, de moins en moins fréquentes mais pour certaines encore persistantes : *this* ou *that*? Il refusait de me dire, il les trouvait touchantes, mes erreurs, et elles lui conféraient un ascendant manifeste, qu'il n'aurait cédé pour rien au monde. En m'expatriant, je m'étais imposé de vivre dans un idiome étranger dont j'avais une maîtrise suffisante pour m'exprimer correctement, voire les bons jours avec éloquence, mais il n'en demeurait pas moins une deuxième langue, un cran au-dessous de la première. Ma servilité face à son incontestable supériorité en anglais m'évoquait l'esclavage de la colonisation, les applications pratiques de l'hégémonie, les appareils de domination. Mon asservissement, j'ai eu le privilège de l'éprouver de mon plein gré, usant de mon libre arbitre, libre aussi de retourner dans ma langue, d'y revenir quand je le souhaitais, définitivement ou en visite, quand le dépaysement me rendait nostalgique. Exilée volontaire, je n'étais ni réfugiée politique, ni paria économique, je pouvais faire l'expérience d'une nouvelle identité linguistique sans me départir de celle avec laquelle j'étais née, sans être forcée de l'abdiquer, au contraire. Ma pointe d'accent si chic, *so charming*, me servait souvent de faire-valoir. Nous ne sommes pas tous logés à la même enseigne, il faut comparer ce qui est comparable : ces vérités d'évidence m'accompagnaient chaque fois que je traversais l'immigration américaine avec mon passeport lie-de-vin et non pas vert bouteille. Néanmoins, quand une référence culturelle m'échappait, quand on me complimentait sur mon anglais – C'est incroyable ! tu n'as presque pas d'accent ! tu écris mieux que des gens dont c'est la langue maternelle ! – je me ressouvenais du déclassement auquel j'étais quotidiennement confrontée, perpétuellement rabaissée du fait de n'être pas d'ici, ici, c'est-à-dire là, c'est-à-dire du pays dans lequel j'avais élu résidence. C'est autre chose d'être aliéné de sa langue sur son propre sol, me dis-je, pensant alors à Frantz Fanon. L'histoire de sa langue, de la pollution de sa langue, de ses interférences littéraires ou prosaïques, triviales ou philosophiques, son pluralisme, anime la pensée, la construit, l'établit. Je me rappelle combien je me sens débile, incapable d'aligner deux mots dans un idiome inconnu. L'impérialisme de la hiérarchie des langues, en concevoir une comme étant majoritaire, en user universellement et de manière insidieuse, par défaut, est peut-être une des pires façons de contrôler les peuples, comme si de rien n'était, en brouillant les cartes et les frontières, en faisant croire qu'on se comprend, sous le joug de ceux qui peuvent dire avec assurance s'il s'agit bien de *this* ou *that*.

*

Les sons ensorcelants qu'émet l'autoradio confèrent au roulis du véhicule une altitude fantasmatique, enveloppés dans les volutes vocales des griots, les bruits de harpe, de luth, de timbales ou de mains frappées, le paysage défile derrière la vitre avec un onirisme désorientant, comme la bande originale d'un film que nous serions en train de vivre en direct. C'est beau, dis-je à mon chauffeur, la musique. Un pouce levé, deux pouces levés, grand sourire – c'est beau ! Je me suis assise à côté de lui, sur le siège passager plutôt que sur la banquette arrière, après que nous nous sommes mis d'accord d'une gestuelle hésitante. Il parle hassanya. Moi français, ou anglais, espagnol à la limite, arabe non. Il m'a dit soit, d'un claquement de la langue contre le palais, dodelinant de la tête. Ou c'est ce que j'ai compris. À mes compliments sur la musique, il répond : *Azawan*. Je fais semblant de comprendre, répète. Il reprend mon accent. Je ne répète pas. Je pense à la couleur alezan – ce brun rougeâtre ou fauve des chevaux sauvages. Nous sommes entourés d'un décor d'une splendeur ineffable, des dunes de sable se multiplient jusqu'à toucher l'horizon du bout de leurs lunules, leur camaïeu de roses plus chatoyant qu'un parterre de fleurs. Des tentes dispersées à intervalles irréguliers rappellent que le désert abrite aussi des vies humaines, mais elles demeurent à la périphérie du champ de vision, une observation sporadique, pour qui ne fait que passer.

C'est en Mauritanie que des chercheurs ont découvert la plus vieille couleur au monde. Un rose profond, issu des pigments de fossiles moléculaires produits par d'anciens organismes photosynthétiques, qui auraient habité un océan disparu depuis des billions d'années. Les origines lacustres du désert reviennent partout dans les rapports des géologues, les analogies marines paraissent inévitables devant les vagues des ergs. On est ici à la fois vingt mille lieues sous les mers et au centre de la terre, toutefois la véritable aventure de cet endroit n'est pas humaine, pas même préhistorique, elle est cosmogonique. Cette terre est un mythe en elle-même, comme en témoigne ce rose – cette couleur qui ne se révèle au Français qu'au Moyen Âge –, ce substantif masculin dans lequel on habille les petites filles de l'Occident. Ce rose du bleu, la gamme chromatique du pays des hommes voilés, indigo et *monopink*. Peut-on savoir avec autorité ce qu'il en est de cette couleur, si les mots à notre disposition pour la décrire ont seulement la capacité d'en témoigner ? Est-ce que ce rose existe en hassanya, en berbère, en arabe classique ? Sa teinte est-elle la même dans ces différentes langues ? En dehors du savoir scientifique sur la nature des pigments, la structure de la lumière, la couleur fait état d'une expérience, ou d'une pensée, ou alors de la pensée d'une expérience. Un phénomène psychique qui accompagne le réel. Une représentation aléatoire selon son point de vue. Ou bien c'est une réalité tangible, à l'existence intrinsèque indépendante de mon regard. Je n'en sais rien. J'aimerais que mes repères s'effacent comme les empreintes dans le sable, mes valeurs culturelles, nos sous-entendus, nos clichés, mes souvenirs, nos blagues grivoises, les évidences, les larmes, l'évidence des larmes. J'aimerais faire table rase de nos conjectures sur l'évolution de l'univers, repenser le progrès sans mouvement en avant, dans une posture réflexive, à contre-courant. J'aimerais me contenter du présent, que les ornières disparaissent sous l'effet d'une douce brise, que la métaphysique se comprenne comme une installation artistique, avec les sens. Que le rose brûlant d'un minishort de danseuse transsexuelle soit à l'origine du monde.

Nous nous arrêtons. Il doit être l'heure de la prière. Le chauffeur dont je ne suis pas sûre d'avoir compris le nom – lui ne m'a pas demandé le mien, s'adresser à moi autrement que d'un geste ou d'un regard doit lui paraître superflu, ou ce n'est simplement pas dans ses usages – se gare sur le bord de la route, c'est-à-dire juste un peu en retrait, là où nous ne risquons pas l'enlisement. Comme il ne me fait pas signe de sortir, par discrétion, de crainte de l'offusquer ou d'interrompre ses ablutions, j'attends dedans. Peut-on raconter le temps en tant que tel, en soi ? Dans cet espace confiné du siège avant d'un 4 × 4 Mitsubishi d'occasion, le temps fuit par la vitre, glisse sur le pare-brise, m'engourdit les jambes et ma patience s'essouffle, si bien qu'au bout d'un moment qui me paraît durer des mois je sors. Je trouve le conducteur du véhicule accroupi devant un feu de camp miniature, une théière au-dessus de braises de charbon. Il attend que l'eau bouille. Il ouvre le coffre, me fait signe de m'installer à l'ombre du hayon. Le premier thé est trop fort, juste les feuilles infusées ; il faut le reverser dans les autres verres de très haut, pour favoriser la mousse. Un thé vert de Chine, sans menthe, beaucoup de sucre. De nos jours, les souvenirs se passent de nous, on peut les retrouver sur Internet. Ainsi, le fameux dicton saharien sur le thé : les Mauritaniens disent que le premier thé est amer comme la mort, le second est fort comme la vie et le troisième sucré comme l'amour. On les boit jusqu'à l'extrême dernière goutte : la larme de miel.

Notre première escale nous lie, mon guide et moi. Je sens qu'il serait presque d'avis de me faire la conversation, mais nous sommes de nouveau confrontés à la barrière linguistique qui nous sépare lorsqu'il essaie de me montrer les montagnes au loin, en en prononçant le nom dans son idiome, accompagné d'un mouvement ondulatoire du poignet. Oui, colline, dis-je, ou montagne. La topographie du désert a la particularité de se transformer si abruptement qu'elle ajoute à cette sensation d'irréalité, l'impression de traverser des dioramas. Des ergs, nous passons aux regs – une surface caillouteuse comme dans les images de la lune, un humus beige ou gris jonché de pierres et de fossiles, qui le soir, quand le soleil rase le sol, ressemblent à des joyaux incrustés dans la terre –, puis des carrières de quartz, des cipolins délicats, d'un bleu diapré, viride, des roches insensibles au hâle, puis des sebkha, des marais de sel aux faux airs de Voie lactée, puis des falaises qui s'échancrent dans le ciel, sans transition, des parois verticales de canyon. Je me rappelle le schéma d'une nappe phréatique, et le mot *orographie*, qui m'apparaît ici avec une telle luxuriance que j'en oublie l'absence d'arbres ou même de simples broussailles – pas une euphorbe en vue – sur des kilomètres.

Nous nous approchons d'un village, dont j'imagine un instant qu'il s'agit déjà d'Atar mais ça ne me semble pas possible. Nous allons déjeuner chez des amis, ou de la famille, dans ce petit bourg dont j'ai oublié le nom et que je n'ai pas envie de retrouver sur une carte. Je préfère préserver la mémoire onirique de ces ruelles ensablées, de la toile tendue au-dessus de tréteaux sous laquelle nous avons partagé du mil cuit dans un bouillon de viande, et des dattes, et du thé, et encore du thé. Mon téléphone avait du réseau et j'ai appelé Raoul, qui m'a dit qu'il avait été prévenu par Serge de ma venue, qu'il m'attendait. J'ai pensé interroger mon guide par signes pour déterminer quand nous arriverions à Atar, mais je me suis dit que c'était inutile, que nous n'étions pas pressés. Nous le rappellerons une fois en ville, pour qu'il nous indique le chemin. Je me demande s'il parle hassanya, Raoul. Ce sera la surprise. J'ai voulu, par politesse, faire mine de payer pour le repas, et le thé, et l'eau minérale qui m'a été servie à moi seule : mon guide a répondu avec des gestes qu'il n'en était pas question, que j'étais invitée, une main sur le cœur dans un mouvement de recul que j'ai associé dans ma sémiotique culturelle à une révérence. Nous avons repris la route, et bien que je n'aie ressenti aucune inquiétude depuis l'instant où nous nous sommes rencontrés devant l'hôtel, je suis de plus en plus sereine en sa compagnie, je me sens protégée, en sécurité, libérée de la prison intellectuelle qu'est l'angoisse du danger. Je n'ai pas peur – ni de me faire agresser, ni de mourir de soif – et je m'aperçois que cette absence de crainte me permet, pour la durée du trajet vers Atar, de laisser mon esprit divaguer, d'admirer le paysage avec ce contentement placide qu'autorise un sentiment fondamental de confort, antonyme de la survie.

Raoul doit parler des rudiments de hassanya, assez pour communiquer le chemin. Un mur en torchis entoure la propriété, surmonté de morceaux de verre brisé, alignés de sorte à faire saillir la partie la plus tranchante, pour décourager les cambrioleurs d'escalader ou les oiseaux de fienter là. Le groupe électrogène installé dans la cour est le premier signe extérieur de richesse que je remarque, avant d'entrer dans la maison : sol en marbre, meubles cossus – un intérieur européen aux accents africains (tissus, œuvres d'art, consoles en bois sculpté par des ébénistes locaux). Une bibliothèque, aux volumes hétéroclites, à l'ensemble recherché, en français et en arabe, complète le portrait complexe que je me peins de

Raoul de prime abord, une esquisse à laquelle je me trouve forcée d'ajouter des détails, une profondeur de champ, du contraste. Il m'invite à m'asseoir sur le canapé ; un cendrier à proximité, sur la table basse, m'encourage à allumer une cigarette. En plus de l'odeur de tabac froid, un relent de produits ménagers, de cardamome ou de cannelle baigne la pièce ; sa fraîcheur me surprend et me donne des frissons. Je ne sais pas ce qui arrive à mon chauffeur, s'il reste dehors ou se fait escorter dans une autre partie de la maison. Une femme nous sert du thé et des pâtisseries, avec une hospitalité chaleureuse. Il la remercie dans sa langue à elle, et s'adresse à moi dans notre langue à nous. Serge et lui se connaissent de la Légion. Ne faut-il pas être étranger pour y entrer ? Bah si, Serge est est-allemand, enfin *ex*-est-allemand ; lui, belge. Ils étaient ensemble à Djibouti au moment de la prise d'otages de Loyada, à la frontière de la Somalie. Ça crée des liens. Il est arrivé en Mauritanie un peu par hasard, et le voilà, toujours là, vingt-cinq ans plus tard. Mais qu'il y ait retrouvé Serge, ça c'est dingo comme coïncidence ! Lui a épousé une femme nomade, un vrai mariage d'amour, dix-huit ans de vie commune, compliqué, une enfant de quinze ans maintenant. C'est elle qui a demandé le divorce, une coutume assez répandue en Mauritanie, les femmes sont souvent à l'initiative des divorces, les femmes ont beaucoup plus de pouvoir qu'on ne croit. Lui a une entreprise de bâtiment, avec une femme qui n'aime vivre que sous une tente ! Si on nous disait de quoi la vie serait faite, on ne le croirait pas. Y a pas de logique. Elle est repartie dans le désert. Notre fille, elle me l'a laissée pour l'année, je vais la scolariser à Atar, ça sera sa dernière année d'école. Il n'a jamais insisté pour qu'elle apprenne le français, mais maintenant que sa mère parle de la marier, il tient à ce qu'elle ait le choix de partir si elle le souhaite. Une seule fille on a eu, j'en aurais eu plus, si elle avait voulu, mais elle voulait pas, une femme de caractère, ça on peut pas dire. Et puis il y a deux ans je me suis remarié, un mariage arrangé avec la famille de ma femme. Et une deuxième fille, qui vient de naître là y a, bah, à peine trois mois, ouais, c'est ça, trois mois. Hé, mais toi tu fais quoi ici ? Avant de lui répondre, j'aimerais revenir sur un détail qui a fait dégringoler tout l'édifice que j'avais échafaudé autour de Serge. Comment ça allemand ? Serge parle français sans une pointe d'accent ! Ah, c'est une longue histoire à la Légion, les Allemands ! Mais oh là, lui dis pas que je te l'ai dit, ajoute Raoul, s'il t'a rien dit lui, c'est qu'il a ses raisons. Un Allemand, je pense tout bas. Un Allemand ! Ça, ça me laisse pantoise, comme dirait papa.

J'en sais plus sur Raoul en une demi-heure que je n'en ai appris sur Serge en une semaine ; je n'insiste pas. Je lui demande s'il a des lectures à me conseiller sur l'histoire de la Mauritanie, sur les marabouts de Chinguetti, il me répond qu'il faut lire Ibn Khaldûn. Tu es la deuxième personne à m'en parler ! Ah. Ça lui fait moyennement plaisir. Alors je vais te recommander autre chose, qui est peut-être encore plus apocryphe, tu sais, moi j'ai fait mon éducation tout seul, je suis un total autodidacte. J'ai appris l'arabe écrit avant de savoir le parler. Il y a un livre de poèmes, attends, je vais te le sortir, quelqu'un qui venait de France m'en a rapporté une nouvelle traduction que j'ai trouvée très bien, ah là, la voilà : *Al-Mu'allaqât. Les Suspendues.* Sept poèmes, parmi les plus célèbres de la littérature arabe. Préislamiques. *Mu'allaqât*, suspendues, du verbe *'allaqa*, suspendre. On dit qu'ils s'appellent comme ça parce que les Arabes païens les auraient écrits en lettres d'or sur des tissus pendus aux murs de la Ka'ba, le sanctuaire, si tu veux – La Mecque d'avant La Mecque. On les appelle aussi parfois des colliers, des pendentifs. Donc ça, c'est pas la Mauritanie, on est d'accord, mais c'est la poésie du désert, du Bédouin, je trouve que c'est ce qu'il y a de plus beau pour comprendre la culture nomade, le Sahara. Et tu m'as l'air d'être une fille qui aime la poésie. Tiens, prends. Pas la peine de me le rendre. Bon, et tu vas où comme ça à Chinguetti ? C'est la *guetna* là tu sais. La quoi ? La *guetna*, la récolte des dattes, la moisson, la fête, on se réunit dans les oasis pour la cueillette, les mariages, la fête, quoi. Tu vas crécher où ? T'as réservé ? Ouais, j'ai compris. Poète, c'est bien ce que je pensais. Je vais appeler mon amie qui tient l'auberge, là, comment est-ce qu'elle s'appelle déjà ? Bon, je vais chercher. Toi, passe voir ma femme et les filles. On va t'accompagner.

La femme qui nous a servi le thé me fait traverser la cour, puis une autre cour, en terre celle-ci, et j'ai l'impression que nous sortons de l'enceinte du bâtiment, et puis nous entrons dans un préau carrelé, des petites marches mènent à une très jolie porte en métal turquoise ornée d'un losange en fer jaune canari. La pièce, éclairée très faiblement par des fenêtres qui ressemblent davantage à des archères, au sol recouvert de nattes et de tapis, encerclée de banquettes en tissus sombres, est peuplée de très jeunes femmes, dont l'une est allongée auprès d'un nourrisson. Un parfum que j'associe aux vestiaires des cours de danse, à la sueur des filles, se mêle au bouquet du thé vert, à la senteur du bébé. La femme qui me guide me pousse à l'intérieur d'un geste énergique. La porte se referme derrière moi. Je ne me sens ni bienvenue ni rejetée, une sorte de dédain accompagné d'une légère animosité émane du silence ; peut-être faudrait-il se présenter ? Cette salle me semble non-fumeurs, et l'idée de me priver de cigarettes pour un temps indéfini me donne des bouffées d'angoisse. L'une d'elles me fait signe de ne pas rester plantée là comme un pantin. Viens t'asseoir, m'encourage-t-elle, tapant le velours cramoisi de la banquette. Je pose mon sac à côté de moi, y range le livre de poèmes que je tiens encore à la main. La femme au bébé se redresse et me dit en français : C'est lui qui t'a donné le livre ? Je lui réponds que oui. Tu aimes lire ? Oui. Tu es française ? Oui. Elle rigole. Se tourne vers les autres et m'imite avec un certain don de comédienne : Oui, oui, oui ! Fais voir ton sac ? T'as pas un téléphone ? Je lui tends le sac et le téléphone. Pouah, il est trop nul ton portable ! Je croyais qu'on en faisait des mieux en France ! Je remarque alors deux filles au fond du salon, le visage illuminé par la lueur pâle d'une vidéo certainement hachurée par le manque de réseau, sur un modèle électronique comme on ne s'en souvient plus, tant la technologie sème nos facultés mnésiques. Elle me dit le nom de son enfant, après que je le lui demande, c'est une fille. Elle est belle. Et son nom à elle? Et les autres? Ce sont mes sœurs. Enfin elle, ma cousine, et elle, c'est la fille du premier mariage de Raoul. Et toi, Aminata, tu es sa femme? Oui, moi je suis sa femme, me dit-elle en riant avec une désinvolture primesautière. Mais tu as quel âge? je la questionne, inconsidérément, étonnée moi-même de ma balourdise. Vingt ans, et toi? Moi j'ai vingt-huit ans. Ah, mais tu es très vieille! Et tu n'es pas mariée, à ton âge? Non, je ne suis pas mariée. Rires. Hurlements de rire.

Nous restons ainsi sans plus rien avoir à nous raconter un long moment. Oppressée par la sensation d'être encagée, aussitôt délivrée dès que je n'y pense plus, comme la corde au cou d'une bête qui l'oublie tant qu'elle ne tire pas dessus. On nous apporte des choses à manger, et du thé, mais je n'ai pas faim. Et j'ai bu assez de thé. Il y a une bouteille d'eau minérale aussi. Pour l'enfant. Je voudrais bien savoir quand on va m'autoriser à partir d'ici. J'aimerais aller à Chinguetti, ce n'est pas que je tienne absolument à leur fausser compagnie, mais j'ai des projets. Sommes-nous vraiment prisonnières? Elles ne donnent pas l'impression de désirer fuir. Enfin Aminata se tourne vers moi. Est-ce que tu t'ennuies? Non, lui dis-je.

Non, je ne m'ennuie pas. Tu peux regarder la télé avec les autres si tu veux, mais tu ne vas pas comprendre, c'est en hassanya. Oui, j'imagine. Un temps infini s'écoule de nouveau. Je la regarde allaiter son enfant, changer sa couche. Se rincer les doigts avec l'eau du broc en plastique à rayures bleues et jaunes, au-dessus d'une bassine verte. Les minutes m'écartèlent doucement, tandis que dehors la lumière semble moins aveuglante. Il fait trop chaud pour sortir la journée, dit-elle. Surtout avec la petite. Beaucoup trop chaud. Enfin, j'entends quelqu'un revenir. La femme au thé arrive pour desservir, je lui demande si je peux retourner voir Raoul. Aminata traduit pour moi. Oui, bien sûr, viens, viens, me signale-t-elle avec des gestes. Que m'imaginais-je donc ?

Bon, tout est réglé, m'informe Raoul, très content de lui. J'ai parlé avec ton chauffeur, c'est arrangé, vous pouvez y aller. Ils vous hébergeront toutes. Je ne suis pas sûre de comprendre, et l'expression de défiance sur mon visage ne le met pas sur la voie. Ah oui, je t'ai pas demandé combien de temps tu comptais rester, j'ai dit quatre-cinq jours, que vous repartirez lundi ou mardi, ça va, non ? Vous n'allez pas non plus passer l'été là-bas. Mais c'est qui, toutes ? Bah toi, ma femme, ma fille, sa cousine, sinon elle va s'emmerder, ça fait un, deux, trois, quatre avec toi. Vous tiendrez dans la voiture, largement. Je ne sais pas quoi répondre, je ne suis toujours pas convaincue d'avoir saisi le plan qu'il a élaboré lors de mon séjour chez les femmes, j'ai l'impression qu'un élément du récit, une fraction de réel vient d'être escamotée, comme si les heures passées avec Aminata et les autres m'avaient soustraite à leur succession logique, et que je rattrapais le cours des choses avec retard et confusion. Tu croyais quand même pas que j'allais te laisser partir seule à Chinguetti ! Avec un chauffeur qui parle pas français ! Là vous serez bien, ensemble, les filles s'occuperont de toi, et puis elles ça leur fait une sortie. Mais, et le bébé ? Quoi, le bébé, elle vient avec vous, elle reste avec sa mère. Oui mais la route, le voyage, pour un nourrisson comme ça, c'est pas raisonnable, si? On va vous donner de l'eau, on a des réserves. Elle a sa mère, elle a son lait, elle a ce qu'il lui faut. Il faut pas se poser de problèmes quand y en a pas.

Les filles sont enchantées. Je m'aperçois seulement à ce moment-là qu'elles étaient en tenue d'intérieur, en corsage à manches courtes et pantalon lâche, et je les vois attraper de longs voiles de tissu, qu'elles enroulent, prestes, gracieuses et adroites, en robes somptueuses. Aminata emmaillote sa fille dans un pagne par-dessus sa melhfa, remplit un petit baluchon : couches, linge, brassières de rechange, quoi d'autre? Allez bonne route, les filles ! Faites pas trop de bêtises ! Soyez sages, hein. Par la vitre ouverte, tandis que les cousines se chamaillent à l'arrière et ricanent, Raoul me lance : Violaine, je te fais confiance pour pas me les pervertir ! Je bredouille, et me voyant manquer de repartie, il me rassure : Allez, je blague. Profitez bien des vacances !

*

Pour atteindre Chinguetti, il n'existe qu'un chemin, par le fameux plateau que les méharistes décrivent comme un rite de passage. La piste qui longe les falaises de grès noir, à quelques centimètres près, est égale à la largeur de notre véhicule. Découpée en spirale à flanc de montagne, son ascension donne l'impression d'une toupie au ralenti, en perte de vitesse, prête à s'effondrer d'un côté ou de l'autre. Des éboulis de pierres jalonnent le terrain, des bruits d'avalanche sifflent en écho dans notre sillage. Agrippée à deux mains à la poignée de plafond, je vois notre conducteur lever la sienne du volant par souci d'éloquence, pour m'avertir, je devine, que la route est très mauvaise. J'étouffe un cri d'alarme en le voyant faire. Je me contente de hocher la tête frénétiquement, en guise d'encouragement. Les pneus n'adhèrent que superficiellement au sol poussiéreux, les virages en épingle à cheveux nous confirment à chaque tournant que la chute serait fatale. Si je crains pour ma vie, à ce moment précis, je me sens investie d'une responsabilité tragique envers ce bébé qui n'a rien demandé, qui n'avait aucune raison d'accompagner une touriste complètement inconsciente – inconséquente ! – à Chinguetti, et à défaut de croire en un dieu, je prie le hasard ou la providence de sauver cette enfant, et moi et mes comparses dans le lot.

Par-delà la montagne, la voie est légèrement inclinée en une courbe elliptique. L'hypothèse heuristique de la rotondité de la planète s'anime à la vue du précipice de l'abîme. Ibn Khaldûn l'a écrit deux siècles avant Galilée ou Copernic : *L'horizon d'une localité est ce qui sépare la partie visible du ciel et de la Terre de la partie invisible. La sphère céleste a deux pôles : lorsque l'un d'eux s'élève au-dessus d'un point de la Terre, l'autre s'abaisse d'autant par rapport au même point.* Le soleil dans notre dos illumine les sbatts, acacias et autres broussailles métamorphosées en créatures surnaturelles surgissant des rocailles. Pas un arbre, pas un bâtiment, pas même une tente ou un amas de pierres. Si bien que quand un chien déboule de nulle part, son apparition nous surprend comme la foudre un jour de beau temps, et toutes les quatre nous poussons un glapissement qui ressemble moins à un avertissement qu'à un constat : le chien ! Il avait tout le désert pour lui, une infinité de terre à parcourir pour gambader à loisir, mais non. Il a fallu que ce clebs de malheur se loge pile sous les roues d'une Mitsubishi qui passait par là, contre toute attente, un après-midi d'été où personne ne fait le voyage, et certainement le caractère inhabituel de notre incursion a dû lui mettre la puce à l'oreille, mais quelle mouche l'a piqué ! Non, non, nous n'avons pas pu l'écraser, ce n'est pas possible. Notre chauffeur s'arrête. Il marmonne quelque chose en réponse à la rebuffade d'Aminata, dont le bébé réveillé par le choc couine mollement. Il descend de la voiture examiner la situation, retroussant ses manches ou plutôt rabattant les pans de son boubou sur chaque épaule, moins inquiet qu'agacé. Je n'ose pas regarder. Le présage qui se profile dans cette lumière orangée me saisit. Mort, annonce-t-il finalement en reprenant sa place derrière le volant, ponctuant sa déclaration du claquement de la portière, ce que me traduit Aminata après l'avoir engueulé de plus belle. L'une des filles se met à pleurer. Qu'est-ce qu'on fait ? je demande. Comment ça, qu'est-ce qu'on fait ? Il faut dédommager le propriétaire, ou prévenir, ou je ne sais pas ? Les chiens n'appartiennent à personne, ici, me dit Aminata. Mais enfin, il n'est pas tombé des nues comme une météorite ? Ce paysage défie toute explication rationnelle.

Nous arrivons devant la ville sous les premiers rayons d'un quartier de lune. L'azur d'un bleu humide mouille nos habits tandis que nous descendons de la voiture. À cet instant, de petites ampoules rondes en ribambelles sur leurs fils s'illuminent autour de nous, fêtent notre arrivée. Il n'y a d'électricité que quelques heures après le coucher du soleil, m'explique-t-on le lendemain. J'avais presque cru à un miracle.

Au crépuscule les dunes s'éteignent, leur dégradé d'ors, leurs teintes régaliennes, leurs jeux d'ombre deviennent d'un gris presque entièrement homogène. Il est impossible de se lasser de ce spectacle. Aucune analogie ne convient : je les rature au fur et à mesure. Enfin peut-être, ces ergs anthracite ressemblent au relief sur une carte tracée à la mine de crayon, le graphite estompé du bout du doigt, mal gommé. En rentrant de ma promenade vers l'auberge, je distingue pour seuls sons le bruissement de mes vêtements et le tambour de mes semelles sur le sable. Il faudrait marcher à pas de loup pour respecter ce silence. Apprendre à sillonner les crêtes sans troubler leur flanc. S'astreindre à disparaître.

Les manuscrits des bibliothèques de Chinguetti sont parmi les plus anciens au monde, préservés dans des bâtisses en sable qui s'effritent au toucher. L'état de conservation des textes s'accompagne de mystère, de mystique, des enluminures chatoyantes au milieu de pages presque entièrement détruites, de mots illisibles. La ville s'organise autour d'une vaste place principale, dont on me dit qu'en saison touristique – oui, il en existe une – elle grouille de monde, et j'essaie de visualiser sur ce terre-plein désert et grandiose qui ne soutient que des dunes, des constructions imperceptibles aux contours éphémères, la place Jemaa el-Fna, la place du Martray le mardi, à Paimpol. Mon imaginaire peut y superposer des étals de marché, des foules, cependant je préfère continuer d'admirer le vide, ce vide sidéral, ce miroir du cosmos où brille avec un éclat vertigineux la nacre du sable.

Le soleil du désert n'est pas propice à la lecture : à l'intérieur, il faut maintenir une obscurité maximale pour se protéger de la chaleur et des vents ; dehors, le ciel est aveuglant ; le soir, il n'est plus temps de lire, il faut profiter de l'électricité pour recharger les batteries, des températures plus clémentes pour sortir. J'essaie néanmoins de parcourir le volume des *Suspendues* que m'a confié Raoul, à la lumière d'une fenêtre aux vitres martelées, colorées, lesquelles filtrent le jour en rayons diffus, un kaléidoscope opalin. Le poète pleure sa bien-aimée, à l'heure de la séparation :

Mes compagnons arrêtaient sur moi leurs montures :
Ne te laisse pas mourir, fais bonne figure !
Alors qu'une larme versée m'aurait, seule, consolé !
Mais face à des traces qui s'effacent une larme peut-elle aider ?

Plus loin :

Qui a peur de mourir, la mort le rattrape,
Dût-il, en s'aidant d'une échelle, gravir les marches du ciel.

Est-ce donc ici, à Chinguetti, dans ce paysage époustouflant de splendeur, au cœur d'une cité empreinte de la sagesse des sommités pensantes d'Afrique, entourée de la présence fantasmatique de ces belles nubiles, que je découvrirai le but de ce voyage, que je retrouverai foi en la vie, en l'avenir, une raison suffisante pour me redonner espoir qu'il y a quelque chose à quoi je suis destinée, qui du moins m'apparaîtra avec une clarté suffisante comme une voie ? Je ne demande pas que le chemin me parvienne tout tracé, je me contenterais d'une vague direction, un indice même approximatif, des pointillés, un doigt pointé, un clignotement intermittent qui m'orienterait vers le lieu où je suis attendue en ce monde. Mais est-ce qu'on est attendu en ce monde? Et quelle idée grandiloquente, bourgeoise, narcissique, de penser qu'on me doit une réponse!

Une tempête de sable s'abat sur Chinguetti. Des vents brûlants qui me permettent de comprendre l'intérêt du chèche, plutôt que le Stetson. Les filles me l'ont emprunté pour s'en servir de déguisement; en échange, à tour de rôle, elles s'amusent à me convertir en Mauritanienne, elles m'enveloppent dans une melhfa. Tu es si maigre, me dit Aminata, désolée pour moi. C'est pour ça que tu n'as pas de mari. Il faut manger plus! Ici on t'aurait gavée, petite, pour que tu sois bien grasse. Je lui réponds que j'étais bien grasse, petite. Gavée à la bisque de homard, aux escargots au beurre d'ail, aux cuisses de grenouille, aux kouign-amann, aux chaussons aux pommes. Non, je ne lui raconte pas les menus de mon enfance, je lui dis simplement que les critères de beauté sont différents chez moi, et qu'elle-même est étonnamment fine pour une femme qui vient de porter un enfant. Je ne me rends pas compte combien cette réflexion est désobligeante. Je suis tombée malade, m'explique-t-elle. C'était une naissance difficile. Elle se déshabille pour me montrer la cicatrice en travers de son bas-ventre. Je remarque la rainure noire de son nombril jusqu'au pubis, le tatouage temporaire de la grossesse, lequel, avec la balafre de la césarienne, dessine une ancre le long de son abdomen. Strié de vergetures comme des griffes dans du sable. Elle rajuste le nœud qui maintient la melhfa autour de ma taille, je creuse le ventre pour faire place à ses doigts qu'elle glisse sous les plis du tissu, gênée par ma peau inaltérée, vierge des ravages de la maternité, presque honteuse, pour la première fois de ma vie, de ne pas voir rebondir d'adipeux bourrelets au-dessus de la toile. On pourrait presque me prendre pour une des leurs, annonce fièrement Aminata, reculant de quelques pas pour admirer son travail de costumière. De nuit. Si tu te tais ! Elle s'esclaffe de son rire franc, si entier et mutin qu'il en devient communicatif. Nous ferons l'expérience, le lendemain soir. Un mariage au village, auquel elles sont invitées. Aminata me prévient de prendre garde à mes fesses, ce qu'elle n'exprime pas en ces termes, mais elle m'encourage à ne pas me faire remarquer, parce que les mariages, à Chinguetti comme à Brooklyn ou à Béziers, servent aussi de terrain de chasse aux célibataires. Si je ne veux pas me retrouver avec une demande officielle, je ferais bien d'être discrète. J'aimerais croire que c'est à cela que je pense quand je refuse de danser avec elle plus tard dans la soirée, mais je crains que ce ne soit davantage par timidité, faute d'avoir appris à être à l'aise dans mon corps en public sans être ivre, par pudeur déplacée, par peur du ridicule, parce que je ne sais pas danser des hanches. De ses yeux dissimulés sous l'ombre de son voile, elle m'invite encore : Allez, viens ! Ne fais pas ta mijaurée ! Le bébé passe de bras en bras parmi les femmes du village ; elle dort paisiblement. Bientôt il sera temps de nous coucher. Entre mes chaussures toujours aussi inadaptées et la melhfa dans laquelle je me trouve engoncée, j'avance à petits pas boiteux, loin derrière les filles. Dans mon pays, j'ôterais mes sandales et les porterais à la main, je soulèverais ma robe jusqu'à mi-cuisse pour les rattraper à grandes enjambées. Cependant je reste à la traîne, circonspecte et modeste : je ne veux pas leur faire honte, à ces jeunes femmes qui, au cours de la soirée, n'ont pas cessé de me présenter comme leur sœur.

Le vent est tombé. Nous dormirons dehors ce soir, sur la terrasse. Blotties les unes contre les autres sur des nattes en plastique tressé. Je roule en boule le foulard qui me sert de serviette de bain depuis trois jours, et le transforme en oreiller. Les derniers youyous de la fête se reflètent dans les constellations. Comme de longs échos qui de loin se confondent, la symphonie du ciel étoilé est ici un chœur de femmes, leurs chants chargés des odeurs de leurs voiles, scintillant en une ténébreuse et profonde unité, vaste comme la nuit et comme la clarté : les parfums, les couleurs et les sons se répondent. Aminata et son enfant, sa demi-sœur et sa cousine respirent posément dans la brise enfin muette ; l'opacité du silence s'élève de leurs soupirs paisibles. Il m'est impossible de dormir, mais l'insomnie m'indiffère, un tel onirisme se passe de sommeil. Je n'essaie pas de compter les chameaux, de détailler les paréidolies de la Voie lactée, je me laisse porter, langoureusement, je ne pense à rien. C'est-à-dire à lui.

⋆

Au bout de deux ans et demi d'indécision, il s'était déclaré prêt à ce que nous emménagions ensemble. Nous nous étions alors mis en quête d'un appartement qui corresponde à nos exigences, sachant qu'il était hors de question que nous soyons les odieux *gentrifiers* d'un quartier en devenir, que nous avions un budget limité, que je voulais beaucoup de lumière, et une baignoire, de préférence pas dans la cuisine. À la recherche du logement idéal, nous avions répondu à une bonne vingtaine d'annonces, sans jamais tomber d'accord sur les défauts qui nous paraissaient surmontables. La dernière adresse était un duplex entre rez-de-chaussée et rez-de-jardin, à l'angle d'une intersection très fréquentée et excessivement bruyante. Il y avait au sol un parquet ancien, au plafond des moulures d'époque, et un jardin qui jouxtait un trottoir, que je nous imaginais faire disparaître en plantant une glycine le long du grillage troué. Je nous fantasmais oubliant les klaxons et les conversations des piétons, invitant plein d'amis à dîner pour couvrir les sons du dehors, faisant l'amour follement comme nous savions si bien le faire afin de neutraliser le monde extérieur, afin de n'exister que l'un pour l'autre, chez nous, enfin chez nous. Déambulant dans les différentes pièces de cet espace qui, par l'entremise d'un bail, scellerait notre union d'un document officiel, lequel, s'il n'était pas un certificat de mariage, nous paraissait à tous les deux hautement symbolique, je me suis mise à remarquer les moutons de poussière entassés sous les meubles absents, les liserés noirs autour des tableaux décrochés des murs, et j'ai commencé à me sentir oppressée par ces marques du temps, les traces d'une autre famille, peut-être un jeune couple comme le nôtre, dont l'absence et ses signes hantaient les lieux à la manière d'un crime, comme le contour d'un cadavre dessiné à la craie.

On y va ? lui ai-je demandé, en le retrouvant dans la kitchenette, qui avait grand besoin d'un coup de peinture. Oui, oui, ça va, il peut attendre encore cinq minutes. L'agent immobilier semblait effectivement s'impatienter, je n'avais pas regardé l'heure mais nous avions passé un long moment à inspecter les moindres recoins de cet appartement avec une méticulosité disproportionnée pour son état de délabrement. Je ne l'avais salué que furtivement, il en était à sa quatorzième visite avec nous, et je me doutais qu'il avait des clients plus lucratifs, et que, s'il ne nous avait pas encore pris en grippe, ça ne tarderait pas à arriver si nous continuions à lui faire perdre des après-midi entiers sans parvenir à nous décider. Je lui avais dit bonjour de loin, d'un geste de la main, prenant garde de dissimuler le bleu ovale sur ma tempe gauche. Celle-là tu ne l'as pas volée ! m'avait-il assené. Je ne me rappelle pas l'expression idiomatique pour prononcer une connerie pareille dans sa langue. Je n'avais pas réagi. Je m'étais souvenue dans ma chair d'une gifle de maman dispensée du revers de la main. J'avais douze ou treize ans, je l'avais accusée de me mentir, la confrontant avec une effronterie qui ne me ressemblait pas. Maman, pourquoi tu me mens ? lui avais-je demandé, cherchant une réponse à ses incohérences ou à l'ineptie de sa logorrhée. Je t'interdis de mettre ma parole en doute ! elle avait conclu, après la claque. Qu'avais-je bien pu lui faire à lui, pour déclencher une telle fureur ? Nous n'en avions pas reparlé. Après avoir recouvré mes esprits, je lui avais dit, sobrement : Ne recommence jamais. Tu vois bien que tu me rends fou ! s'était-il écrié en réponse. Je voyais bien, qu'il n'était pas lui-même avec moi, qu'il perdait les pédales. Tu vois bien ! Comment aurais-je pu savoir comment il était sans moi, quand je n'étais pas là ? Je savais cependant que nous ne nous supportions plus. Nous nous étions résolus à nous mettre en ménage, étranglés par la sensation indicible que nous aurions tôt fait de signer notre arrêt de mort. Il avait fini par me déclarer qu'il m'aimait. *I love you*, me murmurait-il en me grignotant l'oreille, m'attrapant par la taille pour m'embrasser avec une impétuosité qui se muait en sauvagerie. Il lui avait tant coûté de me faire confiance, de croire en nous, de se rendre vulnérable. Je le suppliais de me mordre moins fort – juste un tout petit peu moins fort, mon amour, s'il te plaît. Je l'implorais d'arrêter de m'épier, je le conjurais de me laisser respirer, pour l'amour du ciel, pour l'amour de nous, par pitié. Il interrompait régulièrement mes divagations silencieuses pour connaître l'objet de mes pensées ; il me secouait en pleine nuit pour que je lui révèle le contenu de mes rêves. Depuis quand m'intéressais-je à ce jeune poète dont j'avais acheté le dernier recueil ? Qu'est-ce que tu lis ?

Qui t'a conseillé de lire ça ? Et à qui tu parles ? Au départ, je ne m'étais pas tellement offusquée de ses interrogatoires, pas plus que de ses désirs doucement déviants : je l'aimais comme il était, avec ses fragilités, son inconsistance, ses frasques et ses fantasmes. Néanmoins, à mesure que se concrétisait l'idée de notre installation, je commençais à m'en inquiéter davantage. Puis dangereusement. Malgré mon attachement féroce, j'étais contrainte d'admettre que la situation devenait intenable. C'est quoi ton délire ? Tu vas censurer toute la littérature contemporaine écrite par des hommes de moins de quatre-vingts ans ? J'étouffe. Pitié, de l'air ! J'avais l'impression de demander l'impossible. Je voulais que nous continuions d'être fous l'un de l'autre, et que nous parvenions à construire un quotidien serein. Je voulais l'aliénation de la passion et la pondération d'une union harmonieuse. Si j'acceptais d'être sous son joug – étourdie devant le ravissement de son emprise – je tenais cependant à préserver mon libre arbitre. Tant que sa fougue alternait avec sa tendresse, tant que c'était un jeu, j'y participais de plein gré. Mais il s'était mis à me terroriser pour de vrai. Notre déliquescence se manifestait selon les codes de notre sexe, lui dans les gestes, moi dans les cris. J'avais, pendant plusieurs jours, essayé de mettre du fond de teint pour masquer l'hématome, avant de prendre conscience que la contusion n'en devenait que plus évidente. Que me restait-il à faire sinon fuir, essayer d'oublier, avoir le courage ou la raison de ne pas me retourner ?

★

L'auberge de Chinguetti est restée ouverte pour nous ; elle s'apprêtait à fermer pour la saison. La patronne est une Anglaise qui a vécu un peu partout dans le monde et, conquise par le site, s'y est arrêtée. Une géologue argentine bénéficie également de ce rab de temps. Elle revient d'une expédition, en quête d'une météorite célèbre. Elle a décidé de laisser partir ses collègues et de prendre quelques jours de repos, pour méditer. Elle vient de traverser une épreuve dont elle se remet difficilement. Je n'ai pas besoin de la prier longtemps pour qu'elle m'en fasse le récit. Emportée par sa recherche, avec sa lampe frontale, accaparée par ses indices époussetés au pinceau, déposés avec minutie à l'aide de pincettes dans un sachet hermétiquement fermé, elle a perdu son convoi. Quand elle a levé le nez de son ouvrage, la méharée avait disparu, et la boussole électronique dernier cri avec laquelle elle a tenté de la retrouver ne lui a permis que de s'enfoncer plus loin dans le désert, hors d'atteinte. Elle n'avait dans son cabas qu'une petite gourde, ses instruments scientifiques, un bloc-notes et un crayon pour réaliser des croquis, commenter ses trouvailles. Tandis qu'elle me raconte son histoire, j'observe distraitement les dunes qui nous entourent, nos regards parallèles.

J'ai marché, et marché, poursuit-elle dans un français parfait, avec un fort accent espagnol. Et puis je me suis arrêtée, il faisait nuit depuis longtemps, je me suis allongée par terre, et je me suis dit qu'il y avait des chances que je ne me réveille pas. J'étais déshydratée, le soleil, dès qu'il réapparaîtrait, me laisserait au mieux quelques heures avant que je m'effondre. Alors j'ai écrit une lettre à ma mère. Pour lui demander pardon, pour la remercier de tout ce qu'elle avait fait pour moi, tous ses sacrifices pour me permettre de faire des études, ma mère m'a élevée seule, mon père est mort quand j'étais très jeune, elle a toujours travaillé très dur pour me soutenir, elle m'a donné un amour inconditionnel. Je lui ai écrit que j'étais désolée, tellement désolée, de partir sans lui avoir dit au revoir, tellement désolée de ne pas avoir pris plus soin de rester en vie, pour elle, parce que j'étais consciente de la peine que j'allais lui causer. Parce que c'était vraiment irresponsable de ma part, d'avoir perdu mon convoi, de me retrouver dans cette situation. Et j'allais mourir, sans raison, et ma lettre à ma mère était une lettre d'adieu en même temps qu'une lettre d'excuses, et de remerciements, pour qu'elle sache combien je lui étais reconnaissante. Je lui ai écrit trois pages, et j'ai gardé mon cahier ouvert sur la poitrine, et je me suis endormie bizarrement très vite, sans angoisse, les bras croisés sur le torse par-dessus mon carnet. Je me suis réveillée en sentant un objet dur me frapper les côtes, et en ouvrant les yeux je me suis dit que j'aurais mieux fait de mourir de soif : il y avait des jeunes garçons – ils avaient l'air d'avoir quinze ans à peine – armés de kalachnikovs. En fin de compte, ils ne m'ont fait aucun mal. Ils m'ont dépouillée de mon argent, mais j'en avais peu, et puis ils m'ont laissée dans l'oasis la plus proche, où j'ai retrouvé mes collègues, mon convoi. C'était invraisemblable. Mais le plus fou, ce que je ne m'explique pas, c'est que trois jours plus tard la même mésaventure s'est reproduite, exactement. J'ai à nouveau perdu ma méharée. Dans les mêmes circonstances. Trop affairée à mon travail. Obnubilée par cette météorite que j'étais persuadée de trouver. J'avais l'impression d'un jeu du sort, que si j'avais survécu, c'était parce que je m'apprêtais à faire cette découverte extraordinaire, les traces de cette météorite se dessinaient devant moi, je me sentais portée, comme téléguidée. Et je me suis dit à ce moment-là que je m'étais trompée d'indice, que ce *desconcierto* – déconcert ? Non, je lui réponds, pas déconcert. C'est dommage, c'est joli. Peut-être déconvenue ? Ce déconvenu... Cette déconvenue, je la corrige. Cette déconvenue, continue-t-elle, soucieuse de venir à bout de son histoire, je me suis dit alors que ce n'était pas le signe que j'étais destinée à devenir une géologue fameuse, mais que je devais cette lettre à ma mère, que tous ses sacrifices n'allaient pas se solder par mon succès professionnel, ils allaient aboutir sur une lettre de sa fille retrouvée morte dans le Sahara. Et je lui ai écrit une nouvelle lettre. Je n'avais pas arraché les pages de la première, j'avais continué de prendre mes notes à la suite, dans le carnet. Je me suis dit qu'elle trouverait les deux lettres, et j'ai décidé, dans la deuxième, de lui raconter tous les plus beaux moments de notre vie, mes plus merveilleux souvenirs d'enfance, le son de sa voix quand elle me chantait *Huachi torito*, le Noël que nous avons fêté, juste toutes les deux, après la mort de Mamita, mon *abuelita*, sa mère à elle. Et puis... Elle se met à pleurer, puis à sangloter. Et tu vois, je ne suis pas morte, je ne suis pas morte! Je devrais être contente, mais j'ai l'impression d'avoir traversé la mort à l'intérieur de mon âme, et je ne sais plus ce que je dois faire, s'il faut que je continue cette carrière, à laquelle j'ai tout sacrifié, je ne me suis pas mariée, je n'ai pas eu d'enfants, j'aurai quarante ans cette année, et regarde-moi, tout ça pour quoi? Pour avoir survécu à une expédition en Mauritanie, où je me suis perdue deux fois, où deux fois de suite j'ai cru mourir! Ça veut dire quoi? Je lui tends mon foulard, qui me sert pourtant de serviette et d'oreiller, pour qu'elle sèche ses larmes. Elle l'accepte sans chichis, et s'y mouche énergiquement. Merci, me dit-elle en me rendant le tissu couvert de morve. Merci, tu sais, ça m'a fait du bien de te parler.

À l'issue de cette rencontre, je me demande à qui j'aurais adressé une telle lettre, si je m'étais perdue au fond de la vallée de l'Adrar. J'y pense à la chute du jour, tandis que je pars visiter le cimetière qui surplombe la cité, situé sur une petite colline, qui borde un lieu dont le nom en arabe est traduit parfois par *grande solitude*, ou *grande traversée*, parce qu'elle est entourée d'un vaste espace désolé. Les tombes sont indiquées par des pierres plantées verticalement, sans inscription. Selon les ondulations des dunes, elles disparaissent à la vue. Entre le vide et l'événement pur, mon ombre m'apparaît comme un spectre; j'ai la sensation de humer, dans le poudroiement rose du quasi-crépuscule, le fumet de mes cendres. À force de fouler, de heurter le sol, tu la vois derrière – il s'agit d'une chamelle qui tente de fuir ses chasseurs, dans l'une des *Suspendues* – soulever comme une fine poussière / Et jeter sur le sol trace après trace. / Elles laissent leurs empreintes, mais le désert les efface.

C'est notre dernière nuit à Chinguetti. J'ai la gorge nouée, déjà nostalgique, j'anticipe notre séparation à regret, et pourtant quoi ? ce n'est pas comme si j'allais m'installer avec mes nouvelles sœurs, me réinventer une vie auprès d'elles. L'angoisse du départ ne correspond pas à une réalité rationnelle, elle est vécue dans son décalage, son incapacité à accepter l'instant présent ; sa projection ressemble au souvenir dans son miroitement, là où je ne suis jamais, en déséquilibre perpétuel sur le tapis roulant du temps. Avant de nous coucher, nous échangeons des cadeaux, des numéros de téléphone dont nous savons pertinemment que nous n'en ferons pas usage, mais nous prétendons que nous resterons en contact, nous nous écrirons à défaut de nous appeler, sûr-sûr ! Notre chauffeur viendra nous chercher là où il nous a déposées, à l'aube. Je ne sais pas où il a passé ces derniers jours, s'il a fait l'aller-retour, s'il est resté sur place. Les filles s'endorment vite, et je reste seule de nouveau à veiller sur leurs rêves, jusqu'à ce que la fatigue ait raison de ma conscience, et que je me laisse engloutir dans la diffuse torpeur du sommeil. *Mu'allaqât*, du verbe *'allaqa*, suspendre, tu vois ? dit-il. Tu les vois ?

Regarde ! Je t'ai dit de regarder, m'ordonne-t-il violemment, sa main autour de mon cou. Qui est cet homme ? Je ne l'ai jamais rencontré, je ne connais pas ce visage, mais lui sait très bien qui je suis. Il m'appelle par mon prénom, il me tape dans le dos avec une rudesse alarmante. Regarde-les ! Je ne comprends pas de quoi il s'agit, mais je ne veux pas, j'ai peur, mes mains tremblent, mes jambes se dérobent, non, s'il vous plaît, laissez-moi m'en aller ! Il me postillonne dans la nuque, le canon de sa kalachnikov entre mes omoplates. Regarde ! Ce sont des sexes de femme, je les vois maintenant, je vois : des clitoris excisés, ensanglantés, pendus comme des banderoles le long des murs d'une pièce sombre, en torchis, non en or, cette pièce est couverte de dorures, le sol en marbre blanc taché de flaques rouge écarlate. Des bouts de chair pointus, immenses, aux proportions démesurées, rutilent. Laissez-moi m'en aller, je vous en supplie ! J'entends tirer, j'entends un déferlement de balles, leur tapage effroyable. Violaine ! Violaine ? Je suis en sueur. Aminata est penchée au-dessus de moi. Tu criais, me dit-elle. Ça va pas ? Tu as fait un cauchemar ? Je lui demande pardon. Est-ce que j'ai réveillé ta fille ? Non, juste moi, me dit-elle en souriant. Ça va. Allez, rendors-toi. Quand il est l'heure de lever le camp, c'est mon tour de lui tapoter l'épaule et murmurer son nom.

Après avoir retraversé l'ébouriffante falaise de grès noir au retour de Chinguetti, après des adieux déchirants, après avoir payé notre chauffeur, et distribué des ouguiyas avec l'insouciance frivole qu'on réserve habituellement à la fausse monnaie des jeux de société, je retrouve mon hôtel de Nouakchott, avec juste assez en poche pour régler ma chambre un jour supplémentaire, le temps de dégoter un taxi-brousse qui me mènera au Sénégal. Je vais devoir rappeler ma sœur, qui m'a laissé huit messages lors de mon séjour dans l'Adrar. Je n'ai écouté que le dernier, le téléphone aussi loin de l'oreille que possible, retenant ma respiration. Elle est inquiète. Très inquiète. Ce serait bien que je rappelle papa aussi. Aïe. Son angoisse me tord l'estomac. Il faut que je prévienne le compagnon de maman de mon arrivée – lui, au moins, se contentera d'un simple message pratique. Il ne me forcera pas à me répandre en explications. On m'a dit que la frontière avec le Sénégal n'a rien à voir avec celle entre le Sahara occidental et la Mauritanie : un no man's land géopolitique, sur un terrain miné de toutes parts, où la contrebande est à la mesure du paysage – vaste. Cependant j'apprends au dernier moment que le bac entre les deux rives du fleuve qui délimite les pays, à Rosso, est toujours surpeuplé, que l'on peut attendre des heures avant d'être autorisé à monter, à moins d'arroser le passeur de bakchich – une somme dont j'ignore le montant –, et que ça peut durer longtemps comme ça. L'autre option est de traverser par le poste-frontière de Diama, mais la route est une piste, qui n'est pas empruntée par les taxis-brousse. Bref, quand je croise à nouveau Serge dans la cour de l'hôtel, et qu'il me propose de m'accompagner, sous prétexte qu'il a grand besoin d'un break de désert – y a rien qui bouge ici, me répète-t-il, au cas où j'aurais oublié, y a rien qui bouge! – je ne dis pas non, mais je ne saute pas non plus sur l'occasion. Je me souviens surtout que Serge n'est certainement pas son nom. Cet homme est encore plus énigmatique qu'avant mon détour chez Raoul. Me voyant hésiter, il affirme qu'il avait l'intention de passer le week-end chez des amis à Saint-Louis quoi qu'il arrive, il y serait allé sans moi. Ne va pas te monter la tête! Il ne ferait pas le voyage pour mes beaux yeux! Soit. Il loue un Land Rover pour le périple. C'est-à-dire qu'il a l'intention de me montrer ses exploits de pilote automobile. Je le vois se gargariser : L'autre petit con avec sa Porsche peut aller se rhabiller. Lui a concouru dans le rallye Paris-Dakar! Je me laisse encore une fois trimballer comme une pauvre chose, à 160 km/h à travers la savane en direction de l'Afrique noire, tandis que sous les pneus de l'énorme véhicule de luxe polyvalent – véritable fleuron du design et de l'industrie britanniques – la terre devient progressivement plus brune, plus arborée, et notre course-poursuite se transforme en slalom entre les baobabs.

Serge est incontestablement bel homme. Plus jeune, il aurait pu ressembler à Jack Nicholson dans *Profession : reporter*. Je revois la scène du chef-d'œuvre de Michelangelo Antonioni dans laquelle le personnage échange son identité avec l'homme mort dans la chambre à côté. Assis torse nu derrière un bureau, s'épongeant le front de son avant-bras, il falsifie scrupuleusement son passeport, armé d'une lame de rasoir pour intervertir sa photo avec celle du défunt, et mentalement, j'y superpose le visage de Serge. Dans sa version originale, le film s'appelle *The Passenger*, et par association d'idées, je pense au passage entre la zone dite libre et la zone occupée, aux récits de guerre de mon père, au nom d'emprunt sous lequel il a vécu caché.

*

Qu'ai-je fui en partant m'installer à six mille kilomètres de ma famille, à New York? Je me pose cette question aux abords de ce nouveau pays, comme je me demande depuis le début de ce voyage ce que je suis venue chercher au Sahara, avec peu d'espoir d'y répondre. Ces décisions appartiennent à une version de moi-même que je ne comprends qu'à distance, et encore, de très loin. J'imagine maman s'être réinventée à Dakar – ma mère, fille de sa fille. Je m'apprête à découvrir la vie qu'elle s'est construite là-bas, mais cette expérience inédite me renvoie avant tout à l'histoire qu'elle m'a léguée. Suis-je la somme de mes parents, de mes rencontres, de mes déconvenues? Mes amours successives m'avaient-elles inéluctablement menée jusqu'à *lui*? Sous la forme d'une trajectoire, mon passé pourrait ressembler à une suite de symptômes, proposer un diagnostic du présent.

II

Violaine est née le 8 mai 1979. Son père, Antoine, persécuté sous le régime de Vichy, l'aurait volontiers appelée Victoire, ce que Catherine, sa mère, refuse catégoriquement. De quelle victoire on parle, quand on a connu l'horreur de la collaboration ? Antoine, élevé laïc, de parents juifs, se considère athée. Catherine, élevée catholique, se revendique juive. Aussi quand elle propose de nommer leur fille Rebecca, il ouvre des yeux comme des soucoupes : Pourquoi pas Rachel ? Ou Esther ? On ne fait pas plus connoté comme prénom !

Ma numéro 7 et ma numéro 8, dit leur père pour les présenter, elle et sa sœur aînée, dans le monde. Les numéros qui leur sont attribués dans l'ordre chronologique de sa descendance, puisque Antoine a épousé Catherine en troisièmes noces, après avoir déjà eu six enfants. Les parents ont dix-huit ans d'écart. Immense ascension sociale pour sa mère, qui, d'un simple paraphe au bas d'un document administratif, s'est transformée en grande bourgeoise. Statut qu'elle maintient, malgré sa séparation, puisqu'elle se barre, épuisée par la vie de patachon que lui impose Antoine. C'est un papa aimant mais un papa qui aime vivre davantage qu'il n'aime se farcir les corvées du quotidien. Dixit Catherine. Elles se souviendront peu des années qui précèdent leur divorce. Violaine, pas du tout : ne lui restent que des bribes de récits accolées à des images volatiles.

Catherine se charge de les élever, dans un appartement que paye Antoine, rue de Sèvres, à quelques pas de la fromagerie Quatrehomme, une des meilleures adresses de Paris pour le saint-nectaire, la brousse du Rove, les centaines de beaux affinages du moment, qu'il visite régulièrement avant de venir les embrasser, un sac rempli d'appenzeller ou de tome des Bauges, de pain tranché aux noix et aux raisins, de pâte de coing. Les filles mangent un peu n'importe quoi, n'importe comment. Catherine est fâchée avec la plupart des commerçants du quartier. La femme du boucher, en particulier. De toute manière, elles ne se mettent que rarement à table toutes les trois, depuis que Catherine a été hospitalisée pour psychose maniaco-dépressive. Elle ne s'éternise pas en cuisine à préparer des rôtis ou des gratins de légumes. Elle n'a pas d'appétit. Elle fume surtout, des quantités ahurissantes de cigarettes. Quand elle mange, elle finit souvent par se faire vomir.

À partir de disons dix et douze ans, jusqu'à ce qu'elles quittent la maison, les filles s'emploient à s'occuper de leur mère, ou sinon à s'en préoccuper. C'est-à-dire que Catherine ne va pas super bien dans l'ensemble. Entre deux séjours en clinique psychiatrique, elle tente d'assurer sa routine de mère : mettre un réveil pour embrasser les filles, leur faire manger une biscotte, leur tendre une écharpe avant de les envoyer prendre le métro pour l'école, vider les cendriers entre les heures de la femme de ménage, remplir le frigo, signer les carnets, les mots d'excuse quand les filles sont malades ou trop angoissées pour aller aux contrôles, ouvrir la porte à son ex-mari qui passe les voir tous les soirs, s'appliquer à ce que ses filles l'accueillent non seulement avec respect, mais avec cette effusion de l'âme que l'on doit à un père généreux, surtout si l'on souhaite rester dans ses bonnes grâces. Le partage de la garde consiste à céder à Catherine le quotidien; Antoine les a un week-end sur deux, tous les Noël, la moitié de l'été, la plupart des vacances scolaires. La barque penche vers les moyens du bord : l'un a l'argent pour payer des voyages vers des destinations exotiques, des restaurants étoilés, des hôtels réputés; l'autre a des parents avec qui elle s'entend excessivement mal pour l'accueillir elle et ses gamines, dans un lotissement Bouygues à Lésigny, un complexe résidentiel en béton et métal de la banlieue cannoise. Les filles se demandent parfois ce que fait maman pour Noël, comme ça, furtivement. Elles ne s'y attardent pas. Catherine déteste Noël. Voilà des années qu'on ne décore plus de sapin chez elle. D'ailleurs, elle est juive. Et les cadeaux, bof, elle laisse ça à leur père. Lui adore ça, le shopping.

La dichotomie des sexes se présente en un clivage détonant dans cette résidence toute féminine. D'un côté, maman, ses maîtresses et ses filles ; de l'autre, papa et les amants provisoires. Catherine affirme de plus en plus son homosexualité dans ses penchants affectifs sans pour autant l'admettre ni ouvertement, ni absolument. Elle se lie à une première femme, puis à une suivante, qui lui servent de compagnes, l'épaulent, la soutiennent dans ses tâches, ses difficultés d'être, ses rapports conflictuels à ses parents, ses filles, son ex-mari. Violaine et sa sœur savent qu'il y en a eu d'autres avant, dans son couple avec papa, qu'ils vivaient parfois à trois, avec des femmes. Sans savoir ce qu'il en est exactement, elles sentent qu'une réaction épidermique accompagne les allées et venues de papa, des autres hommes – qu'au contact du sexe opposé quelque chose de frénétique se galvanise. Quelque chose de l'ordre de l'hystérie.

Les femmes sont donc sans le sou, tandis que papa est riche. Les femmes attendent qu'on leur rende visite, qu'on leur donne de quoi se vêtir, se nourrir. Il ne faut pourtant pas en échafauder une politique de l'oppression. Elles sont des femmes fortes, des filles de militante. Catherine leur répète à longueur de journée qu'elles ne doivent dépendre de personne, qu'il faut qu'elles se définissent par elles-mêmes, qu'elles soient autonomes financièrement et intellectuellement affranchies de la domination masculine. Il convient d'avouer que l'exemple que Catherine leur soumet n'est pas probant. Ou alors son efficacité à étayer sa cause tient du contre-exemple. Leur père les encourage à bien travailler à l'école, tout en leur apprenant que les femmes qui ont réussi ont toutes couché avec des hommes importants, que mieux vaut être jeune et jolie que vieille et moche. Par chance, elles ont l'intelligence de leur papa et la beauté de leur maman !

La puberté des deux jeunes filles, en outre, dans ce climat domestique souvent sulfureux, imprévisible, s'accompagne d'événements pour le moins dramatiques. Des catastrophes à répétition jalonnent les années comme des bornes indiquant l'inéluctable recul de l'enfance : la découverte abrupte de la maladie mentale de leur mère, un second divorce aussi expéditif que cataclysmique, puis le décès du plus jeune fils d'Antoine, qui vit à New York, et dont l'accident – tel que la famille qualifie sa mort inopinée, tandis qu'il a été retrouvé asphyxié, enfermé à double tour dans les toilettes d'un parking – survient la veille de Noël. Antoine, sa nouvelle femme et les filles viennent de dîner avec lui, au sommet de l'une des deux tours jumelles, à Windows of the World, une vue époustouflante sur Manhattan que les filles ont très peu admiré, ce qui a beaucoup contrarié leur père – enfin elles auraient dû s'extasier, mesurer leur privilège, quand même, bordel ! – mais épuisées, en décalage horaire, elles se sont toutes les deux endormies sur la nappe blanche au milieu des plats et des couverts, ce que leur grand frère, lui, a trouvé adorable, si émouvant. Un des phénomènes les plus déconcertants de cette tragédie, qui a lieu l'année après l'internement de Catherine, est sa présence à elle, aussi soudaine qu'hallucinatoire dans le couloir de l'immeuble où ils séjournent, les filles réveillées par l'hologramme de leur mère qui tambourine à la porte. Antoine, effondré, incapable de s'occuper des filles, l'a fait voyager par le Concorde, si bien qu'elle arrive à New York avant même d'avoir quitté le sol parisien. Violaine et sa sœur, toutes deux encore groggy de sommeil, ne comprennent rigoureusement rien à cette nouvelle épreuve qui leur tombe sur la tête comme il pleut des coups de bâton chez Guignol. Leur mère ne perd pas de temps en cérémonies, elle boucle leurs valises à la hâte : Allez, habillez-vous, on y va ! Leur père sanglote et crie au téléphone à demi nu dans le salon, prend ses filles dans ses bras, ses larmes dégoulinant dans leurs cheveux emmêlés, liquéfié de tristesse. Le spectacle est effroyable. Catherine les récupère, et les embarque, comme prévu, comme promis, direction Miami, à Disney World.

A-t-on idée de trimballer des jeunes filles qui viennent d'apprendre la mort de leur frère, trente-cinq ans, en pleine force de l'âge – leur mère est formelle : suicide déguisé. Overdose. Je ne sais pas de quoi mais drogué jusqu'à l'os ! –, au pays de Mickey? Catherine a dû oublier son Nikon dans l'urgence : il ne reste pas un cliché de cette expédition improbable. Certains voyages se passent de documentation. Les familles ne photographient pas leurs deuils. Violaine ne se rappelle qu'une scène : elle, sa sœur et sa mère attablées dans un réfectoire bariolé de posters, de personnages en carton grandeur nature, peuplé d'animateurs en costume de mousse, de petites filles en tutu avec guêtres assorties, où l'on se sert sur un plateau, et sa mère, voyant avec dégoût la pile de nourriture devant sa fille, lui lance qu'il ne faut pas qu'elle s'étonne de devenir obèse en bouffant comme ça. Ça me dépasse que tu aies encore de l'appétit dans ces circonstances ! Elle aussi, jeune préado, ça la dépasse. Les espaces publics sont encore fumeurs. Sa mère lui souffle la fumée de sa clope au visage. Elle tente d'ingurgiter la bouchée qu'elle était en train de mâcher, mais tout à coup elle a l'impression d'avaler sa langue, cette viande est indigeste, elle essaie de déglutir en s'aidant d'une rasade de Pepsi – le soda, y a rien de pire pour grossir ! – mais elle s'étouffe, même tousser lui devient impossible, elle s'étrangle, entend sa sœur crier – Maman, maman ! Fais quelque chose ! Maman ! Elle n'arrive plus à respirer ! – et sa mère, la cigarette coincée à la commissure des lèvres, la tête basculée en arrière pour éviter de brûler la queue-de-cheval de sa fille du bout incandescent, lui tape violemment dans le dos, l'attrape par-derrière, enclenche la manœuvre de Heimlich, entourée d'un petit attroupement qui s'est formé à son insu, et qui à l'américaine se met à applaudir et siffler pour célébrer son héroïsme quand Violaine finit par recracher son morceau de hamburger à moitié mastiqué.

Elles sont de retour en France à temps pour l'enterrement. On leur demande si elles veulent voir le corps avant la mise en bière. Catherine répond à leur place qu'ils sont vraiment tous complètement tordus, bande de dégénérés. Il est hors de question que mes filles voient son cadavre ! Pour qu'elles en fassent des cauchemars toutes les nuits, non mais vraiment. Catherine n'est pas invitée aux funérailles. Elle attend ses filles dans la voiture, sous la grêle qui crépite sur le pare-brise. Elle les a conduites jusqu'au cimetière de Valmondois, où gisent leurs morts à eux, la famille de son ex-mari, dans le village de la maison de campagne où l'aïeul Georges fut maire quelques décennies auparavant. Sous une tente d'appoint, des chaises ont été dépliées devant une petite estrade. À défaut de cérémonie religieuse, ceux qui souhaitent s'exprimer pourront parler dans le micro. Antoine commence de sa voix de stentor, sur un ton sentencieux, solennel, sa voix qui s'éraille, brisée de hoquets, des phrases abrégées de silences, de larmes muettes. Le frère aîné du défunt et sa sœur cadette, les grands enfants d'Antoine d'un premier lit, témoignent eux aussi de leur émotion. Des chansons de Barbara accompagnent le cortège vers le caveau funéraire. Il fait un froid glacial. La mère d'Antoine, qui d'habitude trouve toujours à la ramener, pour l'occasion ne moufte pas. Les roses rouges distribuées aux invités pour les jeter sur le cercueil piquent les doigts de leurs épines. La mère du mort, la première femme d'Antoine, dont toute la famille a été gazée à Auschwitz, assiste à l'inhumation de son plus jeune fils, gémissant devant ce spectacle inhumain. Catherine raccompagne à Paris ses filles transies. Le verglas sur l'autoroute rend ses changements de vitesse, ses coups d'accélérateur plus inquiétants que de coutume. Et paf. C'est l'accident. La collision les envoie dans le décor. Plus de peur que de mal. Mais la peur est un mal pernicieux.

Malgré les précautions de Catherine, Violaine ne cesse de faire des cauchemars pendant les mois qui suivent. Le rêve récurrent d'un fantôme – non, elle ne sait pas qui c'est, répond-elle à sa mère qui l'interroge quand elle vient la rejoindre dans son lit ; t'inquiète pas, ma chérie, maman est là, ce n'est rien, mon amour, ce n'est rien, viens, je vais te masser – qui se dissout dans ses cheveux, une odeur immonde, une consistance visqueuse se répand sur son visage, elle s'aperçoit qu'elle est dans un avion, que l'avion s'écrase. Et puis Violaine tombe malade – une grippe intestinale, un virus quelconque, archicommun. Elle est clouée au lit une semaine, puis deux, la fièvre se maintient, et elle se vide à tel point qu'Antoine finit par engueuler Catherine qu'il faut l'emmener à l'hosto, cette gamine : Tu n'es pas médecin, bordel ! Elle n'est peut-être pas diplômée de l'École de médecine, mais elle sait très bien ce qu'elle fait, elle a mis sa fille sous antibiotiques – un compte ouvert à la pharmacie du quartier, les bonnes grâces de l'apothicaire, pas besoin d'ordonnances pour se faire servir calmants ou antibios – qui ont déjà commencé à faire effet, elle va déjà beaucoup mieux, hein, chérie, tu te sens mieux ? Dis à ton papa que tu te sens mieux ! Il s'inquiète beaucoup pour toi, dis-lui ! Je me sens mieux, dit-elle, très affaiblie. Elle se réveille à Cochin, hôpital dont elle ne peut savoir qu'il est, dirait papa, à un jet de salive de Sainte-Anne. Derrière les catacombes. Le premier de trois séjours consécutifs. Sa mère dort dans un lit de camp à ses côtés, lui tient la main dans son sommeil. Une fois guérie, quand elle se plaint encore de douleurs passagères, sa mère lui signale qu'entre l'effondrement du bloc de l'Est, la guerre du Golfe, le génocide du Rwanda, il y a des vrais problèmes dans le monde, qu'elle commence à la gonfler avec ses jérémiades, qu'on n'a jamais vu de gamine aussi douillette et pleurnicharde. Catherine aime ses enfants à la folie, avec sa folie, ses très hauts et ses très bas. Elle fait tout son possible pour les convaincre de son amour inconditionnel. Y compris publier un récit dans lequel elle raconte sa propre enfance martyre, et sa passion dévorante et vitale pour ses filles.

Saxifrage. Du nom de la plante qui pousse dans la roche. Elle y travaille nuit et jour avec un jeune étudiant en lettres classiques. Un éphèbe d'une vingtaine d'années. Qui pourrait être leur frère. Qui dort avec leur mère. Ça se complique. L'émergence du désir, l'éveil de la sexualité laminée sous le rouleau compresseur de l'exubérance de Catherine. Sa beauté ravageuse. Son érotisme perpétuellement palpable. Sa sensualité obnubilante. Violaine serait incapable de mettre en mots ce qui se passe là-dedans. Accablée de honte. La découverte de la moiteur de son sexe ne peut qu'être un signe de vice, de déviance. Ce garçon qui les aide, elle et sa sœur, avec leurs versions latines, qui doit disparaître quand leur père arrive, pour ne pas risquer de le rendre jaloux, s'installe dans la maison comme un chat, discret, câlin selon ses humeurs, distant le reste du temps. Entre ses cuisses, dans ses pensées. Violaine regarde sa mère avec envie, avec mépris, avec défiance et colère. Violaine sent la place de son père usurpée, la sienne décalée et obscène. Et sa mère publie un livre dans lequel elle imprime le poème que Violaine lui a consacré à dix ans, lorsqu'elle était internée à Sainte-Anne. Pour témoigner de l'amour de ses enfants, de la nécessité de s'en sortir pour ses filles. Parce qu'on n'a pas le droit, écrit-elle en réponse au poème, de baisser les bras, ces bras qui entourent, pour donner de l'amour à ses enfants, quand ils appellent au secours. Au secours. Ce poème d'une naïveté désarmante est un texte immature, sans aucune valeur littéraire. Niais. Atrocement sentimental. Violaine a maintenant quatorze ans ; elle n'est plus un bébé. Elle aura ses règles bientôt. Et la voilà reléguée au jardin d'enfants, dans la cour des petits, tandis que sa mère se proclame écrivaine. Elle aimerait pouvoir la traiter de pute, lui cracher à la face, fuguer. Mais sa mère a besoin d'elle. Et sa sœur aussi. Et son attachement aux femmes de sa vie est encore plus tenace que son désir d'évasion. Sa libido se retourne, se détourne, se garrotte, son lien à maman, à sa sœur rend toute rébellion impossible, impensable. Reste à enfouir sa rage au plus profond, sous la couette, dans les livres – là où elle devient douée d'ubiquité. Chercher ailleurs. Dans le noir. Céder à la honte. L'oublier. Recommencer.

L'avantage de ces épouvantables douleurs abdominales, c'est que Violaine finit par fondre, à force. À défaut d'être athlétique comme sa sœur, sculpturale comme sa mère, elle s'affine, devient moins moche, ou moins grasse. Elle se met à faire attention à sa ligne. Tandis que sa sœur a laissé tomber le cours de danse de leur grand-mère, elle continue d'y aller le vendredi soir, sa version du shabbat. Elle s'intéresse à l'existence de Dieu depuis la mort du frère, elle rassemble le courage de demander à ses parents si elle ne pourrait pas s'inscrire à un cours de théologie, qu'importe la religion, celle qu'ils voudront. Bah, tu es juive, donc il aurait fallu que tu fasses ta Bat Mitsvah. Mais elle ne se rend pas compte, c'est très contraignant. On n'étudie pas le talmud en dilettante. Son père lui offre, en guise de guide, le tome I de la Bible dans la Pléiade, l'Ancien Testament traduit de l'hébreu : 1872 pages. Enfin, traduit, c'est vite dit. C'est écrit en français, mais elle ne comprend pas tellement plus que s'il s'agissait d'un alphabet étranger. La danse – un art qui demande un dévouement de fanatique – lui tiendra lieu de religion fantaisiste ; quoi qu'il arrive, elle n'acquerra jamais la technique requise, c'est acté depuis longtemps. Elle n'a ni la volonté ni la prédisposition. Jusque-là elle n'avait pas non plus la morphologie. Sa mère, qui a hérité la danse plus qu'elle ne l'a désirée, la dissuade solennellement. Tu n'es pas particulièrement douée, lui dit-elle. Tu vois bien, non ? Leur fusion ne se situera pas là. Il faudra trouver autre chose. Alors peut-être le voyage ?

Catherine propose à ses filles, en remplacement d'une communion officielle, de leur offrir un *très beau cadeau* pour marquer le passage symbolique de la puberté. Leur père donnera l'argent, mais le geste viendra d'elle. Sa sœur demande une montre de collection, un objet imposant au bracelet en cuir et fermoir en argent. Qui va dans l'eau. Elle peut la garder au poignet même dans le bain, se chronométrer en apnée sous les bulles, montrer à sa petite sœur, épatée, le résultat de son exploit quand elle remonte à la surface. Violaine demande à partir en croisière sur le Nil, toutes les deux, juste elle et maman. Depuis Le Caire, où elles iront voir les pyramides et faire l'incontournable balade à dos de chameau, jusqu'aux temples de Louxor et de Karnak sur la rive est, et la nécropole de la rive ouest, la vallée des Rois et la vallée des Reines, là où le soleil se tait. Ainsi, à sa requête, sa mère l'emmène dans l'enceinte mythique de Thèbes, la cité antique d'Œdipe et de Jocaste, d'Antigone, l'héroïne rebelle par excellence. S'il a fallu renoncer à la danse, sa mère l'autorise volontiers à prendre des cours de théâtre. Anouilh ou Sophocle ? Comme elle voudra. Elle s'essaiera une fois à jouer la comédie sous ses airs de tragédienne (la mine maussade, ses longs cheveux bruns autour de son visage ovale, son grand nez, sa peau olivâtre, son teint de Séfarade) : *Vous me dégoûtez tous ! Avec votre vie qu'il faut aimer, coûte que coûte… Moi je veux tout, tout de suite, et que ce soit entier, ou alors je refuse !* Antigone, ses ongles cassés, la sale bête, l'entêtée ; la révoltée dont les tirades ne se ponctuent que d'exclamations, finit emmurée vivante dans sa colère – le quatrième mur érigé sans appel. Elle se découvre encore plus mauvaise en soliloques qu'en déboulés. L'humiliation de la scène reste vive dans sa mémoire. Avec une virulence semblable à sa honte devant le comportement inexplicable de sa mère, qui se chamaille comme une chiffonnière avec les marchands du souk. Elle la tire finalement par le col, prenant la fuite dans le dédale des rues du Caire, pour semer le patron d'une échoppe qu'elle a floué, partie sans payer. Violaine aimerait demander à sa mère pourquoi elle vole ce qu'elle a les moyens d'acheter. Cependant elle sait très bien ce qu'elle lui répondrait. Qui t'a dit que j'ai volé ? Sa mauvaise foi est étourdissante. Vertigineuse. Elle ment comme elle respire. Ou alors sa version de la réalité diverge du rationnel. Elle vit dans un univers parallèle où ses actions n'ont pas le même historique que pour le commun des mortels. Sa mère vit dans une sphère toute symbolique, où le quotidien vacille dans le chavirement de sa conscience ivre, droguée, malade ou malheureuse. Enragée, exaltée, euphorique. Des allers-retours chancelants. Entre lesquels ses filles se tiennent prêtes à la ramasser au vol ou à se ramasser une claque. Sans jamais savoir sur quel pied danser.

À cette époque, Catherine ouvre une nouvelle brèche dans la cohérence du passé : elle présente à ses filles son père. C'est-à-dire son père biologique, dont elles n'ont appris l'existence que quelques semaines avant l'internement forcé de leur mère à Sainte-Anne. Son géniteur, tel qu'elle l'identifie parfois, n'est finalement pas mort en déportation comme elle l'avait suggéré, en dépit de toute vraisemblance chronologique, puisqu'elle était née deux ans après la Libération. Il n'en reste pas moins rescapé d'Auschwitz, ou de Drancy, ou de Buchenwald : le camp dépend de la prosodie du récit dans lequel elle s'est lancée. Cet homme, que Violaine et sa sœur rencontrent ainsi un soir, sans autre explication que : Les filles, voici votre *vrai* grand-père, surgit d'une terre plus meuble que la raison ne saurait labourer. Et pourtant les éléments de l'état civil donnent du crédit à cette version des faits, à savoir qu'il s'agit officiellement de son père. Elle n'a aucune difficulté à l'appeler papa. Il est plus compliqué pour les petites d'accepter de lui attribuer le surnom de papi, lequel est déjà pris. Alors elles s'adressent à lui par son prénom : Serge. Aïe, Serge.

Serge n'apparaît pas seulement par surprise, précédé d'une histoire qui ne peut que le nimber d'équivoque, de suspicion. Sa présence s'accompagne d'une obscénité suffocante. Cet homme est une ordure, confirme leur grand-mère, laquelle parvient difficilement à sortir du silence où elle l'avait enseveli. Catherine est probablement née du viol de ce monstre, qui a épousé sa mère en urgence sous la menace, en a divorcé un an plus tard. Catherine raconte que son père a été là pour la soutenir à des moments critiques de sa vie de femme. Il l'a aidée à avorter, notamment, quand c'était encore illégal. Mais non, ce n'est pas tout à fait ça. L'anecdote s'étoffe au fil des ans, tandis que Serge a de nouveau disparu, chassé pour une raison aussi obscure que celle qui lui a fait réintégrer le quotidien de sa fille. Serge a avorté Catherine de ses propres mains. Dans sa cuisine qui lui servait de clinique improvisée. Serge était proxénète de profession. Mais non, cette histoire ne peut pas non plus être vraie, c'est trop atroce, c'est inimaginable. L'hypothèse de la calomnie cependant s'invalide devant le plaisir que prend ce type à s'auto-incriminer. Il revendique avec fierté ses morceaux de bravoure : oui, il a été maquereau. Oui, il a traîné leur grand-mère, cette vieille harpie, par les cheveux, lui a flanqué de bonnes raclées. Cet homme est un parangon d'abjection.

Les cauchemars prolifèrent, entre les amants et les morts, les salauds, les revenants, les anxiolytiques, les hôpitaux, les médicaments qui débordent des tiroirs, les vomissements, les pompiers qu'il faut appeler en urgence pour réveiller Catherine dont les syncopes se multiplient, les équations du second degré, les examens d'histoire pour lesquels il faut retenir par cœur des pages entières de dates qu'elle n'a pas mémorisées, il aurait fallu faire des fiches, tous ses camarades de classe le lui ont dit – Fais-toi des bristols ! ça aide. Elle a juste envie de pleurer. La somme de travail lui semble insurmontable, elle ne va jamais y arriver, elle n'est pas faite pour les études, elle préférerait arrêter l'école, apprendre la couture ou le tricot, si elle s'y mettait vraiment, à la limite elle pourrait devenir monitrice de danse ?

Sa mère la passe sous une douche froide. Mais t'es pas bien dans ta tête ? Tu te rends compte de la chance que tu as ? Des privilèges invraisemblables auxquels tu as accès ? Que même pas un pour cent de la population peut se permettre de faire des études comme toi et ta sœur, dans une école privée, bilingue, avec cent pour cent de réussite au bac, les meilleurs professeurs de France ? Toi tu vas nous couler une bielle à cause d'un contrôle d'histoire dont tout le monde se fout ? Bah, t'as pas assez révisé, qu'est-ce que tu veux que je te dise ! Soit t'y vas et t'as une mauvaise note et la prochaine fois tu sauras qu'il faut s'y prendre plus tôt, soit on appelle SOS médecins, t'auras un mot d'excuse, signé par un docteur, et l'histoire est bouclée. OK ? Bon. Alors maintenant on respire. Inspire à fond. Plus fort. Voilà. Souffle. Tout tout tout, tout l'air de tes poumons. Comme ça. Et non, non non non, on ne pleure plus ! Fini les larmes de crocodile. Je ne veux plus te voir chialer. C'est fini. J'ai dit fini ! Merde. Alors qu'est-ce qu'on fait, j'appelle le médecin ou t'y vas quand même ? D'accord, tu décideras demain, au réveil. En attendant tu vas me faire le plaisir de prendre un demi-Stilnox et un quart de Lexomil. Parce qu'une bonne nuit de sommeil c'est ce qui peut t'arriver de mieux. Et tu es toujours comme ça quand tu es fatiguée. Depuis que tu es toute petite, dès que tu n'es pas reposée, ça y est, c'est la larme à l'œil. Hein, mon amour adorée. Allez tiens, bois. Bois de l'eau. Encore, voilà, avale ça, voilà. Très bien. Allonge-toi. Alors là, non ! Je t'interdis de relire quoi que ce soit à cette heure-ci !

Dodo ! J'éteins les lumières, fini la comédie. Ma grande fille chérie. Tu verras, demain ça ira mieux.

Leur mère se reprend immanquablement quand ses filles vont mal : en catastrophe, elle répond présente à l'appel, s'avère irréprochable, d'une sollicitude incomparable, d'une tendresse ensorcelante. De ses doigts de fée, elle fait disparaître les nœuds dans la nuque, déleste les tensions du corps, délasse les muscles d'une caresse, d'une étreinte leur permet de retrouver le sommeil. De quoi donner envie d'être souvent souffrante, pour que Catherine reste cette maman magique qui ne flanche jamais.

Dans leur école, où elles apprennent l'anglais depuis la maternelle, les ados parlent de bases – prononcé *beyssiz* – pour évoquer la gradation des contacts sexuels. *First base* : un baiser sur la bouche ; *second base* : les mains sous la ceinture ; *third base* : avec la langue ; *fourth base* : la totale – ou *all the way*, disent-ils aussi. Leur mère est formelle : interdiction absolue de coucher avant la majorité. (La connaissant, elle serait capable d'aller vérifier.) Aussi ses filles sont sages. Ou l'aînée l'est pour deux : en plus d'avoir sa mère à l'œil, elle doit également s'assurer que sa petite sœur ne dérape pas. Elle est entourée d'une flopée de copains – sa sœur est à la fois féminine et garçon manqué, bravache et farouche – et ses camarades ont pour instruction de ne même pas imaginer un quart de seconde ne serait-ce qu'effleurer sa cadette ! Qu'elle leur plaise ou pas, là n'est pas la question. Elle préfère ne pas leur dire ce qu'ils risquent. De toute manière, les ados de la récré sont parfaitement indifférents à Violaine. Si elle s'intéresse au sexe opposé, c'est à travers le pouvoir de sa mère sur les hommes, son magnétisme à elle. Maman et sa beauté assourdissante, sa splendeur auprès de laquelle tout disparaît. Maman, dont le sillage laisse l'air lourd d'un silence éloquent, détient le monopole du masculin. Le frisson que devine Violaine au contact des peaux rugueuses, des visages pubères, le parfum de la maturité lui semblent seuls pertinents. Les étapes successives lui paraissent dégradantes dans ce qu'elles supposent d'érosion du désir absolu, du cap ultime : le sexe, c'est tout ou rien. Les hommes, ce sont ceux de sa mère, ou personne. Catherine elle-même conseille à ses filles, quand le jour viendra – mais, oh là, ne pas se précipiter surtout, le plus tard sera le mieux, pas avant dix-huit ans, ça c'est sûr, mais encore plus tard, c'est très bien aussi, vingt ans, vingt-cinq ans, elles ont tout leur temps –, de se trouver un garçon plus mûr pour se faire dépuceler. Un qui ait de l'expérience, qui sache s'y prendre, qui ne les charcute pas trop. Que sa découverte de la jouissance, ses doigts hésitants entre ses cuisses, sous un pubis à peine duveteux, ait suivi la lecture d'une scène d'amour entre Camille Claudel et son maître, Rodin – *Une femme*, s'intitule le livre –, est certainement moins attribuable à l'érotisme de la description qu'à son identification à cette artiste folle, géniale, que Catherine considère comme son double.

Et puis à l'école, il n'y a pas de place pour les garçons. Elle a Iris.

Cette complicité, qui maintient ensommeillée la gestation du désir, ou lui permet d'oublier, hors les murs du domicile maternel, l'ardeur de sa convoitise, dure tout au long des années de collège, jusqu'à l'entrée au lycée, quand brusquement Iris décide de changer de vie, elle en a trop marre de cette école pourrie, elle a besoin d'aller voir ailleurs, de s'émanciper de cette amitié qui l'enferme elle aussi, dans un cocon réinventé par elles deux pour parer les assauts à l'encontre de leur enfance. Parce que Iris non plus n'est pas vraiment aidée à la maison. Et, du jour au lendemain, Iris détale. Sans prévenir. Son absence à l'appel : sa décision est si brusque que l'administration n'a pas encore été informée. Les premières semaines, il faut la barrer des registres, écouter en classe l'écho de son nom auquel personne ne répond. Violaine, pour qui la vie sociale scolaire n'a jamais existé qu'avec son amie de toujours, regarde ces camarades qu'elle a snobés pendant dix ans et ne les reconnaît pas. Ce n'est pas tant qu'elle est amputée, elle est pourfendue. Sa poitrine lui paraît béante. L'impression de s'agripper au vide est vertigineuse ; la sensation physique de la lacune, la structure cellulaire de l'absence lui transperce le corps. Ce n'est pas possible. Ce n'est juste pas possible. Pour rendre compte de la fulgurance de la douleur adolescente, il faudrait avoir retenu en soi cette vulnérabilité organique qui met la chair à vif, qui donne au moindre coup dur des relents funestes, il faudrait se souvenir qu'on a aimé Rimbaud, Baudelaire ou Mallarmé, à en pleurer de vraies larmes. Se souvenir qu'on a chialé en lisant Verlaine, et imaginer alors ce que ça donne quand sa jumelle disparaît le jour de la rentrée, et quand Violaine l'appelle au téléphone en rentrant à la maison, abasourdie, pour lui demander comment c'est possible qu'elle ne l'ait pas prévenue, pas un mot, pendant les trois semaines de vacances qu'elles ont passées ensemble, celle-ci répond d'un soupir excédé : Mais parce que voilà, tu vois, je savais que t'allais réagir comme ça ! On est tout le temps collées, je peux pas vivre comme ça, j'ai besoin de changer d'air. Mais t'inquiète pas, t'es toujours ma meilleure amie, tu seras ma meilleure amie toute la vie, on fait juste une pause, OK ? Le temps que je prenne mes marques dans mon nouveau bahut. On s'appelle bientôt, je sais pas, dans un mois ? Dans un mois ? Autant dire dans une autre vie, quand Violaine sera déjà morte de chagrin, de désespoir. Sa grande sœur la voit tellement désemparée, la pauvre, comme si elle n'avait pas déjà assez de leur mère.

Lors de cette rentrée des classes, il s'avère que Catherine n'est pas là pour se ressaisir devant le désarroi de sa plus jeune fille. Au retour des vacances, Catherine décide de partir faire un séjour en clinique ; l'été, apparemment, ne lui a pas réussi, les filles ne savent pas ce qui s'est passé, cependant elles la retrouvent ressassant des idées suicidaires, mijotant, comme à son habitude quand ça va mal, l'expression qu'a trouvée Violaine pour ses moments d'intense bouillonnement intérieur, la cocotte-minute prête à imploser : Arrête de mijoter, maman ! Je ne peux pas, dit-elle, je n'en peux plus, je n'y arrive pas, je ne vais pas y arriver. Elle est livide, cadavéreuse, affirme qu'elle ne tiendra pas à ce rythme, qu'il faut qu'elle se fasse soigner, qu'elle dorme, les doses de cheval de somnifères qu'elle s'auto-administre ne lui font plus aucun effet, il faut qu'elle aille en cure de repos, juste le temps de se remettre sur pied. Alors les filles, quinze et dix-sept ans, l'une dans un état pitoyable, l'autre qui fait de son mieux pour ne pas flancher, tout mener de front, l'année du bac au lycée Louis-le-Grand, ont l'appartement pour elles toutes seules. Leur père passe les voir le soir, leur apporte des quantités industrielles d'appenzeller, de pain aux noix. Les voisins appellent pour se plaindre, parce qu'elles font déborder la baignoire à répétition, tandis que coulent des bains que la grande, qui travaille au son des Fugees, des Red Hot Chili Peppers, n'entend pas ou oublie, occupée à faire trop de choses à la fois. Dont, entre une tartine de fromage et des bristols de géo, appeler Iris : Hé, mais d'où tu décides de changer d'école comme ça du jour au lendemain sans prévenir ma sœur, toi ? Ça va pas dans ta tête ou quoi ? Tu sais dans quel état elle est ? Tu te rends compte des conséquences de ton acte ? J'en ai rien à foutre, moi, que t'aies envie de changer de bahut, de changer de vie, en fait je t'explique, si tu fais pas quelque chose pour que ma sœur aille mieux, je t'explique, c'est toi qui vas aller très mal ! Sa stratégie vindicative ne lui permettra pas d'obtenir gain de cause. Une des rares fois où la plaidoirie de la future grande avocate ne fonctionnera pas.

Sa sœur a l'intention de s'inscrire en prépa l'année suivante. Leur mère tient énormément à leurs études, elle qui n'a pas le moindre diplôme. Elle a la ferme intention que ses filles se maintiennent dans cette sphère sociale à laquelle seul son mariage avec Antoine lui a donné accès, où elle n'a jamais vraiment eu sa place ; elle à qui l'érudition, les références font cruellement défaut, sans compter ses manquements aux convenances. Violaine ne se destine à rien. Elle se découvre une conscience politique qu'elle éprouve de manière aussi paradoxale qu'épidermique. Son père cite *La Trahison des clercs*, répète avec emphase les mots de son propre père, Georges, que la France avait hissé au sommet de la hiérarchie républicaine, puis limogé et banni, une formule devenue célèbre dans les annales familiales : Voilà le résultat de quarante siècles d'avarice bourgeoise et d'hypocrisie cléricale ! Cependant, Catherine vitupère contre la ringardise de ses parents à elle, honnit son ex-mari et son milieu grand bourgeois, ces connards pétés de thunes qui pensent que le monde entier s'achète, qui roulent en Jaguar et se payent le luxe de voter à gauche ! Sans parler de la famine, des guerres. Violaine découvre l'injustice sociale à la lumière d'un faisceau chamarré de discours contradictoires, en façonne un idéal tout impressionniste. Aussi inconsciente du filtre de ses préjugés que Frédéric observant le pillage des Tuileries dans *L'Éducation sentimentale*, elle imagine l'épreuve de la pauvreté avec le romantisme fétide d'une enfant gâtée, elle sublime l'engagement, la rébellion, les moments marquants de l'histoire. Que n'est-elle née à temps pour participer à la Révolution ! Elle se voyait faite pour prendre les armes, ou au moins monter sur les barricades ; mais pour lors elle se morfond, s'apitoie sur son sort d'ultra-privilégiée, s'éprend de son martyre, aimerait avoir le courage d'avaler à pleines poignées les médicaments de maman afin de leur présenter, à tous, la preuve incontestable de son désarroi, l'autopsie de son malheur. Son indolence est à la mesure de son dégoût. Finalement, sa crise d'adolescence, elle ne la dirige contre personne – ni sa mère, ni son père, ni sa sœur, ni ses grands-parents – ou personne en particulier ; elle maudit l'espèce humaine dans son intégralité.

Si la grandiloquence de l'adolescente désespérée discrédite, voire parodie la souffrance, celle-ci n'en est pas moins vive. Violaine est plongée dans un profond abattement. À peine rentrée de clinique, sa mère appose sur ces symptômes qui ne lui sont que trop familiers un diagnostic incontestable : Chérie, tu es en train de faire ce qu'on appelle une dépression, ce qui n'est pas grave en soi, mais il faut la soigner, parce que ça peut le devenir si on ne s'en occupe pas. Catherine a de nouveau la voix posée, le ton sérieux et préoccupé de la mère bienveillante qu'elle sait être, une fois qu'elle s'est reprise. La douleur de Violaine, son insoutenable douleur, silencieusement s'écoule au coin de ses paupières, sous ses cernes, elle sillonne ses joues creuses, se répand de ses narines en longues traînées gluantes, jusqu'à surgir au son d'un balbutiement déchirant : Ma-ha-man ! Elle tressaute, secouée de sanglots frénétiques. Maman ! crie-t-elle, tombant tête la première sur les genoux de sa mère. Maman, je t'en supplie, fais quelque chose ! J'ai trop mal ! Maman ! Oh ma chérie, ma toute petite chérie, lui répond-elle, la force de ses bras, le calme de son timbre apaisant les convulsions de son enfant. Je sais, mon amour, je sais, ça va passer, je te le promets, fais-moi confiance, ça passe, je te le jure. Elle la conduit chez un psychiatre, recommandé par un ami de la famille de son ex-mari, qui connaît les meilleurs médecins de Paris, un certain Dr Solal.

Le médecin confirme : Oui, vous êtes en train de faire une petite dépression. Ça se soigne bien, ne vous inquiétez pas. Il prescrit des médicaments pour qu'elle se lève et s'endorme, reprenne l'école, cesse de sécher les cours tapie dans un coin sombre de la bibliothèque ou sous l'escalier du bâtiment C, se remette à lire, retrouve goût à ces choses qui lui semblaient si évidentes auparavant et lui sont devenues si indigestes. Se nourrir, entre autres. À mesure qu'elle va mieux, elle découvre en sa sœur, son alliée depuis l'enfance, une amie. Elles ont peu de passions communes – sa sœur adore la compétition, le sport, la compagnie, alors qu'elle n'a jamais aimé que le farniente, l'esquive et Iris – mais elles rient des mêmes blagues, partagent leur amour pour maman. Elles ont grandi à la faveur d'un soutien mutuel, implicite, apprenant l'une de l'autre comment réanimer leur mère quand elle s'évanouissait dans le couloir, à se relayer auprès d'elle sans jamais s'en parler. Le recul ou la maturité aidant, leurs langues se délient, elles confrontent leurs souvenirs.

Iris tient sa promesse, elle revient, présente sa vieille copine d'enfance à son nouveau cercle d'amis. Violaine elle-même a retrouvé des camarades qu'elles avaient ignorées. Et Iris lui annonce qu'elle a couché. Ça y est. C'est fait. Elle a perdu sa virginité. Avec un pote de son frère. En soirée. Stone. Et c'était bien. Vraiment ? C'était bien ? Ouais. Très bien. Mais t'as pas eu trop mal ? Non. J'ai presque rien senti. Mais c'était bien quand même ? Ouais, carrément. Et tu l'aimes ? Nan, t'es barge ou quoi ! C'est déjà fini. On n'était même pas ensemble ! C'était juste pour le faire, pour rigoler, pour l'expérience. Elle aimerait lui répondre, à sa jumelle cosmique, qu'elle est trop *space*, son histoire. C'est tellement incongru, inattendu, pour elle à qui sa mère fait la morale depuis perpète, qui lui explique à quel point il faut la préparer cette première fois, la prendre très au sérieux, s'assurer que c'est le bon, le grand amour, le vrai. Elle est scotchée. Peut-être que c'est mieux comme ça, en fin de compte, se dit-elle, de faire ça par-dessus la jambe, de s'en débarrasser, de ce pucelage si oppressant. Dégager une bonne fois cette question si encombrante.

D'ailleurs, comment sait-on qu'on est vierge ? C'est-à-dire, comment peut-on avoir la certitude que son hymen ne s'est pas déchiré à son insu sur une selle de vélo, à cheval, dans son sommeil? Certes, il y a des miroirs, mais pour s'autoriser à regarder, pour avoir une idée précise de ce qu'on cherche là-dessous, à quoi ça ressemble, il faudrait avoir suivi des cours d'éducation sexuelle plus approfondis que ceux qui sont proposés au collège, il faudrait ne pas avoir assisté à l'obscène libertinage de sa mère, ne pas l'avoir entendue raconter dans des détails aussi scabreux que sordides le peu de plaisir qu'elle prend à écarter les cuisses, à céder aux caprices des hommes. Il faudrait ne pas tant craindre de trouver la preuve de l'impensable, de l'inimaginable. Continuer de considérer impossible que le viol soit inscrit dans sa chair alors que son nom l'épelle en toutes lettres. Il faudrait oser aller regarder de plus près cet organe déconcertant qui pend du pubis de sa mère, ce colchique, couleur de cerne et de lilas, qui rend le pré vénéneux en automne, qui lentement empoisonne. Comment trouver le courage d'examiner à la loupe cette ecchymose suintante en bas de son ventre, les mains au bout des bras juste à bonne distance pour la couvrir, la sentir puruler en y glissant les doigts?

Elle aimerait que la peur verrouille son corps à triple tour. Mais c'est l'inverse : elle se sent ouverte, indécise et vacillante, vaseuse, trouble, écumante comme le ressac. Elle aimerait que ses parents se portent garants de sa pureté. Son vœu – ou sa résolution – de chasteté suffit à sa mère. Elle qui n'a pourtant de leçons à donner à personne en matière de vertu. Sa mauvaise foi n'est pas à ça près. Et puis justement, elle parle en connaissance de cause. L'abstinence est le meilleur des remèdes. Elle le leur crie, le leur hurle : Jurez-moi de ne pas vous faire tringler par le premier salopard venu ! Ces mots, dans la bouche de sa mère, la transpercent de honte. Imaginer le sexe dressé d'un homme, en concevoir du désir, lui troue le ventre, en attendant l'opprobre auquel se destine son âme, la certitude du saccage réservé à son corps. Le trivial et le cru de ces discours s'assortissent de visions fantasmatiques, aussi peu naturalistes que la pornographie. Parce qu'un événement érotique ne se réalise pas à la troisième personne. Il est aussi intérieur qu'insaisissable.

Violaine se met à fumer des cigarettes en cachette à la fenêtre, puis des joints que lui fournit Iris. Elle prend un air étonné quand sa sœur demande d'où vient cette odeur. Elle ne sait pas de quoi elle parle, et elle pourrait frapper avant d'entrer, merde ! Bah, pourquoi frapper ? Elle a quelque chose à cacher ? Ah putain, t'es trop fatigante. On peut jamais avoir le dernier mot avec toi, faut toujours que t'aies raison, faut toujours argumenter. T'es trop chiante. Et donc, cette odeur ? C'est rien, putain ! C'est pas comme si la baraque entière ne sentait pas le tabac, c'est maman qui a laissé traîner un vieux cendar dans ma chambre, je lui ai dit mille fois de ne pas le faire, mais tu la connais... Sa sœur la prévient qu'elle n'a pas intérêt à sortir du rang. Oui, oui, elle a bien compris. De retour d'un voyage linguistique à Mexico avec son école, une touffe de super skunk planquée dans sa trousse de toilette, elle se dit, alors qu'un léger frisson lui parcourt le dos au passage de la douane, que sa sœur ne lui pardonnera jamais si elle se fait arrêter pour trafic de stupéfiants. Elle rapporte également une veste en grosse laine tricotée main, laquelle ne la quitte plus, au grand dam de son père, devant qui, pour une fois, sa mère prend sa défense : Fous-lui la paix, bordel ! Elle peut bien mettre ce qu'elle veut. On est tous au courant que ce truc est abominable, on est tous d'accord, ça ne ressemble à rien. Mais si ça lui fait plaisir de s'habiller comme un sac, laisse-la, ça lui passera avant que ça me prenne.

Sa mère n'a pas tort. Son look néo-hippie avec ses Doc Martens, ses jeans baggy, sa veste mexicaine, ses longs cheveux crades, dure peu – le temps qu'elle se rende compte qu'il y a plus séduisant comme style en ce milieu des années 1990. Et qu'Iris lui présente des garçons. Malgré ses sorties de plus en plus fréquentes, ses détours en rentrant du lycée pour cloper tranquille, elle reste relativement bonne élève, à peu près consciencieuse, suffisamment pour intégrer le lycée Henri-IV. Sa sœur la surveille, elle n'a pas intérêt à vriller. Leur univers ne devient pas moins asphyxiant avec l'âge : les mystérieux comportements de leur mère, ses humeurs en dents de scie, les enjeux scolaires, l'avenir qu'il faudrait préparer, au moins les études à envisager. Mais l'idée même des concours lui donne la nausée, l'école lui devient de plus en plus insupportable. Si on lui en donnait le choix, elle sauterait ces deux dernières années de lycée, partirait s'installer n'importe où, au Guatemala ou aux Açores. En attendant, *Miss Perfumado* devient la bande-son de sa *saudade*. Comme Cesaria Evora, elle voudrait qu'on la laisse mourir en rêvant... au Cap-Vert, à l'ivresse et à l'inconnu, aux parfums exotiques, aux poètes, aux peintres, danseurs et autres saltimbanques, au vague à l'âme, au voyage.

Quand elle rencontre Andrea, elle est étonnée d'apprendre qu'Iris le connaît depuis longtemps, leurs parents se fréquentent depuis des années, ils se sont vus plein de fois à des dîners, des fêtes. Il a six ans de plus qu'elle, ce qui, à seize ans, est presque une vie supplémentaire. Il n'a pas son bac – l'a raté à un point près, n'a pas eu le courage de repiquer. En ce moment, il sert d'assistant à sa mère, l'aide à préparer son expo. Ils vivent seuls tous les deux, comme un vieux couple. Elle l'a eu à vingt ans ; sa première fois à lui était avec une copine à elle, à quatorze ans. Autant dire qu'il a toute l'expérience du monde. Elle le revoit dans l'atelier de sa mère. D'immenses peintures de revolvers sur papier-calque ornent les murs de leur logement social, des ateliers octroyés par la mairie de Paris, près du site des objets trouvés de la Préfecture de police – ce qui lui fait penser chaque fois qu'il passe devant, dit-il, à l'installation de Christian Boltanski. Elle fait semblant de très bien visualiser ce travail qui lui est parfaitement inconnu. Andrea lui parle du vidéaste auquel les œuvres de sa mère font référence, celui qui s'est fait tirer une balle dans le bras lors d'une performance. Elle n'est pas sûre de suivre, mais c'est magnifique, c'est sublime même, vraiment sublime. En dehors de ses projets artistiques – il dessine, fabrique du son : une espèce de funk expérimental avec pour seul instrument sa voix remixée – il travaille au McDo pour contribuer au loyer. Elle rencontre sa mère sur le parvis du centre Pompidou, en route vers une exposition intitulée *L'Informe : mode d'emploi*. Elle n'entre pas dans n'importe quel contexte – il s'agit d'une famille d'artistes qui prennent leur sujet au sérieux. Et pas n'importe quel sujet. L'art contemporain.

Sa mère n'est pas commode, il l'a prévenue. Très jalouse des femmes qui s'intéressent à son fils. Sa silhouette dans la lumière de mai s'abat sur les pavés de l'esplanade de Beaubourg comme l'ombre d'un platane, immense, dans une longue robe noire évasée, aux manches ballons, serrée à la taille d'une ceinture multicolore, des bottes de cow-boy, un sari orange et or en guise de foulard drapé sur l'épaule, des lunettes papillon. Elle parle français avec un fort accent italien, lui dit bonjour du bout des lèvres, embrasse son *ragazzo* sur la bouche, l'attrape par le bras et, d'un pas décidé, précède Violaine dans le bâtiment. Il se retourne, contrit, qu'elle ne lui en veuille pas, il l'avait prévenue. Son portrait à lui pourrait être accroché dans la galerie des Offices, le visage androgyne de l'ange annonciateur, les traits réguliers, d'une pâleur diaphane, les cheveux terre de Sienne. Son cœur se serre dès qu'elle l'aperçoit.

À l'entrée de l'exposition, un bac en plexiglas rempli de communiqués de presse lui suggère de se préparer. Elle lit... *au-delà de cette antinomie de la forme et du contenu, il est une troisième voie d'accès au champ esthétique de la modernité : l'informe est une opération qui consiste à déclasser, au double sens de rabaisser et de mettre du désordre dans toute taxinomie.* Elle refoule péniblement la boule d'angoisse qui monte inexorablement dans sa gorge. Elle les regarde s'esclaffer devant des œuvres qui lui semblent aussi étanches qu'une coque de navire. Elle les entend discuter de la table Monopink d'Yves Klein comme d'une amie commune. Elle est larguée. La remise en question s'avère radicale, décisive. Ils ne font rien pour l'aider, ça leur semble aller de soi, qu'on comprenne, c'est une évidence ou ça n'est pas pour toi. Elle se demande comment c'est possible de capter quelque chose à cette esthétique conceptuelle, tellement hermétique. Et pourtant à mi-parcours de l'exposition, devant un Cy Twombly, une attache des conventions qui corsètent sa pensée se dégrafe toute seule. Soudain, elle respire mieux, sent quelque chose en elle se mouvoir plus librement, une joie de l'abstraction, quelque chose d'intangible, de spontané, qui s'abstient d'être intellectualisé. Moins un choc qu'un déclic.

Elle se demande si ce sera comme ça, aussi, la première fois. Ils ne sont pas encore passés à l'acte, pas vraiment. Elle vient d'avoir dix-sept ans. Sa sœur a eu son bac, haut la main comme prévu, l'année précédente. Elle s'apprête à partir pour Londres, faire des études de droit après son année de prépa. Elles ont déménagé, deux numéros plus loin, dans la rue de Sèvres : le couloir est plus long, la chambre de sa mère à l'autre bout de l'appartement, celle de sa sœur est munie d'une double porte, avec un sas de séparation. C'était la condition pour qu'elle revienne. Elle avait quitté la maison l'avant-veille des examens, parce que sa mère était dangereuse, folle dangereuse, et violente, et l'imprévisibilité de ses accès de brutalité avait eu raison de sa fille, elle avait été forcée de se barrer, à deux jours du bac ! Catherine l'avait suppliée de lui pardonner, suppliée de revenir, elle avait trouvé un appartement plus grand. Il avait fallu acheter un frigo, parce que la nouvelle cuisine n'était pas équipée. Le jeune homme de chez Darty qui était venu installer l'appareil n'était jamais reparti – neuf mois plus tard, il habitait toujours là, avec elles. L'amant de Catherine est plus proche de l'âge des filles que de la mère ; il fait pousser de l'herbe sur le balcon afin de ne plus avoir à faire des allers-retours à Bondy pour s'approvisionner, ce qui ravit Violaine, laquelle en fait profiter ses amis, la maison est joyeuse, le QG des foncedés. Andrea et Iris en tête de file. Sa sœur a renoncé à contrôler la consommation de sa mère, mais elle continue à surveiller Violaine. T'es au courant que t'as un bac de français à passer à la fin de l'année ? Elle sait. T'inquiète, chouchou, je fais grave attention. Le jeune amant de Catherine au corps d'athlète jette à Violaine des sourires ingénus en sortant du bain, une serviette lestement enroulée autour de la taille. Elle se faufile dans sa chambre, l'oreille basse, pense à Andrea.

Violaine et Andrea ont prévu un voyage au Maroc dès la fin des examens. Avant son départ, Catherine lui rappelle les quelques précautions à prendre – préservatifs, au minimum –, lui tend une boîte de Rufol. C'est quoi ? Un médicament contre la cystite. C'est très fréquent après les premiers rapports. Maman ! Oui, bah, mieux vaut prévenir que guérir, et ça ne rime à rien de jouer les oies blanches. Elle détourne la tête et lève les yeux au ciel : Mais qu'est-ce que j'ai fait pour avoir une mère pareille ! Lors de ses premières règles, sa mère lui avait acheté des serviettes hygiéniques et une bouillotte pour calmer son mal de ventre. Elle lui avait formellement interdit de mettre des tampons, affirmant que c'était très mauvais, dangereux, même. Violaine a conscience que c'est déjà contrevenir à l'ordre maternel de faire l'amour avant sa majorité. Mais elle attend depuis si longtemps. Avec Andrea, ils sont ensemble depuis près d'un an. Ça lui semble absurde de s'imposer une date, et le désir et la patience font mauvais ménage, et elle est mûre, et elle est persuadée qu'elle sera moins angoissée une fois cette étape derrière elle. Il faut passer le bac, d'abord, le français seulement, soit, mais ce n'est pas rien. La veille des épreuves, elle n'en mène pas large. Elle entend la voix de sa sœur l'invectiver : Ben oui, on fait moins la maligne devant sa copie, quand au lieu de bosser on a fumé des pètes et écumé les bars ! Non, c'est sûr, elle ne fait plus du tout la maligne. Les résultats tombent – ça passe. Pour fêter ça, ils prennent la route pour Amsterdam, elle, sa mère et son amant. Fument une quantité de shit si considérable que son souvenir des canaux et du musée Rembrandt se dissout instantanément dans la brume éthérée du cannabis. Ils rentrent avec des barrettes d'afghan et des têtes de beuh vert forêt dans des boîtes de biscuits avalés voracement, avec la boulimie du stoner. Sa mère reprend le volant pour franchir la douane : ils s'acquitteront mieux de cette formalité derrière sa blondeur et sa tenue de bourgeoise, plutôt qu'avec le look de son mec, qui ne peut pas prendre le métro parisien sans que la police lui demande ses papiers. Sa sœur à leur retour n'a pas le cœur de la féliciter pour les résultats du bac : Putain mais y en a pas une pour rattraper l'autre ! Vous êtes complètement inconscientes. Comment c'est possible d'être aussi irresponsables ?

Son père n'est pas vraiment épaté par sa mention assez bien ; il la félicite néanmoins. Pour l'oral, il lui avait conseillé d'éviter le décolleté et la minijupe, au cas où elle tomberait sur une femme. Antoine n'est pas plus déconcerté que ça par la présence du jeune homme – il en a vu d'autres. Il n'y a que sa sœur pour juger cette situation avec sévérité. Violaine a remarqué en grandissant que sa sœur ne portait pas le même regard sur les garçons. Son aisance et sa désinvolture face au sexe opposé – le contraire de la timidité émoustillée – avaient défini son rapport à ses amis. À dix-huit ans, elle continuait à s'amuser à baisser les caleçons des copains, pour rigoler. Ça n'avait jamais cessé d'être drôle de se moquer de leur machin. Violaine a compris, avec le temps, que leur version de l'érotisme était d'un genre différent. Sa sœur a eu un amoureux, avec qui elle avait promis de coucher après sa majorité. Un cauchemar, lui a-t-elle dit pour tout compte rendu ; elle a préféré ne pas entrer dans les détails. Non, sa sœur n'éprouve pas le même désir pour les hommes. Ce qui ne fait que décupler ses scrupules devant l'ardeur que lui inspire la virilité. Elle aurait tellement préféré être homo. Ça lui aurait semblé tellement plus logique, plus propre. Ses quelques incartades avec des copines de l'école – la délicatesse de leurs petits seins fermes, leurs langues cupides, ces peaux d'une douceur délicieuse –, malheureusement, ne lui laissent aucun doute. Elle aurait aimé pouvoir se dire qu'elle avait au moins hésité, qu'elle avait été partagée, mais le fantasme du masculin, sa domination, son empire, l'emporte avec une puissance terrassante. Sa mère simule-t-elle l'aveuglement ? L'éveil de sa fille à la sensualité la dépasse peut-être. Elle semble l'ignorer au point de ne pas remarquer leurs corps qui se jouxtent, qui se touchent, tandis qu'elle malaxe négligemment les cheveux de son amant, quand elle invite Violaine à les rejoindre dans son grand lit fumer des joints devant la télé. Sa sœur les observe, à juste titre, d'un air censeur, préoccupé. C'est malsain, leur histoire. Cependant, exiger de sa petite sœur qu'elle prenne ses distances serait déjà un aveu. Cette confession est impensable, le terrain trop glissant. Et puis elle s'apprête à quitter ce cloaque, elle va vivre à Londres. Elle rentrera les week-ends, mais c'en est fini pour elle de ce quotidien aberrant.

Et pendant que sa sœur installe ses affaires dans sa chambre d'étudiante à Waterloo, la voilà partie pour Marrakech, au mois de juillet, sous un soleil étourdissant. Violaine a déjà pas mal baroudé. Avec Iris surtout. Sa curiosité pour l'étranger ne fait que croître avec les années. Elle entreprend ce périple presque légère, ou en tout cas joyeuse à l'idée de découvrir ces nouvelles contrées avec son amoureux, de connaître son corps autrement, de dormir dans ses bras des nuits d'affilée. Andrea a beaucoup moins d'expérience qu'elle en matière de voyage, mais elle ne veut pas lui paraître autoritaire, ou risquer de le... *émasculer* est peut-être le terme qu'elle cherche – il ne lui vient pas à l'esprit. Elle le regarde commettre toutes les erreurs du touriste novice sans s'interposer : se laisser guider au souk par le premier type qui se présente, acheter une barrette de chichon dégueulasse qu'on leur vend à un prix ahurissant, accepter une invitation à prendre le thé pour acheter toute la boutique, se faire embobiner encore pour aller dîner. Tant pis. Il apprendra. Cependant c'est elle qui tient les cordons de la bourse, remplie des deniers de son père, que sa mère l'a convaincu de lui donner. Catherine a rassuré son ex-mari. Violaine est très responsable, ne t'inquiète pas, il ne lui arrivera rien. Et cet Andrea est charmant. C'est vrai qu'il a une bonne tête, concède Antoine. Crève-la-faim, mais joli garçon.

Ils déposent leurs sacs à dos dans leur chambre miteuse de la médina, après s'être perdus dix fois, s'être fait mener dans trois autres établissements par le guide, lequel espérait les placer à une adresse où il obtiendrait son bakchich. Mais là, elle insiste : elle tient à ce qu'ils honorent leur réservation. Ils sont éreintés, par l'avion, le bus, l'émotion, la chaleur. Il y a un minuscule lavabo dans la chambre, une salle de bains dans le couloir. Ils ont un budget limité, ils préfèrent dépenser leur argent autrement qu'en logement. L'appel à la prière retentit contre les murs. Ils se penchent à la fenêtre. Le minaret de la mosquée est là, c'est-à-dire juste devant, le haut-parleur à moins de deux mètres. Ils gloussent, ils s'étreignent, ils s'embrassent. Ils sont déjà stone, ils sont amoureux, ils sont jeunes et en bonne santé, et loin de leurs mamans, et l'assaut sonore du muezzin décuple leur bonheur. Il la bascule sur le lit, elle sait que c'est le moment. C'est maintenant. Il commence à la déshabiller, il s'empêtre, elle se lève pour défaire le nœud du paréo qu'elle porte en guise de jupe. Il sort une serviette de bain blanche de son sac et la pose sur le lit. Pour le sang, lui murmure-t-il. Un pincement sous les côtes. Oui, c'est vrai, le sang. Il est doux et prévenant, pense-t-elle. Elle a peu d'éléments de comparaison. Il lui caresse les seins, ou plutôt le sein droit : elle cache le gauche discrètement sous son coude ; il n'a pas poussé comme l'autre, un fruit à moitié mûr, difforme, son aréole d'autant plus démesurée. Elle n'ose pas regarder son érection. Elle touche son pénis du bout des doigts, ne saurait dire s'il s'assortit d'un prépuce, certainement, mais ensuite ? Elle a peur de le blesser. Est-ce fragile, un sexe d'homme ? Il sort un préservatif d'une boîte neuve. Allongée sur le dos, elle attend. Les yeux fermés, les poings serrés. Il a dû l'enfiler. Il essaie d'écarter ses jambes, elle oppose une résistance dont elle n'a pas conscience. D'une voix suave, il lui demande : Tu ne veux pas ? Si, si, je veux, je veux. Alors il repousse ses cuisses avec un peu plus de fermeté. Elle a dû se hisser malgré elle à la tête du lit, elle se cogne contre le mur, à l'autre bout de là où leurs ébats ont débuté. La chaux blanche et poussiéreuse la bloque au niveau du crâne, son buste à angle droit sous sa nuque de biais, il rabat son genou de côté, plus déterminé que jamais. Il est au-dessus d'elle, Violaine garde les paupières closes, elle sent son front se plisser, son visage se crisper, quelque chose s'enfoncer en elle, ses ongles dans sa paume, une chose la pénètre, un corps dont la dureté l'accapare tout entière, ça ne peut pas être de la chair, on dirait un os, du bois, de l'acier. Elle n'ose pas rouvrir les yeux, elle ne saurait dire si elle a mal, aplatie contre le matelas, ses mains à lui de part et d'autre de ses bras à elle, sa respiration qui la frôle, les gouttes de sa sueur qui pleuvent dans son cou, et puis elle sait, elle a mal, atrocement mal, elle était prévenue, c'est abominable, pas la douleur non, la douleur est supportable, ce qui la terrasse, c'est de ne pas aimer ça. Elle était tellement convaincue qu'elle adorerait lui faire l'amour, qu'il lui fasse l'amour, la fusion de leurs corps. Sa langue qui cherche la sienne la dégoûte, sa peau, son haleine, elle voudrait que ça cesse le plus vite possible, elle a dû remonter encore plus haut dans le lit, elle est maintenant en travers du mur, lui est incliné au-dessus d'elle, et il bouge très vite, très très vite, ça fait encore plus mal, mais si elle serre les mâchoires elle peut presque l'oublier, être ailleurs, revoir les remparts de la ville depuis la fenêtre du bus en arrivant de l'aéroport, sentir la présence consolante de son épaule dans l'avion, se souvenir avec émoi de l'anticipation de ce moment, reconstruire en mémoire le plaisir qu'elle aurait ressenti, qu'elle allait ressentir, cette première fois tant désirée. C'est fini, c'est déjà fini. Il s'affale contre elle, pousse un long soupir. Elle inspire en silence. Elle va ouvrir les yeux, lentement, sans se précipiter, retrouver ce visage qu'elle chérit, ces traits angéliques. D'abord chercher sa main, dans le noir de ses cils rabattus, ses doigts à lui, les enlacer aux siens. Il se repose. Elle ne veut pas être la première à parler. Elle veut que ce soit lui qui lui dise, que c'était bien. C'était merveilleux. Tu n'as pas eu trop mal ? Non, dit-elle. Non, pas du tout. Prise de court par le déluge de larmes qui s'ensuit. Pardon, je ne sais pas pourquoi je pleure, c'était magnifique, je n'ai pas eu mal du tout, c'est l'émotion. Elle se retourne pour plonger sa tête dans l'oreiller, se mord les lèvres pour endiguer le flot des sanglots. Tu n'as pas saigné, dit-il. Quoi ? Elle se redresse, interdite. La panique interrompt ses pleurs. Il n'y a pas de sang. Pas de traces. Le désert les efface.

Ce n'est jamais agréable d'accepter que sa mère ait raison, à dix-sept ans, sur un sujet aussi intime a fortiori. Elle double les doses de Rufol indiquées sur la notice, ce que Catherine lui a toujours conseillé : un minimum – si nécessaire, multiplier les prescriptions par quatre. Maintenant que c'est fait, ils peuvent le refaire à satiété, c'est-à-dire en fonction de son appétit à lui, si longtemps contrarié. Il la baise avec une faim dévorante, ils forniquent avec ivresse, et alors que cette idée à peine quelques jours plus tôt l'aurait étourdie de convoitise, l'épouvante domine son corps. Son phallus lui semble chaque fois plus rude, son vagin chaque fois plus étriqué, l'abrasion de leurs sexes l'inverse d'un brasier. Ça la pique, la démange, elle finit par pisser du sang. Seuls les splifs archi-chargés font passer la douleur, la dissociation est totale. Un soir, elle s'évanouit. Quand elle reprend connaissance, les contours du réel sont devenus contondants. Bientôt le dédale des ruelles de la vieille ville n'a plus de secrets pour eux, ils se promènent des labyrinthes du souk aux cafés de Guéliz avec flegme et détachement, se distinguant des touristes qui débarquent en car sur la place Jemaa el-Fna pour acheter des babouches et des porte-clés dromadaire en vitesse, mais elle est anéantie. Elle envie presque ces ploucs dont ils se moquent : eux savent peut-être ce qu'ils sont venus chercher avec leur appareil photo autour du cou, leurs clichés. Elle est si paumée.

Elle rentre de vacances sens dessus dessous. Ils ont passé leur temps à se cacher du soleil, trop intense pour en profiter, loin de la plage. Elle a une mine effarante. Pourtant ce n'est rien à côté de Catherine, qui est à ramasser à la petite cuillère. Elle avait avoué au téléphone, quand sa fille l'avait appelée en PCV depuis la réception de l'hôtel, que ça n'allait pas fort. Violaine n'avait pas saisi l'étendue du désastre. Son mec s'est barré, ça s'est très mal passé, la rupture était monstrueuse, il a complètement pété les plombs, il a craqué, il est devenu violent, il m'a tabassée, dit-elle, montrant ses bras couverts de bleus, il m'a violée, il m'a sodomisée de force, il a saccagé l'appartement, j'ai peur qu'il revienne, j'ai fait changer les verrous, mais au premier étage, il pourrait grimper ! Il a tué le chat, il a jeté un sort, je ne sais pas ce qui lui a pris, je ne savais pas qu'il était dans des délires vaudous, il a balancé du riz partout, partout, dans les lits, dans les placards, il y en a partout, entre les lattes du parquet, sous les matelas, j'ai passé l'aspirateur vingt fois en trois jours, j'en retrouve sans arrêt. Andrea est là. Bien que ses sentiments pour lui ne se soient pas simplifiés à l'issue de leur périple, Violaine n'a jamais été aussi heureuse et rassurée d'avoir ce garçon auprès d'elle. Elle veut bien pisser du sang toute la vie s'il accepte de ne pas la laisser seule avec cette femme, sa mère, cette folle. Je t'en supplie, reste, juste cette nuit, l'implore-t-elle quand il lui dit qu'il faut qu'il rentre chez lui, que sa mère va être furieuse s'il découche le soir même de son retour. Je t'en conjure, à genoux, par pitié, ne m'abandonne pas ! Ce jeune homme qui l'a possédée, elle s'aperçoit, suffoquée, elle en a subitement fait son asile. Jamais auparavant elle ne se serait autorisée à demander protection contre sa mère. L'amour crée un îlot de secours en ce milieu hostile, il a le pouvoir de la soustraire à cette réalité. Cependant Andrea rentre chez sa mère. Violaine gère la sienne seule. Sans sa sœur. Elle n'avait pas conscience du naufrage qui l'attendait.

Sa chambre, traversée d'un rayon ocre en cette fin d'été, à quelques heures de la rentrée des classes, pullule de minuscules particules de poussière dont le scintillement, suspendu dans l'air, lui rappelle cette effrayante envie de mourir qui l'avait saisie à la gorge deux ans plus tôt. Les médicaments avaient fait effet, se souvient-elle. Ça passe, ça passe. Ce n'est pas le moment de flancher. Catherine a besoin d'elle. Catherine a recommencé à boire. Maintenant qu'elle-même boit du vin à table, des cocktails en soirée avec ses amis, elle a compris que sa mère a l'alcool mauvais. Cet alcool brûlant comme ta vie / Ta vie que tu bois comme une eau-de-vie. Elle ressort les vieilles bouteilles de whisky de sous le lit de sa mère. Sans commentaire. Que sa mère sache qu'elle sait. Fini la fumette devant la téloche. Fini les barres de rire, les barrettes de shit. La plante de marijuana qu'ils avaient fait pousser sur le balcon a crevé, complètement ratatinée. Catherine s'est remise au piano – c'est toujours inquiétant, le piano. Elle ne joue qu'un morceau, la sonate *Au clair de lune* de Beethoven. Elle la joue en boucle, compulsivement, la nuit, de longues nuits ivres et sombres. Violaine retourne au lycée, deux paquets de clopes dans son sac à dos. Plus la peine de se cacher. Son père apporte des cartouches, quand il leur rend visite, en plus du pain aux noix et du fromage de chèvre. Des Rothmans Rouge pour sa mère, des Vogue pour elle. Elle peine à allumer sa cigarette tout en grimpant la rue Clovis depuis le métro Cardinal-Lemoine. Il est 8 h 12. Elle va encore avoir un quart d'heure de retard. Elle radote sa vieille excuse en se faufilant dans la salle de classe ; le prof de philo est plutôt indulgent. Au-delà de vingt minutes, il lui signale simplement qu'il la notera absente, qu'elle revienne après la pause. Elle fume des clopes au café en attendant. Sa mère, l'année précédente, était allée parler au censeur, qui l'avait menacée d'expulsion pour absences injustifiées. Elle n'a pas su ce qu'ils s'étaient dit. Depuis cette entrevue, personne ne l'a plus jamais inquiétée. Une camarade de classe lui demande un matin où elle ne s'est pas bien brossé les cheveux si elle revient d'un mariage : T'as du riz plein les veuch ! Des mois plus tard il y en a encore plein son matelas. Elle pense à la princesse au petit pois, au sortilège de sa mère, à la maltraitance, à l'amour d'Andrea qui s'étiole.

Catherine, qui avait adopté son amoureux comme son enfant, ne peut plus le voir en peinture. Elle l'accable des pires tares, convainc sa fille qu'il abuse d'elle, lui fait remarquer les rapports ambigus qu'il entretient avec l'une de ses copines. Andrea prend ses distances, refuse de dormir chez elle, Catherine, tout à coup autoritaire, lui interdit de découcher, l'année du bac ! Il faudrait peut-être songer à réviser plutôt que de perdre son temps avec un garçon qui, soit dit en passant, ne l'a pas, lui, son bac. Cette histoire n'est pas à la hauteur de leur amour filial : l'un comme l'autre, ils se trouvent contraints de prendre parti, choisissent, par défaut, par habitude ou manque de maturité, le camp de maman.

Vers la Toussaint, Andrea lui demande au téléphone s'il peut la retrouver à la sortie du lycée. Il n'est jamais venu la chercher, elle se doute de ce que ça signifie. Les filles de sa classe gloussent en le voyant adossé au mur de l'église face au portail de l'entrée. Elle aimerait être fière, se targuer du charisme, de l'aura ensorcelante de son amant, mais elle a compris que c'est fini, et dans l'immédiat elle se moque de son visage aquilin, de sa pose de tombeur. Ils descendent la rue Soufflot, contrairement à ses habitudes – elle préfère, d'ordinaire, descendre par le boulevard Saint-Germain, longer la Seine jusqu'à l'Assemblée nationale, emprunter les petites rues derrière la place du Palais-Bourbon, éventuellement s'arrêter dans les jardins du musée Rodin. Elle ne veut pas contaminer sa promenade favorite du souvenir de la discussion qu'ils s'apprêtent à avoir. Le Panthéon dans le dos, ils s'engagent dans le Luxembourg. La frondaison des marronniers a la couleur de ses cheveux à lui, leurs fruits celle de ses yeux à elle. La vie s'écoule, pense-t-elle, entendant dans le bruissement des feuilles foulées les vers d'Apollinaire. Il lui propose de faire une pause, de se donner du temps. Du temps pour quoi ? Pour qu'elle l'attende ? Pour qui, du temps ? Il faut qu'elle soit raisonnable, peut-être qu'ils se retrouveront plus tard, c'est vraiment trop compliqué en ce moment, elle le voit bien, non? Elle ne voit rien dans ce brouillard d'automne que son cœur brisé. Oh! l'automne l'automne a fait mourir l'été. Leurs silhouettes grises se séparent à un carrefour. C'est trop triste, répète-t-elle à Iris, à qui elle rejoue la scène en boucle.

Catherine se reprend comme elle peut, essaie d'éviter la noyade. Pour les dix-huit ans de Violaine, elle leur laisse l'appartement, à elle et Iris, laquelle a renoncé au lycée, elle s'est installée avec un comédien trentenaire dans un studio du Marais, elle passera son bac en candidat libre. Catherine dit à Violaine qu'elle n'a pas intérêt à essayer de lui faire ce coup-là. Des baffes, voilà ce qu'il lui faudrait à cette gamine, des baffes, oui! Si Catherine savait que c'est pourtant son exemple qu'Iris suit. Iris, comme elle, se fout des conventions, des convenances; elle écoute son désir, s'élance là où il vibre. Des amis d'amis débarquent les uns après les autres, puis Violaine ouvre la porte. Un garçon paraît au son d'une mélodie sirupeuse à souhait. Bonsoir, mademoiselle. Elle reste hébétée, il demande s'il s'est trompé de porte, s'incline : Orlando, pour vous servir. Il la frôle en franchissant le seuil, un faisceau d'étincelles irradie de ses pores. Elle demeure ahurie devant ses yeux pers, la densité de ses boucles brunes. C'est fou d'avoir dix-huit ans! Il est ému pour elle. Et affreusement gêné d'être venu les mains vides. Qu'est-ce qui pourrait lui faire plaisir? Ce qui lui ferait plaisir, mais vraiment super plaisir, dit-elle, après avoir descendu un nombre préoccupant de coupes de champagne à toute allure, c'est un numéro de claquettes ! Des claquettes – qu'à cela ne tienne. Il retrousse le bas de son pantalon. La compagnie l'aide à pousser les meubles du salon pour faire place au spectacle. L'un des convives s'est mis au piano, l'improvisation devient collective, la performance est un triomphe. Persuadée que jamais elle ne sera aussi heureuse, Violaine le laisse l'embrasser avec ferveur, ils passent la nuit chastement enlacés. Il n'a pas de préservatif. Elle est de la génération Sidaction – chacun son ruban rouge sur la poitrine du sweat à capuche. Elle a une dissertation sur Kant à remettre dans deux jours. Elle n'a pas commencé. Il l'encourage à se concentrer sur ses études, lui est très peu disponible, il ne faut pas qu'elle attende ses appels, surtout qu'elle ne l'attende pas.

Quand sa sœur rentre de Londres, le week-end, elle la sermonne vertement : elle va réussir à foirer son bac. Un comble ! Ses copines sont sceptiques quant à la viabilité de cette histoire, la fiabilité de ce type, qui a dix ans de plus qu'elle, qui ne l'a pas rappelée depuis huit jours. Iris est la seule à la comprendre. Le garçon fait partie de sa bande. C'est encore une façon pour Violaine d'avoir la protection de son amie chérie, de rester dans son orbite. C'est clair, il est charmant, dit Iris. Et puis elle est témoin – trop fort en claquettes.

Son nouvel amoureux – il est un peu précipité de lui attribuer ce titre, mais elle garde espoir – monte une pièce, prépare un album, retape un appartement. Il vit dans un duplex en mezzanine sur l'île Saint-Louis, un décor de théâtre ; son chantier est à Pigalle. Il passe la chercher un soir à l'improviste, après son interminable silence, il entonne *La Complainte des filles de joie* de Brassens dans sa voiture, l'emmène dîner dans son bistrot préféré. Ils vident allègrement deux bouteilles de vin blanc. Ils discutent de théâtre, de poésie, de leurs amis communs et inconnus ; elle a tant de choses à dire, elle qui s'est toujours tue à table, la petite dernière de la famille, elle l'inonde de paroles. Elle est soûle, étourdie de bonheur. Il lui dit que c'est formidable de boire, c'est ce qu'il y a de mieux à faire dans ce monde de brutes. Mais attention, l'alcool oui, mais la dignité dans l'alcool ! déclame-t-il, mimant le pochtron décati, titubant dans le caniveau. Ils feront l'amour – au milieu des décombres, contre des murs à moitié délabrés, bousculant des escabeaux et des bâches, avalant des nuées de poussière de plâtre – avec la langue, le tour des bras. Glissant une main sous les épaisses coutures d'un jean ultramoulant, il plonge ses phalanges entre ses jambes, les enfonce d'un coup de genou. Quand ils sont déshabillés, son érection s'effarouche face à son corps nubile, perclus de pudeur devant l'acte. C'est donc à ça que ressemble un sexe circoncis. Elle s'aperçoit qu'elle sait encore moins comment s'y prendre, sans cette peau supplémentaire à dérouler. Elle voudrait deviner comment l'apprivoiser, recueillir sa semence dans sa bouche ou son cul, connaître les mots pour le lui dire, oser prononcer ceux-là. Mais elle a honte de son ardeur, peur de son incompétence, se persuade que son inexpérience suffit à justifier l'irrégularité de son affection, sa distance. Qu'a-t-elle appris de sa relation précédente ? Que sait-elle de son propre corps ? Trois fois rien. Ils finissent endormis sur un futon recouvert d'un drap secoué avec énergie, plein de sciure de bois. Il l'encourage à poser sa tête dans le creux de son épaule ; soulevant une paupière, elle le découvre happé par le spectacle de son sommeil, ses caresses râpeuses du bout de ses doigts viriles. Ton visage au repos, lui dit-il, on dirait un bronze de Brancusi. En dépit de ses recommandations, elle ne peut que l'attendre. En vain. Malgré ses propres injonctions à se sortir ce garçon de la tête. Des heures qui se transforment en semaines – autant dire des siècles, des générations entières. Un supplice.

À l'inventaire de l'amour, le recensement de ses tribulations est-il toujours plus flagrant que ses joies ? La séparation d'avec Andrea n'avait pas été si terrible. Ils étaient arrivés au terme d'une aventure adolescente, ils n'avaient regretté ni l'un ni l'autre de ne pas construire un avenir ensemble – les visions chimériques qu'ils s'étaient fait miroiter l'un à l'autre ne les avaient, somme toute, pas tentés plus que ça. Cependant, Orlando, c'est une autre histoire. Elle s'apprête à quitter le foyer maternel pour toujours, et si elle attend ce moment avec une impatience à peine dissimulée, elle ne l'anticipe pas sans angoisse. Ce n'est pas une période simple, et la complexité de ce garçon, le raz-de-marée de son ardeur pour lui, le vague à l'âme que déclenchent ses absences répétées, se confondent avec une violence féconde en larmes, en démesure. Elle l'aime éperdument, elle ne sait plus où elle habite, comment faire sans lui, et pourtant il est à peine là, furtivement, au rythme de baisers volés entre ses divers projets, avec l'intermittence d'une aventure adultère. Elle soignera sa mélancolie sans psychiatre, cette fois. Elle a trouvé un autre Solal, le séducteur grandiose qui pénètre par surprise à cheval dans la propriété d'Ariane, la belle bourgeoise genevoise, l'amant sublimement excessif, extravagant, si noble et excentrique de *Belle du Seigneur*; ce roman l'accompagne comme un guide. Elle le lit, et le relit, et le relit encore.

Puis, un vendredi après-midi, à dix jours des premières épreuves, elle découvre Orlando au pied de son immeuble. Tu peux faire un sac en vitesse? Je t'emmène en week-end. Elle n'a que sa mère à convaincre. Maman, je t'en supplie, je te jure que je vais réviser! Regarde, je prends tous mes classeurs de philo. Maman, s'il te plaît! Ah là là, qu'est-ce que tu m'auras pas fait, toi! Maman, s'il te plaît? Bon, il m'attend, je file. Je t'aime, maman chérie. Oui, c'est ça. T'en trouveras, une mère comme moi, je suis quand même une bonne poire. Oui, maman, je t'aime. Allez, casse-toi, sale môme. Lui n'est pas du tout surpris qu'elle redescende si vite, un baluchon rempli de ses classeurs, une robe et des sous-vêtements de rechange, un maillot de bain – sa seule indication. Il achète leurs billets à Orly. Ils prennent l'avion pour Nice. Ils iront chez des amis à Ramatuelle. Elle se retrouve entourée de trentenaires qui la regardent comme une enfant, gênés pour elle. Elle a l'impression qu'ils ont un peu pitié de lui, aussi, de se trimballer cette groupie, qui le couve en permanence de l'humide silence de ses yeux. Elle manque de sagacité, de maturité. Elle n'en rame pas une, évidemment. Elle décroche son bac péniblement. En proie à des crises d'angoisse d'une violence morbide. Si Catherine ne l'avait pas conduite aux épreuves en lui tamponnant les tempes avec des compresses glacées, la forçant à avaler un morceau de sucre avant de sortir de la voiture, elle n'y serait pas allée.

À peine les résultats annoncés, elle, Iris et une de leurs proches amies décollent pour l'Inde. La dernière, devant rentrer plus tôt, s'arrête à Bénarès. Elles se séparent avec émotion devant les ghats de crémation au bord du Gange. Elles parcourent le continent en tongs, défoncées aux *space lassi*, harnachées d'un sac à dos du Vieux Campeur, la tête couverte de turbans improvisés, les seins fermes et les côtes saillantes sous leurs débardeurs à moitié transparents à force d'être frottés au savon à la main. Elles ont l'insouciance et l'émerveillement de leurs dix-huit ans, elles pétillent et palpitent de jeunesse, elles en profitent, comme le lui conseille sa mère, les jours d'encouragements, quand elle veut le bonheur de sa fille. Le retour est difficile. Il va falloir déménager.

Violaine aide Catherine à trouver un appartement. Le déchirement de ces dernières semaines annonce un deuil insupportable. Au milieu des cartons à moitié remplis, Catherine hurle, s'arrache les cheveux, injurie sa fille. Ses cris ressemblent à des gémissements d'agonie. Violaine et sa sœur s'installeront ensemble, dès que l'aînée aura fini ses études à Londres, au printemps. En attendant, elle vit à droite à gauche, chez ses copines, chez Orlando quand il se souvient d'elle. Maintenant que son chantier à Pigalle est presque fini, il lui laisse un jeu de clés, elle peut y habiter les deux prochains mois si elle veut, pendant qu'il part en tournage. Il faudra le partager avec des potes de passage. Elle n'y restera pas – hantée par l'immatérielle présence de son amant évanescent à travers les pièces vides, le fantôme de sa mère qu'elle visualise gisante ou roulée en boule de douleur ; elle y est surtout hagarde.

La seule citation que Violaine retienne de son père, lui qui connaît d'innombrables tirades d'Eschyle ou de Corneille, est celle qu'il déclame pour expliquer ses dépenses absurdes, ces babioles ridicules qu'il offre à tout-va, son refus de thésauriser, son rejet de la propriété : C'est bien plus beau lorsque c'est inutile ! Elle ne lutte pour aucune ambition particulière, profondément sceptique, blasée. Elle s'inscrit en fac de lettres sans conviction ; Iris opte pour l'histoire de l'art. Des filières dont les débouchés professionnels sont aussi maigres que flous. Elle va voir sa sœur dans son appartement d'Edgware Road, visite l'exposition *Sensation* à la Royal Academy : le temps d'un après-midi, elle retrouve foi en quelque chose. Il y a peut-être des raisons de persévérer s'il existe des œuvres aussi dingues, aussi renversantes. Elle et Iris se mettent à organiser des fêtes dans la maison de ses parents en banlieue, des concerts, des chorégraphies, des soirées à thème. Le matin en descendant des chambres à l'étage, elles découvrent des dizaines de corps endormis entre les cadavres de bouteilles, parfois un ou deux couples en pleins ébats. Des gens qu'elles ne connaissent même pas. Une de leurs amies y rencontre l'homme de sa vie : se marier à l'église Saint-Eustache à vingt ans, dans une robe à crinoline doublée d'une traîne immense, le visage recouvert d'un voile en dentelle qui a appartenu à son aïeule, c'est encore un peu comme suivre le protocole d'une de leurs performances déjantées. Ils sont tous soûls et drogués. Passé une certaine heure, les rares convives qu'elles côtoient dans la vraie vie chavirent dans leurs rétines, leurs noms leur échappent, elles se réveillent la mémoire amputée d'une bonne partie de la veille. Mais elles sont jeunes et fraîches, et les lendemains de cuite, une rasade d'eau suffit à les remettre sur pied, passer la serpillière avant que les parents ne voient ça.

Violaine cache Orlando à sa mère – elle craint de réitérer son expérience désastreuse avec Andrea. Elle le présente à son père au restaurant qu'il affectionne en ce moment, place de la Madeleine, une salle à manger tapissée de velours, où Antoine suggère au petit ami de sa dernière fille de commander la salade de homard en entrée, le carré d'agneau pour suivre, lui sert un château

Lynch-Bages, le vin préféré de son fils, dont il raconte en détail le décès tragique dans la foulée. Orlando porte une chemise hawaïenne. Le maître d'hôtel a dû lui prêter une veste pour qu'il puisse entrer. Violaine s'efforce de cacher son embarras devant le sourire affecté des serveurs quand son amoureux utilise le mauvais couvert. Son père le trouve peut-être amusant, ce garçon. Elle ne saurait dire si elle attend que papa soit choqué ou au contraire approuve, si elle cherche son aval ou son opposition. Elle aimerait le voir réagir, s'insurger, lui donner des conseils, l'engueuler. Cependant il l'arrose de grand vin, lui serre fort la main sous la table, l'embrasse avec effusion lorsqu'ils se quittent.

À quoi se destinent ces gamines, on aimerait bien le savoir. Leurs parents ne sont pas du genre à se poser la question ou à la leur poser. Iris et elle se demandent, de temps à autre, quand vraiment elles n'ont plus rien à se raconter, autant dire quasi jamais, quel genre de métier elles pourraient bien faire. Aucune idée. Toi, t'as définitivement renoncé à ta carrière de trapéziste? Elles ont l'insolence de leurs privilèges, elles n'en ont rien à battre, du fric, des titres, des honneurs, des définitions sociales, des cases à cocher. Elles partagent la même phobie des formulaires, la même incapacité à compter au-delà de cent, la même largesse d'esprit et de cœur, la même méchanceté mesquine envers le style qu'elles jugent pompier, le fonctionnariat, les petits-bourgeois. Montrer leur travail – des textes ou des vidéos expérimentales – ne les inspire pas davantage que faire carrière, réussir. Et c'est quoi, à la base, le succès ?

Pour le sexe masculin, il y a la conquête, les tableaux de chasse ; ce serait ça surtout, le succès, dans un monde capitaliste, suggère Michel Houellebecq dans *Extension du domaine de la lutte*, traduit peut-être plus explicitement en anglais par *Whatever*, c'est-à-dire : peu importe, rien à carrer, on s'en branle. C'est l'année de la parution des *Particules élémentaires*, du coffret de Sophie Calle *Doubles-jeux*, dont *Gotham Handbook*, sa collaboration avec Paul Auster, leur façon d'embellir la vie new-yorkaise à travers un programme en douze étapes selon le principe des Alcooliques anonymes, déplacé dans une cabine téléphonique. Cette année-là, après avoir installé quelques meubles dans leur appartement de la rue de Lappe – une boîte d'allumettes plus qu'une boîte à chaussures tant le plafond est bas, tant elle s'y sent étriquée – au-dessus d'un bar faussement cubain, elle et sa sœur décident de partir ensemble à New York pour un stage, l'une dans un cabinet d'avocats, l'autre dans une agence littéraire, parce que pourquoi pas. Elle a trouvé une sous-location dans l'East Village, Alphabet City, dont le propriétaire du bail lui jure que le quartier n'est plus du tout chaud comme il a pu l'être. Le square sur lequel donnent ses fenêtres a longtemps hébergé les fumeurs de crack, les zonards shootés à l'héro, mais c'est fini tout ça, lui promet-il, c'est hyper branché maintenant. C'est New York, tu vas adorer, tu ne voudras jamais repartir. Elle dit oui immédiatement, sans même consulter sa sœur. Tu verras, chouchou, c'est un super plan, le quartier est très *safe*, trop sympa. La personne qui lui a trouvé son stage, un vieil ami de son père qui dirige le département de français de l'université de New York, qu'elle appelle à son arrivée comme promis, pour le remercier, comme il se doit, l'invite à bruncher à mi-chemin de leurs quartiers. Il convie également un ami qui habite à trois rues de chez elle, son voisin, c'est drôle quand même. Le jeune homme dit qu'il l'a déjà vue, au café en bas de son appartement, le Pick Me Up – passe me prendre.

Il a la drague assez lourde pour ne pas laisser de doutes sur ses intentions, l'humour assez léger pour qu'elle en rie de bon cœur, le profil adéquat pour qu'elle tombe dans le panneau, le charme suffisant pour la séduire. Il est pianiste, a été pianiste, corrige-t-il, quand le vieux professeur le présente. Enfin tu fais toujours du piano ! Dans des bars, dit-il, du piano-bar. Je ne suis pas exactement Daniel Barenboïm. Il ne le cite pas au hasard. C'est lui qui, quand il était à la direction de l'Orchestre de Paris, l'avait remarqué lors d'un concert de jeunes musiciens qu'il parrainait. Ce garçon a de l'avenir, avait-il dit, ou une connerie de ce genre, raconte Jacob, ce type de déclaration à l'emporte-pièce qui déclenche le branle-bas de combat dans une famille de juifs tunisiens, première génération d'immigrés en France, qui ont déjà largement dépassé le maximum de leurs possibilités en inscrivant leur fils au cours de piano du conservatoire de quartier, et là, catastrophe : un vrai talent, un très fort potentiel, un génie en herbe. Ça te détruit une famille, ce genre de propos. Il avait vu ses parents se sacrifier pour faire de lui un concertiste, un pianiste de renom, ses débuts avaient été prometteurs, des tournées dans des villes d'Europe, c'est-à-dire aussi des voyages pour sa mère qui l'accompagne, qui coûtent très cher, des habits qui grattent le cou, des chaussures étriquées, qu'il faut cirer constamment, des leçons auprès des plus grands maîtres, et puis, et puis. Se confronter à la limite de son talent – Si tant est que talent il y ait eu, moi j'ai toujours dit que j'étais surtout très fort en crêpes : tu sais faire les crêpes, toi ? Moi, je suis excellent en crêpes, mais alors, excellent ! Les meilleures crêpes que tu aies jamais mangées. Mon secret, c'est le saupoudrage de sucre : personne n'est expert comme moi en la matière ! Il en rajoute des tonnes, il retrousse ses manches et se met debout pour mimer la scène, elle rit aux larmes, elle est conquise. Bref, mes parents avaient une ambition démesurée pour ma carrière qui a tourné court, mais je joue du piano, oui, dans des bars, pour payer des coups aux copains, pour draguer les jolies filles. Clin d'œil appuyé. Elle a compris qu'il la trouve jolie. À part ça, il est quand même doctorant en musicologie. Mais on se connaît uniquement parce que je promène ton chien, dit-il au vieux professeur, qui lève les yeux au ciel, rigole à son tour. Oui, il est mon *dog walker*, confirme-t-il, mais ce n'est pas comme ça que nous nous sommes rencontrés ! C'est vrai, je suis aussi ton coach de tai chi ! Oui, d'ailleurs, je suis sûrement ton pire élève. Elle est touchée qu'il soit si proche de cet homme de la génération de son père. Le lendemain, il arrive au café à l'heure où elle y est, lui apporte son exemplaire écorné de *L'Inconsolé*, de Kazuo Ishiguro, auteur qu'elle ne connaît que par le film de James Ivory, *Les Vestiges du jour*, que sa mère aime tant. Cette lecture est étonnamment difficile, elle qui pensait lire l'anglais couramment, le parler avec beaucoup d'aisance, découvre que cette langue lui est encore étrangère, malgré ses quinze années d'apprentissage, bien qu'elle ait, à l'école, lu Shakespeare dans le texte. Elle fait des fautes prévisibles, épuise les faux amis. En répondant au téléphone au bureau qu'elle occupe à son stage – elle ne sait pas se servir d'un ordinateur, il faut bien qu'elle trouve de quoi se rendre utile – elle s'aperçoit qu'elle ne comprend pas un traître mot de ce qu'on lui dit. Jacob passe la chercher à son stage sur sa moto. Les convie, elle et sa sœur, à des soirées, des concerts dans des clubs du quartier. L'invite en week-end chez des amis dans les Hamptons – d'immenses plages de sable blanc surplombées de landes arides sur lesquelles des maisons en bois peint, au faste ostensible derrière les baies vitrées opaques, s'élèvent avec pudeur, tels les appartements de la Cinquième Avenue. Elle et Jacob, ça devient vite une affaire qui roule. Iris, qui lui rend visite en vacances, donne son aval. Sa mère, qui vient la semaine suivante, lui donne carte blanche. Va, ma chérie, tu as raison. Tu as besoin de te construire ailleurs, autrement, pas dans l'ombre de ton père, écrasée par tous les bouffe-tronche de cette famille, pas sous les décombres de mes échecs. Je sais que ça a été difficile, ces dernières années. J'ai été très mal, tu m'as beaucoup soutenue, vous vous êtes beaucoup occupées de moi, toi et ta sœur. Va, ma chérie. Et puis c'est bien qu'il y ait ce garçon. Ça rassurera ton père. C'est bien. N'hésite pas à enjoliver au besoin pour le convaincre, mais ne t'inquiète pas, je te soutiendrai quoi qu'il arrive.

Catherine la soutient. Ils la laissent partir, tous, sa mère, son père, sa sœur, ses amies. On verra bien, ce n'est pas pour la vie, c'est pour trois mois, le temps d'un visa touriste, on verra si son couple tient jusque-là, si elle a encore envie de rester d'ici l'hiver. Orlando lui fait une scène folle, qui la prend au dépourvu. C'est comme si, d'un coup, ils s'étaient promis de construire une famille, qu'il attendait qu'elle porte ses enfants, elle s'était vraiment bien foutue de sa gueule ! Mais comment ça, foutue de sa gueule ? N'était-ce pas lui qui avait réclamé, à de si nombreuses reprises, qu'elle n'attende pas ses appels, qu'elle ne l'attende pas ? Qui lui avait dit qu'elle était trop jeune, beaucoup trop jeune pour lui ? Jacob n'a pas l'air de s'en soucier, qu'elle ait quinze ans de moins que lui. Et ça n'a pas posé problème à ses parents, leur différence d'âge. Son identification à sa mère, la répétition, ne lui saute pas aux yeux, mais elle ne fait qu'entamer sa vie d'adulte. Adulte, c'est un grand mot, disons post-ado.

Tom, le vieil ami de son père qui lui a présenté Jacob, a depuis peu divorcé de sa femme pour une de ses étudiantes, dont il s'est aperçu trop tard qu'elle ne remplissait pas les conditions qu'il espérait. Soudain célibataire, à soixante-dix ans, il apprécie la compagnie des jeunes tourtereaux, et se réjouit d'avoir si bien joué les entremetteurs. Sans qu'aucune obligation ne les y contraigne, leurs dimanches lui sont dédiés : ils déjeunent ou dînent ensemble, en font une coutume hebdomadaire. Violaine a l'impression en quelques mois à peine de s'être réinventé une famille. Tom est un spécialiste de Beckett, un féru de théâtre ; Jacob est moins fan qu'elle des adaptations expérimentales du répertoire classique, alors Tom fait d'elle son acolyte pour assister aux spectacles ambitieux et surprenants de la scène du Off-Off-Broadway, loin des comédies musicales et de l'Actors Studio. Tom sollicite son point de vue, s'intéresse à ce qu'elle a à dire, lui conseille des lectures, l'aiguille, l'encourage. Jacob les amuse quand ils se retrouvent tous les trois, en se moquant de leur débat sur un choix d'éclairage, la diction d'un monologue. L'usage des écrans était moins efficace que d'habitude dans cette dernière représentation du Wooster Group, commente Tom. Mais le tournoi de ping-pong au milieu de *Phèdre*, c'était quand même génial ! dit Violaine. Jacob affirme qu'il les latte tous au ping-pong – un balèze. Démonstration ?

La sexualité d'un couple est-elle une inéluctable composante de son alchimie, de sa pérennité ? Nécessairement ils font l'amour : c'est ce qui constitue leur engagement l'un auprès de l'autre, définit le fait qu'ils soient ensemble. Elle s'inscrit en deuxième année de fac de lettres par correspondance. Elle passe ses journées à la bibliothèque avec Jacob, entame un nouveau stage dans une maison d'édition. Elle s'est installée chez lui, avec son colocataire, un ami d'enfance, lequel la traite avec distance et courtoisie. C'est un bel appartement selon les standards de leur cercle new-yorkais. Un grand salon dont les fenêtres donnent sur un potager communautaire, entouré de terrains vagues. Juste avant son départ, Iris lui demande comment c'est, le sexe avec lui. Bah, c'est bien. Tu peux élaborer ? Tu peux au moins me dire, par exemple, si tu jouis quand vous faites l'amour ? Euh... Violaine se tord les bras, inspire et souffle bruyamment la fumée de sa cigarette, se frotte le front. C'est compliqué comme question. Je sais pas. Comment ça, tu sais pas ? Je t'explique : quand t'as un orgasme, tu le sais, parce que tu le sens. Donc si tu sais pas c'est que t'en as pas. Je te dis pas ça pour te stresser, flippe pas, c'est pas grave ! C'est juste que c'est pas cool pour toi. Il faut que vous fassiez autre chose. Comment ça, autre chose ? Je sais pas ! Je suis pas dans ton corps. Mais c'est *space* que tu saches pas. Leur conversation s'arrête là. Violaine n'a pas la force d'en parler davantage. Iris la met mal à l'aise, ce qui n'arrive jamais ; elles se comprennent toujours à demi-mot, sans le moindre embarras. Elles croient chacune autant à l'irrévérence et au dévergondage. Théoriquement. Le sexe, un terrain glissant à la surface indicible. Les discours superficiels, la fanfaronnade, les recensements d'exploits concernent peu le féminin. Jacob lui dit qu'elle se dérobe, qu'elle essaie de s'échapper quand il s'approche d'elle, comme un chien qui s'est fait battre. Lui n'a pas très envie d'entendre ses histoires de famille. Il l'encourage à se tourner vers l'avenir, à ne pas s'embourber dans le passé. Le moment présent. La pleine conscience. Le concept de *mindfulness*, elle connaît ? Peut-être qu'elle devrait s'inscrire au yoga, faire de la méditation. Respecter son corps. Se faire confiance.

Elle le regarde derrière son piano depuis le bar de l'Algonquin ou du Carlyle où il joue le soir. Entre deux morceaux – du jazz, des mélodies de film, des improvisations rythmées – il passe lui caresser la hanche, lui faire un baiser dans le cou, pour dissuader les vieux libidineux, surtout. Parmi ses amis à lui, elle est gênée de sa jeunesse. Elle essaie de se donner un genre avec ses cigarettes fines, son style de Parisienne insolite ; ça l'aide à faire illusion pour entrer dans les bars. Elle a lu quelques livres, vu pas mal de classiques, elle est assez dégourdie, pour son âge. Cette phrase lui colle à la peau : *for your age*. Et : *for a foreigner*, pour une étrangère. Lui – grâce à son oreille musicale ? – s'est entièrement débarrassé de son accent. Il n'y a de *so French* qu'elle. Elle et ses vingt ans, qu'elle se traîne comme des casseroles. Elle se met aux fourneaux pour se donner une raison d'être, pour participer au foyer, parce que son père lui a toujours dit, lui qui n'a jamais mangé qu'au restaurant, c'est comme ça qu'on garde son mari. Elle apprend à cuisiner, fait les courses, l'encourage à inviter des amis à dîner. Ils passent les week-ends à recevoir, ou à sortir avec le garçon à qui elle a loué l'appartement – Tu avais raison, lui dit-elle à son retour, je n'ai pas eu envie de repartir ! –, un artiste entre la mode, la performance et le design. Elle se crée un univers, tisse des relations, s'invente des projets. La précarité de sa situation, le déséquilibre de leur relation, ne l'inquiète pas. Elle fait ce qu'elle peut ; ce n'est pas rien.

Ils évoquent Noël et les vacances d'été. De trimestre en semestre, il est clair qu'elle va rester une année de plus. Avec lui. Elle rentre en France passer les examens, s'inscrit en licence ; ça lui va assez, ce programme d'études indépendantes. À Paris, on lui demande ce que c'est que ce pays où on accule un président à l'*impeachment* pour s'être fait tailler une pipe. Quel puritanisme aberrant ! Et cette Monica, quelle pute ! Son nouveau stage, l'année suivante, lui permet d'obtenir un visa plus long, puis elle est embauchée, elle ne sait pas par quel miracle. Son patron lui donne des responsabilités démesurées pour ses compétences ; il croit en sa motivation, son enthousiasme. Elle parle trois langues, elle a même appris à se servir d'un ordinateur maintenant – Jacob lui a donné des cours. Elle a des bases de culture générale, une connaissance sommaire de la littérature française, suffisante pour faire bonne impression en public, ou en entretien. Le directeur de la maison d'édition est un francophile avéré, il lui confiera des projets qui correspondent à son éducation, son *background*. Elle se met à baragouiner une espèce de franglais auquel ses amies mettent le holà très vite. C'est insupportable, ce genre que tu te donnes. Lâche ça direct, c'est vraiment trop nul ! L'exposition *Sensation* déclenche les foudres du maire de New York ; la communauté artistique répond avec fureur. La ville se décriminalise, s'y répand une ambiance sécuritaire dont tout le monde – ou tous les gens qu'ils fréquentent – se plaint constamment. Presque autant que des routes défoncées, des poubelles jamais ramassées, de la neige jamais déblayée quand s'abat la tempête qui recouvre les rues d'une épaisse moquette blanche, qui bientôt se transforme en banquise jaune pisse, brune de gaz d'échappement. Iris pense venir faire un stage en galerie – son école d'art le validerait en guise de cours – à New York. Ça tombe bien, le copain de Jacob part faire le tour de l'Amérique du Sud. Qu'elle vienne s'installer à la maison ! Ils attendent le bug de l'an 2000 tous ensemble – sa sœur est venue aussi, toute la smala, c'est la zizanie, la grande rigolade – elle et Iris et Jacob sous champis. Elle jure de ne jamais recommencer. Énorme *bad trip*, sérieux, l'horreur ! Les dealers à New York à cette époque sont munis de *pagers*. Il suffit d'envoyer un message pour que débarque, dans l'heure, un cycliste avec attaché-case qui se transforme en étal de marché. Herbe ou shit, pilules ou poudre, LSD, Percocet ou Vicodin. Ils se mettent à l'opium, qu'ils fument dans de petites pipes en alu fabriquées maison. Ça donne un peu la nausée, mais on est bien. Dans cette cité qui chante, rit et beugle, calfeutrée au fond d'un canapé, stone, la sérénité lui semble étrangement accessible.

La maison d'édition où elle fait ses armes est aussi un bastion de gauchistes enflammés, et quand s'enchaîne en France le passage au deuxième tour de scrutin de Jean-Marie Le Pen et aux États-Unis l'élection de George W. Bush, ils se disent que ce n'était pas le Y2K finalement qu'on attendait, mais l'implosion de ces forces politiques funestes. Le 11 septembre vers quatorze heures trente à Paris, elle est dans le bureau Air France de la place Edmond-Rostand, face au Luxembourg. L'agence ne peut pas imprimer son billet, elle est censée rentrer dans deux jours, dès qu'elle aura récupéré son passeport avec son nouveau visa à l'ambassade. Ils ne peuvent pas lui dire quand il y aura à nouveau des vols. Pour l'instant, tous les avions sont annulés au départ et à destination de New York. C'est improbable, c'est dingue! mais rien ne permet d'entrevoir la catastrophe. Sur une télé allumée dans un bar derrière Saint-Sulpice, elle découvre les premières images. Elle manque de s'évanouir. En son absence, Jacob a commencé un nouveau travail dans la tour Sud, il lui a raconté par téléphone, ça fait à peine une semaine. Elle était en vacances avec ses copines. Elle l'appelle depuis la cabine téléphonique au sous-sol du café. Je t'en supplie, réponds! hurle-t-elle à la tonalité qui sonne dans le vide. Elle court jusqu'à une autre cabine, devant l'église. À sa messagerie, elle crie : Je t'en supplie, rappelle-moi, rappelle-moi! Leurs trois années de vie commune déferlent à une vitesse ahurissante : leur premier voyage à Paris ensemble, son premier shabbat avec ses parents à lui, sa rencontre avec son père à elle, qu'il tutoie, à l'américaine, au grand dam de sa famille, outrée, la visite de sa mère, dont elle essaie de ne pas s'offusquer qu'elle pique les vêtements de son amoureux, qu'elle lui fasse allumer ses clopes, qu'elle l'appelle mon chéri, et s'accroche à son bras pour monter les cinq étages de leur immeuble sans ascenseur ; leur périple au Mexique, leur séjour en Californie, leurs week-ends dans les Hamptons, leurs surnoms affectueux, la confiance qui s'est établie entre eux, leur bien-être domestique, leur quiétude, leur quotidien, leur amour serein, le sentiment d'une continuité qui pourrait durer l'éternité, la cruauté de cette faux arbitraire qui s'abat sur eux, la violence inouïe de l'attentat. Les bureaux de sa maison d'édition, à Tribeca, sont à une dizaine de rues du World Trade Center. L'ampleur du désastre est encore inconcevable. Impossible de savoir à quelle échelle le quartier a été touché. Les images sont surnaturelles. Quelqu'un au bureau répond : *Sweetie*, ne panique pas ! Tu ne peux rien faire de là où tu es. Ne t'inquiète pas, reste calme, nous ça va. Attends – une seconde... La ligne grésille. OK, je dois y aller. On se fait évacuer, les secours viennent d'arriver. On se rappelle vite, on se donne des nouvelles. Le téléphone n'a pas dû être raccroché correctement. Elle entend une sirène. Des bruits de pas qui se précipitent. Elle pleure et crie. Rappelle Jacob cinquante fois, deux cents fois. Appelle ses parents à lui. Personne n'a de nouvelles. Elle court dans la rue, hébétée, appeler les pompiers, faire quelque chose, mais quoi ? Elle marche jusqu'au fleuve, s'appuie contre le parapet du Pont-Neuf, incrédule, sidérée. Elle regarde l'eau verte, visualise l'apocalypse – c'est juste la fin du monde, la fin du monde. Pourquoi n'a-t-elle pas de téléphone portable, comme le commun des mortels ? se demande-t-elle soudain. Comme si un téléphone avait pu tout changer, la situation, l'attentat, Jacob aurait été épargné, si seulement elle avait eu un portable. Le temps qu'elle arrive chez sa sœur pour rappeler, les réseaux ne fonctionnent plus. Ses parents à lui ont été informés. Il est sauf.

Elle rentre à New York le plus vite possible. Pour atteindre son bureau, il faut se frayer un passage à travers les barrages de police. Justifier sa présence. Une poussière de cendres recouvre les voitures. Une brume de gaz d'extincteurs, de matières et de corps brûlés empeste les rues. La maison d'édition publie, sous forme de pamphlet, un texte de Noam Chomsky qui critique la politique impérialiste américaine avec une colère et une verve détonantes, combustibles. Elle et son patron partent pour la Foire internationale du livre, où ils vendent les droits du texte dans quarante langues. Elle se sent investie d'une mission : représenter la désobéissance civile dans le pays où elle a élu domicile ; démontrer qu'il existe derrière ce gouvernement illégitime un peuple qui est contre, des voix dissidentes. Jacob trouve ses collègues vraiment fanatiques, intolérants et ridicules à force d'extrémisme inversé. Chomsky est un antisémite notoire quoi qu'il en soit. Rien à voir ! s'insurge-t-elle. C'est pas parce qu'il défend la cause palestinienne qu'il est contre les Juifs ! Depuis qu'il a fini sa thèse, Jacob a décidé de se reconvertir dans la finance ou le marketing, elle ne comprend rien à ses choix professionnels. Elle est tombée amoureuse d'un musicien, clown à ses heures, pas d'un cadre sup ! Mais tu te rends compte que tu as grandi comme une princesse, que tu as des goûts de luxe aberrants, que tu fais des allers-retours New York-Paris comme si tu prenais le métro, que tu claques un fric fou en taxis, que tu n'as aucune notion de l'argent, que si nous fondons une famille il va bien falloir que je gagne notre vie ? Elle n'est pas du tout pressée d'avoir des enfants, tout ça lui semble très exagéré, elle ne prend le taxi que quand elle est vraiment en retard, c'est-à-dire assez souvent, c'est vrai, mais bon, ça ne fait pas d'elle une princesse, une enfant gâtée, il abuse. Elle n'a aucune conscience des réalités, c'est facile de se la jouer gauchiste quand on est blindé de thunes. Cette conversation n'avance à rien ; ils se bagarrent de plus en plus souvent. Ça ne va pas comme avant.

Après trois ans passés sans un nuage, dans un confort douillet qu'elle croyait immuable – la chance inouïe d'avoir rencontré l'homme de sa vie (cette expression au charme désuet !) à dix-neuf ans –, leur ménage se grippe. Pour son anniversaire, pensant lui faire plaisir, elle prend des places au Carnegie Hall, un récital des *Glass Passions* de Kazan par Daniel Barenboïm. Quand ils arrivent devant le théâtre et qu'il remarque le programme affiché dans le caisson lumineux, il est incapable de modérer sa réaction : Non, putain, pas ça ! Pas ça. Elle est tellement déçue, elle jette les billets à la poubelle au coin de la rue dans un accès de rage. Il finit par la calmer, lui explique à quel point ce morceau avait été significatif pour lui, que l'écouter là maintenant, alors qu'il a renoncé à sa carrière de pianiste, qu'il n'a même pas touché un clavier depuis un an, c'est vraiment lui planter un couteau dans le cœur, est-ce qu'elle peut comprendre ça ? Elle, pourtant, n'a-t-elle pas prétendu adorer le tour en hélicoptère – elle qui a le vertige sur un tabouret, qui trouve ce type d'expéditions touristiques le summum du beauf – qu'il lui a offert ? Et tous les deux font comme si ce n'était pas un problème que le désir ait disparu de leur couple.

Sa sœur a tendance à lui laisser entendre que les mecs sont somme toute assez bourrins, pas superforts en écoute, pas hyper-patients, pas ultrasensibles. Mais Violaine est contre les généralités, et son amoureux à elle, au contraire, est très sensible, une âme d'artiste malgré sa reconversion dans le business ou le marketing, un truc dans le style, elle n'a pas compris quel était son nouveau métier. Ils ont emménagé ensemble immédiatement, ils n'ont peut-être pas pris assez le temps de se séduire, de se chercher. L'année suivante, pour se rattraper, elle lui offre une nuit d'hôtel. Elle achète de la lingerie, des jarretelles, une nuisette. Elle se sent complètement ridicule, vaguement perverse, malsaine. Elle se souvient de la nouvelle de Kundera dans laquelle un couple se délite à l'issue d'un jeu raté – l'homme fait semblant de prendre sa petite amie en stop à une station essence où ils s'arrêtent, or imaginer son amoureux désirer l'inconnue qu'elle aurait pu être la perturbe, autant que lui la visualiser se tapant le premier automobiliste venu. Elle voudrait rentrer chez eux, cette chambre d'hôtel est asphyxiante. Elle abandonne ses sous-vêtements dans la poubelle de la salle de bains.

Leur traversée des États-Unis cet été-là se transforme en mise à l'épreuve : au test de Rorschach que propose le paysage, ils ne tombent d'accord sur rien. Ils s'agacent dans les Badlands, s'injurient au milieu du Grand Canyon ; dans la vallée de la Mort, ils ne se supportent plus. Elle se met à lire dans la voiture pour éviter d'avoir à lui faire la conversation. À San Francisco, elle disparaît en pleine fête ; il la retrouve assise sous un abribus, le regard plongé dans les néons du trottoir d'en face, douze mégots écrasés à ses pieds. Il lui crie en l'attrapant par le bras qu'elle est inconsciente, qu'on ne se promène pas en pleine nuit dans ce quartier à moitié à poil. Il lui a déjà fait remarquer qu'elle était habillée comme une pute, lui rappelle-t-elle d'une voix monocorde. T'as peur que je rencontre un meilleur client ? Ça mériterait une claque, une déclaration pareille. S'il ne pratiquait pas les arts martiaux avec autant d'assiduité, il lui en aurait peut-être collé une. Ils retournent en silence chez les amis qui les hébergent. Ne s'adressent pas la parole de toute la journée suivante.

Elle aimerait pouvoir demander conseil à Catherine – maman est parfois si attentive, son écoute si vive, perspicace et sensible. Violaine rejoint son travail qui lui a, sans y paraître, donné une assise professionnelle, une fonction sociale qui lui plaît, un groupe de camarades qu'elle adore. Elle avait l'habitude de chercher du regard les tours pour s'orienter dans Manhattan. Leur béance lui rappelle son frère mort, leur dîner la veille de Noël. Catherine, lors d'une de ses embardées spectaculaires vers la démence, avait insinué que son frère avait été son amant, qu'il aurait pu être le père de Violaine. Cette histoire lui semblait de la même teneur que le récit du passé de Serge. Si Catherine était la fille d'un rescapé d'Auschwitz, bien que née après la Libération, Violaine pouvait être le fruit d'un amour incestueux avec un frère mort dans des circonstances troubles. Elle hésite à demander de l'aide à sa mère, surtout sur des questions sentimentales. Elle n'est jamais sûre du résultat, et le risque encouru dépasse les chances de soutien qu'elle pourrait y gagner. Sa mère est capable de dire des choses monstrueuses. Aussi elle décide de ne pas s'en remettre à maman sur sa façon de mener sa vie, de gérer ses amours. Si elle doit en découdre, elle préfère encore que ce soit avec l'homme qui se tient devant elle plutôt qu'avec les démons ancestraux. Et pourtant, a-t-elle vraiment le choix ? Ces fantômes la hantent malgré elle ; elle le voit bien, dans le contour des tours effondrées, ce mirage presque palpable.

Elle arrête la pilule, déclarant que ça ne sert à rien qu'elle se shoote aux hormones s'ils ne font plus l'amour. Elle ne saurait dire s'il le prend comme un affront ou comme une invitation. Il pense peut-être que c'est sa façon déguisée, contradictoire et immature, de lui signaler son désir de maternité. Tu sais qu'il faudrait vraiment que tu penses à arrêter de fumer, ou au moins réduire ta consommation, si tu veux un enfant. Elle le regarde ébahie. Un enfant ? Oui. On peut se marier si tu veux. Se marier ? Mais qu'est-ce que tu racontes ? On se prend la tête à longueur de journée, on n'arrive plus à s'aimer physiquement, et toi tu me parles de mariage, d'enfant ? Elle avait cru inutile de lui expliquer – pensant que c'était une évidence – qu'il était hors de question pour elle d'imaginer s'unir officiellement, devenir sa femme, signer un contrat qu'elle avait vu ses parents déchirer, ensemble et séparément, trois fois chacun : ça lui paraît suffisant comme somme d'échecs.

Ses crises d'angoisse se multiplient, se décuplent, et la méthode Coué aux accents bouddhistes que lui suggère Jacob aggrave son mal. Elle fait des cauchemars dont elle se réveille les mâchoires endolories tant elle a grincé des dents, et lui se lève vanné d'avoir passé la nuit à tenter d'interrompre le bruit insupportable. Elle ne dort plus : harassée par l'insomnie, elle est perpétuellement à cran, à fleur de peau, au bord des larmes. Tu devrais faire du sport, lui dit-il. Un jogging te ferait le plus grand bien. Les yeux hagards derrière la fumée de sa clope, elle soupire. Putain qu'il la fatigue avec ses conseils pratiques. Elle n'a jamais couru que derrière un bus ou un taxi ; évidemment, ses poumons encrassés de goudron ne tiennent pas la distance dix mètres. Elle est épuisée. Elle n'a le courage ni de partir, ni de rester. Elle aimerait qu'un événement surnaturel prenne une décision pour elle. Et comme si le ciel avait entendu ses prières, New York sombre dans l'obscurité. L'écran de son ordinateur au bureau clignote, devient vert, puis gris foncé. Les plafonniers du loft que les employés se partagent, des bureaux disposés en équerre dans la pièce au parquet élimé, s'éteignent tous en même temps. Ils se regardent les uns les autres, sortent par les baies vitrées qui tiennent lieu de porte d'entrée, se réunissent, quelques marches au-dessus du trottoir, sur la plateforme qui sert à charger et décharger les caisses de livres, constatent que les voisins ont fait de même. Apparemment tout le quartier est touché. Du bar-restaurant en face, tenu par des Juifs égyptiens qui l'ont adoptée comme leur petite sœur ou leur nièce, on lui lance : Chez vous aussi ? Oui, les plombs ont sauté ! Il s'agit d'un black-out sur toute la Côte est. Ne reste plus qu'à acheter des bières, des glaces avant qu'elles ne fondent. C'est le mois d'août, il fait une chaleur à crever. Ah non, pas les bières dégueulasses de la station-service ! Elle va boire du rosé chez les voisins. Son patron la rejoint. Les autres suivent. C'est gratuit ce soir. Elle finit par avoir Jacob au téléphone avec le portable d'un collègue. Il était inquiet, bordel. Elle est déjà ivre. Mais c'est trop cool ! On est tellement bien dans le noir ! Ils se retrouvent dans un bistrot à SoHo, tous, c'est-à-dire Jacob, qui a fait un footing depuis Midtown, et ses collègues à elle, qui se sont traînés là bras dessus bras dessous, hilares. Plus personne n'a d'argent, les distributeurs de cash ne fonctionnent plus, les cartes de crédit sont hors d'usage, ils ont l'impression de vivre l'utopie dont ils ont rêvé : *Let's build a commune !* Elle invite tout le monde à dormir chez eux, tous ceux qui vivent loin à Brooklyn ou Harlem, ils forment un convoi chaotique, s'arrêtent pour écouter les concerts de djembés improvisés en pleine rue, admirer les feux d'artifice de fortune. Les chemins royaux des étoiles triomphent enfin des avenues de gratte-ciel, des néons du commerce. C'est féerique, enchanteur, elle est transportée. La chute n'en est que plus brutale. Les ambiances néo-hippies, il en a soupé. Il a passé l'âge. Ses copains soûlards, les soixante-huitards sur le retour, il a eu sa dose. Ça suffit ce cirque. Mais quel cirque ? Ces gens sont ses amis. Elle est heureuse avec eux. Et toi aussi, ça suffit. *Ton* cirque ! Elle n'est pas une gamine. Il n'a pas à lui dicter sa conduite. Ce n'est pas parce qu'il a quinze ans de plus qu'il peut la modeler à son image, qu'il peut en faire sa chose. Sa colère finit par prendre le pas sur son tourment. Elle préfère encore les affres de la névrose à un homme qui lui fait la leçon. Elle devient péremptoire à force de le contredire par principe. Elle devient un peu conne aussi.

À vingt-quatre ans, elle est enfermée dans un couple qui bat de l'aile, clairement moribond.

Elle se souvient de sa mère l'accusant si souvent de lâcheté, de toujours esquiver, d'éviter les conflits au risque de s'aplatir comme une carpette. Contrairement à elle et sa sœur, qui n'ont jamais eu peur d'aller au front. Elle voit bien que Jacob ne décidera pas à sa place. Un matin elle lui demande s'il a remarqué que leur plante d'intérieur n'a plus une feuille à ses branches, son tronc complètement desséché. Mais non, cet arbre va très bien ! affirme-t-il. Il suffit de l'arroser...

Elle s'installe chez une copine à Brooklyn. C'est l'hiver, elle grelotte sans arrêt dans la chambre d'ami en rez-de-jardin dont la porte-fenêtre laisse passer un courant d'air que les écharpes qu'elle transforme en boudin devant la fente au-dessus du béton ciré n'isolent pas. En partance vers sa famille dans le Midwest, cette chic fille lui propose de l'accompagner. Non, merci, je vais aller voir mon père, ma sœur. Elle a réservé son billet pour la veille de Noël. Elle garde l'appartement d'ici là, récupérera le courrier. Et puis approche l'heure où elle devrait s'engouffrer dans le métro. Puis l'heure où elle peut encore prendre un taxi. Puis le moment où elle est vraiment en retard. Dans cette cuisine qui lui est si peu familière, elle fixe l'horloge au-dessus de la gazinière. Regarde les aiguilles du cadran se déplacer lentement. Implacablement. Puis vient l'heure où elle aurait dû embarquer, décoller, et elle se sent soulagée. Elle compose le numéro de sa belle-mère dont elle sait que le téléphone sera sur messagerie. Explique qu'elle est au lit, souffrante et fiévreuse, elle n'est pas en état de voyager. Son billet n'est pas échangeable. Son père voudra lui en racheter un, mais elle lui explique qu'elle est très fatiguée, elle va rester se reposer à New York. Surtout qu'ils ne s'inquiètent pas. Ça va. Le 25 décembre, il neige. Elle regarde les flocons qui s'entassent sur le trottoir depuis les fenêtres de l'appartement. Le spectacle lui évoque l'épaisse couche de nuages depuis le hublot de l'avion. L'angle du carrefour a la forme d'un piano à queue, elle observe cette housse de feutre gris clair posée dessus, la ville subitement silencieuse, en sourdine. Son couple avorté. Son solipsisme stérile. Elle pense à sa mère au Sénégal, où elle est partie vivre depuis peu, à sa peau chauffée par le soleil, la sensation de son corps l'enveloppant d'une étreinte, sa voix cassée par des décennies de tabagisme, son parfum mélangé à celui des cigarettes. Il faut fumer dehors chez sa copine. Elle essaie de ne pas déroger à la règle, par respect pour son hospitalité. Elle revoit Catherine minauder, quand Jacob lui avait interdit de cloper dans sa chambre, après qu'elle avait failli foutre le feu à la baraque : Oui, bien sûr, mon chéri ! Bien sûr. Sachant pertinemment qu'elle trouverait un cendrier plein de mégots sous son lit le lendemain matin. Le répondeur annonce l'appel de sa sœur, la seule à avoir son numéro ici.

> Euh, *hello, this message is for Violaine.* Chouchou, je ne sais pas si tu filtres les appels, euh, c'est moi. Euh, bah non, rien, enfin, joyeux Noël, chouchou ! J'espère que t'es pas trop triste, que t'es pas toute seule. T'aurais

dû venir quand même, je sais que t'as toujours détesté Noël, mais on aurait pu partir quelques jours toutes les deux, faire un truc sympa. Tu veux pas nous retrouver pour le jour de l'an au moins ? Tu vas pas rester à te morfondre, hein, chouchou ? Bon, rappelle-moi quand t'as ce message. Mais rappelle-moi vraiment, OK ? Je dis à papa que tu l'embrasses. Et appelle maman si tu peux aussi. Son portable français marche à Dakar, a priori. Je t'embrasse fort, chouchou. Joyeux Noël. Bisous. Rappelle-moi, hein ! Bisous.

Elle s'est définie à New York d'une façon qui aurait été inconcevable dans sa ville natale. Ses amis new-yorkais considèrent comme une évidence sa judéité, sa francité. De père juif qui se revendique athée, de mère catholique qui se revendique juive, sans éducation religieuse, sans – à défaut d'autre nom – Dieu. Elle ne saurait dire si elle est juive. Cependant cette identité se précise en elle, de même qu'elle est devenue française dans son éloignement, en gommant son appartenance à un milieu parisien stigmatisé à outrance, à distance de sa famille et de ses relations, dans un univers où les signes apparents de son hérédité doivent être traduits pour être compris, quand ils ne sont pas tout simplement intraduisibles. La spécificité de son origine, les écoles qu'elle a fréquentées, les relations de son père et du père de son père, le décalage social de sa mère, correspondent à une sémiotique culturelle dont la valeur, l'aura, la portée se confinent à l'Hexagone. Si revendiquer sa francité, de l'intérieur, a des relents de pétainisme, du dehors, la notion se révèle éloquente, malgré la somme de ses clichés. Elle est *obviously French* – dans sa façon de parler, de marcher, de fumer ; sa façon de se faire un chignon d'une épingle à la volée, de nouer son foulard, de se maquiller peu, de préférer le vin à la bière, d'aimer les débats exaltés, de défendre les avantages sociaux, de connaître la danse et son champ sémantique, de porter des cols roulés ou des turbans, de ne pas posséder une seule paire de chaussures pratiques, d'être polie au point d'être ampoulée. Son exil la rend française, comme une loi hors du sol, une identité qui n'apparaît qu'une fois déracinée. Elle ne se manifeste pas dans le culte du drapeau, mais dans ce mouvement de recul qui témoigne de sa défiance. Elle est française à titre d'étrangère. En tant qu'*outsider*. Son accent le prouve, la couvre. C'est une bonne planque.

Pourquoi émigrer quand on ne fuit ni la pauvreté ni la guerre ? Pourquoi s'expatrier quand on n'est ni banquier ni diplomate ? Pourquoi vivre loin de sa sœur, de ses plus chères amies, de son père, de ses proches, de sa langue ? Pourquoi refuser obstinément de rentrer ? Mais rentrer où ? Revenir dans ce lieu de l'enfance où elle a l'impression de se faire dépiauter ? Pénétrer à nouveau dans l'écorchure du passé ? Elle n'est ni réfugiée politique, ni réfugiée économique. Elle reconnaît dans les récits de tous ces New-Yorkais venus d'ailleurs – d'une banlieue aseptisée, d'une petite ville minière, d'une région de fermiers, d'un paysage magnifique et désolé, d'un endroit horrible d'homogénéité – la nécessité de s'affranchir de son histoire, de s'émanciper d'un lieu, réceptacle non seulement d'un passé mais d'une version de soi. Le péril perpétuel de sentir son enfance peser sur sa personne adulte lui fait l'effet d'une persécution. Menacée de retomber dans le gouffre abyssal de la souffrance de sa mère, sous l'ombre de son père, Paris l'abrutit d'angoisse, l'idée même d'y retourner la terrasse. Réfugiée affective : c'est le terme qui lui semble le mieux définir son exil volontaire. Elle a un travail, elle peut encore prétexter ça pour expliquer pourquoi elle ne rentrera pas. Elle gagne sa vie, à peine, mais elle a une carrière, *sort of*, un statut professionnel, un patron qui attend qu'elle réintègre son bureau après les fêtes.

Tom est déçu de sa rupture avec Jacob, mais il la rassure et la soutient. Il lui annonce aussi que son ex-femme et lui ont prévu de se remarier, à soixante-quinze ans. Le bristol qu'il lui tend au-dessus de leur expresso garni d'un zeste de citron, comme il est de rigueur dans les cafés chics de Manhattan ces années-là, déclare non sans humour : *We tried divorce, it didn't work!* Après tout il existe des couples intrépides. Son père lui chantonne : Un de perdu, dix de retrouvés. Tom lui suggère qu'un amour doit parfois se confronter à des épreuves périlleuses, se mettre en danger pour mieux se réaliser. Elle a l'impression qu'il est plus facile de se quitter si on pense qu'on se retrouvera – rien n'empêche de se raconter des histoires. Ça aide à vivre parfois, les histoires.

Et sans prévenir ça arrive. Un matin, au réveil, c'est presque rien, mais c'est là, ça vous émerveille, au creux des reins. Le son de sa voix a suffi à la rendre fébrile. La manière avec laquelle il articule son prénom, à la perfection, une évidence. Avant même de le rencontrer au restaurant où ils ont pris rendez-vous – un déjeuner de travail : depuis peu, elle représente des auteurs français, c'est-à-dire aide leurs œuvres à se faire traduire en anglais. Elle porte dans le regard cet air effarouché de la bête blessée, sa rupture une balafre en travers du visage. *You seem* embataillée... lui dit-il. On dit ça en français ? La lutte ne fait que commencer.

Elle a visité des dizaines d'appartements dans le blizzard de janvier, s'est arrêtée sur un deux-pièces à Williamsburg dont le sol penche affreusement, s'est acheté des meubles aux puces qu'un de ses collègues l'a aidée à transporter dans un pick-up rouge qui a fait sensation dans les rues de Brooklyn. Pour que les assiettes ne dégringolent pas, elle a calé les pieds de la table de la cuisine avec ses dictionnaires de poche bilingues. Un rosier centenaire au milieu d'une cour déglinguée fleurit au printemps. D'entre l'éclosion des bourgeons au soleil, sous les plis de leurs jupons, s'élève le chant d'un rossignol ou d'un *mockingbird* – un symbole du romantisme ou sa parodie. Elle n'a jamais vécu seule, s'aperçoit qu'elle n'a jamais réglé une facture, ne s'est jamais préoccupée de payer un loyer. C'est nouveau pour elle, de devoir se prendre en charge, d'être autonome.

Elle découvre ce que signifie avoir une chambre à soi. Un lieu où il lui appartient de faire silence. Où elle est en droit de fermer la porte. La solitude lui apparaît comme une denrée aussi précieuse que coûteuse.

La première fois qu'il la ramène chez lui, elle comprend enfin ce qu'elle attendait de la perte de sa virginité. Qu'est-ce que tu fabriques ? lui demande-t-il. Sa culotte à mi-cuisses, elle se tortille, le repousse, l'encourage à se relever. Agenouillé à ses pieds, il la dévisage : Qu'est-ce qu'il y a ? Elle n'a pas les mots pour lui expliquer. Quoi ? Meurtrie de désir, elle se contorsionne, bredouille des excuses vaseuses, incohérentes. C'est juste que, bafouille-t-elle, c'est juste que, s'il te plaît, relève-toi. *Please*, je suis, j'ai, je veux dire... Il a l'indulgence de ne pas la laisser se ridiculiser davantage. Tu peux essayer de me faire confiance ? Juste une fois, d'accord ? N'aie pas peur, je ne te ferai rien que tu n'aimes pas. OK ? Elle acquiesce d'un clignement des paupières – au maximum de ses capacités d'expression dans l'immédiat. Il débarrasse les livres et les papiers de son bureau, l'y assoit, l'adosse contre le mur en briques rouges. Reste tranquille, dit-il, lui calant les bras derrière le dos. Je t'interdis de bouger. Il attire son bassin à lui, elle pousse un petit cri, frissonne, susurre une prière inaudible. Shh, dit-il, d'un sifflement qui s'étire. Shh. Il écarte sa jambe d'une main, ses lèvres de l'autre, approche sa bouche, les dents, la mord assez fort pour la faire sursauter, aplatit sa langue là où c'est dur, l'incurve là où c'est mou, s'aide de ses doigts. Qu'elle trouve la force de lui demander, haletante, implorante, de mettre un préservatif la dépasse : son sang-froid ne cesse de l'impressionner. Il lui obéit à contrecœur. La pénètre avec une autorité sans appel. Il se plante dans son corps comme on signe une œuvre, sûr du crédit qui lui est dû. Il la possède, de son sexe ganté, avec l'outrance d'une ardeur maladive. Il ne la laisse reprendre son souffle que craignant qu'elle ne s'étouffe, la fait taire de sa paume lorsqu'elle crie, la fait crier plus fort avec application, lui demande, insistant, si ça lui plaît, réponds-moi, répète-t-il – *you like it?* –, ne lâche prise qu'en la sentant exsangue, tremblante, anéantie, après lui avoir fait promettre qu'elle en a eu assez, il veut l'entendre le dire, qu'elle est certaine, vraiment certaine, alors il lui ordonne de le regarder – *look at me* – la couvrir de sa semence, tracer son nom sur son ventre en lettres indélébiles.

Et la voilà, trois ans plus tard, abattue, les genoux repliés sous le menton, assise sur la petite plateforme entre l'encadrement de la fenêtre et le *fire escape*. Elle enchaîne les cigarettes. Elle tient entre les mains un des douze volumes de *La Comédie humaine* dans la Pléiade, le plus beau cadeau qu'elle ait jamais reçu de son père, pour ses vingt ans. Celui-ci ne lui aura pas été inutile. Elle a pioché au hasard : *Le Lys dans la vallée.* Elle pense au désert de Clochegourde. Elle pense à Port-Royal, à ces endroits où les âmes mélancoliques, mystiques ou pures, se retirent pour méditer. Elle a conscience de l'impérialisme que suppose le romantisme du désert. Elle a hérité une culture coloniale : sa génération est encore loin d'en assumer les conséquences. Elle est aussi pétrie de contradictions. Elle a beaucoup de temps pour lire depuis qu'elle a quitté son travail dans une agence littéraire. Elle a envie d'indépendance, de liberté ; elle a envie d'écrire sans en avoir l'aplomb. Elle pourra faire des traductions en attendant, elle trouvera. Elle a obtenu la fameuse *green card*, le document qui permet de devenir officiellement résident permanent aux États-Unis. Elle pourra rester tant qu'elle voudra, sans être tributaire d'un emploi fixe.

Elle abandonne son livre pour aller consulter ses mails. L'attendent un message de la secrétaire de son père, qui lui communique les détails de son voyage à New York, lui demande de réserver des restaurants midi et soir lors de son séjour et de voir avec Tom, qu'il lui accorde au moins un dîner et un déjeuner ; l'invitation à la fête d'anniversaire des trente ans de sa sœur à Marrakech : ambiance fontaines de champagne, danseuses orientales archi-libérées, balades à chameau de nuit à volonté ; une lettre d'un ancien collègue, celui qui l'a aidée à emménager trois ans plus tôt dans son pick-up rouge vif, et depuis est parti travailler au Liban. Il lui demande des nouvelles. Il semble avoir appris pour sa dernière rupture. C'est un garçon discret, qui a toujours été plein de sollicitude. Au milieu de ses mésaventures, elle avait éconduit ce soupirant empressé et sensible. Il ne lui a pas dit explicitement qu'il s'exilait pour l'oublier en acceptant un poste à Beyrouth en pleine guerre. Elle se remémore la prévenance de ce garçon avec émotion, tendresse et une forte culpabilité qu'elle se convainc d'apaiser – elle ne s'est pas si mal comportée avec lui, si ? Elle lui répond qu'elle sera à Marrakech début juillet. S'il n'a pas eu peur d'affronter les bombardements pour s'éloigner d'elle, il peut bien traverser la Méditerranée et le Maghreb pour la retrouver ? Elle n'est pas certaine de ne pas jouer avec ses sentiments ; elle serait incapable de dire ce qu'elle cherche, encore moins ce qu'elle veut. Au printemps suivant le sixième conflit israélo-arabe, en mai 2007, sans lui poser de questions, sans s'encombrer d'excuses ou d'explications, ce garçon lui écrit qu'il se réjouit de la retrouver au Maroc. Il pourra lui servir d'interprète : en deux ans de vie au Moyen-Orient, il a acquis une nouvelle langue, et peut-être d'autres qualités qu'elle découvrira.

Dans *Fragments d'un discours amoureux* – lecture incontournable de toute débâcle sentimentale – elle s'arrête sur le chapitre intitulé « Errance ». *Bien que tout amour soit vécu comme unique et que le sujet repousse l'idée de le répéter plus tard ailleurs, il surprend parfois en lui une sorte de diffusion du désir amoureux ; il comprend alors qu'il est voué à errer jusqu'à la mort, d'amour en amour.*

Sera-t-elle malhonnête quand elle prétendra ne pas avoir pensé à ce garçon une seule fois au cours de son voyage à travers le Sahara ? *Do I contradict myself? Very well then, I contradict myself.* Est-ce la même personne qui l'a aimé *lui*, en a aimé d'autres, qui aimera ce garçon ? Est-ce la même femme qui, quatre ans plus tard, se souviendra de ces retrouvailles à Marrakech en regardant l'écran de l'échographe, le gel froid et visqueux sur son ventre, admirera, bouleversée, le profil en noir et blanc de leur futur bébé, son adorable front bombé, en lui serrant la main de toutes ses forces : Regarde, elle a bougé la jambe ! Oh, et tu as vu ses petits doigts, elle a déjà des doigts !

Entre son père et Tom, dégustant un menu intitulé Aubade composé de bisque, de mi-cuit, de sorbet décoré à la feuille d'or, chorégraphié avec la précision d'un ballet classique, Upper West Side, à l'autre bout de la ville – son père est persuadé que Brooklyn est encore extrêmement malfamé, et il est vrai qu'il n'y a pas de restaurants étoilés –, elle raconte qu'un Américain charmant, un ancien collègue, qui parle arabe couramment, l'accompagnera au Maroc. Il viendra du Liban, où il travaille pour un grand journal. Un garçon formidable, bien sous tous rapports, le gendre idéal, en somme.

Violaine a accepté d'aller à l'anniversaire de sa sœur, cette bacchanale improbable, à condition d'en faire le point de départ d'un périple aberrant, dont la seule cohérence tient à une ligne dessinée sur une carte géographique, tout droit vers le sud. Direction Dakar. Catherine, qui est donc la seule à penser que ce voyage est une excellente idée, est ravie que Violaine puisse connaître enfin Adama, ravie. Et je crois que c'est une bonne chose que je ne sois pas là, que vous vous rencontriez sans mon intermédiaire.

Catherine a épousé Adama dans la tradition sénégalaise, c'est-à-dire auprès d'un marabout. Elle a expliqué à ses filles qu'elle avait officialisé son union pour pouvoir vivre avec son amant sans que leur concubinage ne soit choquant aux yeux de sa famille musulmane. Qu'elle ait vingt-cinq ans de plus que lui, qu'elle soit toubab, apparemment, ne contrarie personne. Hormis Violaine et sa sœur, qu'elle n'a pas besoin de consulter pour connaître son avis sur la question. Elle ne saurait dire si elle est plus préoccupée de rencontrer le nouvel homme de sa mère ou de la découvrir dans ce contexte, parader en mode néocolon, en grande bourgeoise blonde avec son boy. L'image la hérisse, mais après tout, elle n'a pas la moindre idée de son quotidien là-bas. Catherine lui a dit qu'elle ne fréquente pas les expats, qu'elle les trouve puants, insupportables, à part la femme qui tient la boucherie-traiteur, elle, elle est très sympa, une Toulousaine, avec un accent, je te dis pas, ah et la pharmacienne. Évidemment, la pharmacienne. À l'exception des commerçants, son entourage est celui de son compagnon, elle partage ses sorties entre Sénégalais, qui vont danser le mbalax le samedi. Maman ! Sérieux, tu t'es réincarnée en ado à Dakar ? Bah quoi, même les vieilles peaux comme moi ont le droit d'aller en boîte de nuit, figure-toi ! Tu demanderas à Adama, j'ai fait plein de progrès. Et pourtant c'était pas gagné avec ma formation de danse classique, ma patte folle et mon cul plat, d'apprendre à rouler des fesses. C'était coton, moi je te le dis !

Avant de quitter le palais où s'est déroulée la fête d'anniversaire, sa sœur s'enquiert à nouveau des détails de son voyage. Violaine ne lui ment pas tout à fait éhontément, mais presque. Elle lui promet que ce garçon restera avec elle jusqu'à ce qu'elle ait rejoint la maison de leur mère. Sa sœur l'a rencontré une ou deux fois à New York, quand ils n'étaient que de simples amis. Elle avait capté direct, dit-elle, qu'il était fou amoureux de sa petite sœur. Il ne lui paraît pas invraisemblable qu'il accepte de l'accompagner au Sénégal. Violaine n'a pas imaginé une seule seconde le lui demander. Juste quelques jours à Marrakech, le temps d'un interlude.

Elle s'aperçoit que son souvenir de ce garçon s'est voilé du filtre d'un passé plus lointain, sur la place Jemaa el-Fna, où elle a pris rendez-vous avec l'adolescente qu'elle fut, à la terrasse du Café de France. Sa beauté la surprend. Sa promesse de bonheur. Le lendemain de leur nuit d'amour, dans la jolie chambre claire aux fenêtres ouvertes sur le jardin intérieur de leur riad, au cœur de la médina, il lui fait remarquer le sang sur les draps. C'est pas grave, dit-il, voyant son visage se décomposer, on les lavera. Il s'apprête à défaire le lit, soulève un coin de la housse du matelas. Elle l'observe sans ciller, interdite, rattrapée par la honte d'un autre temps, une humiliation d'un autre âge. Une profonde tristesse l'envahit par surprise.

Mais c'est vraiment pas grave, tu sais. On peut les laver dans le lavabo si tu ne veux pas que la femme de chambre les trouve. Qu'est-ce que tu as ? Rien. Rien. Elle esquisse un sourire forcé. Rien. Tout va bien. Ils se séparent à Agadir. Il fera la route de nuit jusqu'à Casa, entre les troupeaux de moutons errants, sous un croissant de lune qui lui évoque le drapeau mauritanien, pour prendre son avion à l'aube. Il lui racontera. Le propriétaire de l'hôtel Horizon, aux petits balcons avec vue sur la mer, les regarde se séparer, circonspect. Leur dialogue en arabe donne peut-être quelque chose du genre : L'hôtelier : Et tu vas la laisser là ? L'amoureux : C'est-à-dire qu'elle ne m'a pas vraiment laissé le choix. Il ne lui traduit pas leur échange. Il ne parle pas la langue vernaculaire, mais il se fait comprendre dans son arabe standard moderne. Ils s'embrassent une dernière fois, discrètement, à l'ombre de la portière de sa voiture de location. Fais attention. Ne prends pas de risques inconsidérés. Son sac de voyage était trop chargé, il lui a proposé de garder quelques vêtements, une paire de chaussures. Il repassera par New York à un moment ou à un autre, peut-être même cet été. Ça lui permettra de la revoir. Tu n'as probablement pas besoin de tant de lecture, lui dit-il. Oui, tu as sûrement raison, mais on ne sait jamais. Si j'en manquais, ça m'ennuierait de t'en tenir pour responsable. Comme elle voudra. Dans le ciel empourpré du crépuscule, ses cheveux ressemblent à des flammes. Ébloui, il abaisse le pare-soleil. Elle fait de grands signes à ses yeux dans le rétroviseur – ses yeux qui brillent.

C'est finalement à la poste de Laâyoune qu'elle se décide à se débarrasser du poids inutile et éreintant que représente sa pile de livres. Le facteur qui s'occupe d'affranchir son colis la reconnaît plus tard à un carrefour. Au volant d'une vieille Renault, il s'arrête à sa hauteur. Elle se demande s'il l'a suivie. Elle le remercie de sa sollicitude, lui souhaite une bonne journée, refuse poliment ses avances. Des militaires encadrent la ville. Une ambiance de guerre civile se dégage des rues, l'impression que les gens rasent les murs. Comment est-il possible qu'elle n'ait pas su qu'il s'agissait d'une zone de conflit ? En arrivant en autocar à Dakhla, elle découvre qu'il n'y a pas de transports homologués pour la Mauritanie. Il faut emprunter des convois de taxis-brousse et de camions de marchandise.

La zone qui délimite les deux frontières s'appelle officiellement un no man's land. Les abords de la piste séparant le Sahara occidental de la Mauritanie sont minés, et il est impératif de ne pas s'écarter de celle-ci. Seule la route côtière vers Nouadhibou a été déminée. Le quart nord-est de la Mauritanie est un territoire inhabité et de transit, riche en trafics illicites. Il est formellement déconseillé de s'y rendre.

Violaine, qui n'a qu'une connaissance floue de ces recommandations, sait pour les mines. Quitter cette région au plus vite devient sa préoccupation principale. Elle est encore pétrie de visions chimériques du désert – seul le paysage ne contredit pas ses fantasmes. Les Marocains à qui elle parle de son projet de voyage sont effarés : le Sahara ! Le Sahara est un lieu terriblement hostile. On ne traverse pas le désert par plaisir, mais par nécessité, et pas en plein été. Les convives à l'anniversaire de sa sœur, à qui, la bouche pleine de cornes de gazelle rincées à la vodka-tonic, elle a raconté l'expédition qu'elle s'apprêtait à entreprendre, se sont marrés en confirmant qu'elle n'avait décidément pas changé : Toujours aussi originale, la petite sœur ! Depuis la fenêtre du car, les lagunes de Dakhla se détachent des dunes – turquoise, scintillantes – avec un onirisme inconcevable. Le tourisme n'a pas encore touché la région. Il n'y a que deux hôtels ; celui qui lui semble abordable est ce qu'on appellerait chez elle un rade, mais à peu près propre, en retrait de la corniche, ou ce qui s'apparente à une corniche. Elle ira dîner dans l'autre hôtel – le sien n'a pas de restaurant, et elle n'a pas le courage d'affronter la foule de nuit, de manger dans la rue, ou de trouver l'aplomb de s'asseoir dans un café où, si les femmes n'y sont pas officiellement proscrites, elle est sûre d'être la seule représentante de son sexe – doté d'un *business centre* et d'un bar, qui lui fait penser au *lounge* d'un aéroport asiatique. On lui sert un Sidi Brahim qui, à défaut d'être bon, a un goût de vin. À la table voisine, des hommes parlent un idiome d'une étrangeté déconcertante. L'un d'eux se tourne vers elle : *Speak English ?* Oui, ou français. Française. Ce sont des grossistes islandais, spécialisés dans la vente de pélagiques. Elle se trouve un peu sotte : C'est quoi le pélagique ? Les maquereaux, tu connais pas ? L'obscénité de leur rire la décontenance. Le lexique de la pêche océanique ne lui est pas plus familier que ce corps de métier. Elle navigue en eaux troubles. Il faut quitter Dakhla, se dit-elle, s'en fait une idée fixe, si bien qu'elle accepte le premier convoi qui se présente, sans chercher à savoir s'il est fiable ou simplement convenable, si ce n'est pas un plan pourri, un traquenard.

Le gamin – il a l'air d'avoir douze ans – qui conduit la Mercedes classe A, boîte automatique, vitres teintées, laquelle ouvre le convoi de deux camions, s'est sûrement, comme elle, réveillé à une heure indue pour partir aux aurores, éviter le pic de chaleur de l'après-midi et atteindre la frontière avant la cohue. Il s'endort au volant, et voyant la voiture dévier de la piste de sable, elle lui frappe l'épaule énergiquement : Hé oh, réveille-toi ! Les mines ! La troisième fois, elle lui ordonne d'arrêter la voiture. STOP ! hurle-t-elle. Une commande qu'elle juge universellement compréhensible, et de fait, il ralentit, éteint le contact. Le chauffeur du premier camion descend de sa cabine et s'avance vers eux. Il s'adresse au garçon par la vitre ; il répond avec des gestes éloquents que la fille, assise à la place du passager, est hystérique, une barge. Vous avez vu les slaloms qu'il fait ? se justifie-t-elle. Moi j'ai pas envie d'exploser sur une mine ! À l'arrière, quatre femmes et trois enfants entassés les uns sur les autres dorment. L'une ouvre un œil, le referme, rabat son voile sur son visage, redresse son bébé sur ses genoux. Il n'a qu'à me laisser conduire, dit-elle, téméraire. Elle a tout de même dix ans de permis à son actif. Sa mère l'avait obligée, avec une détermination incompréhensible, à passer son permis, lui affirmant que c'était un gage de liberté, qu'elle lui serait reconnaissante plus tard. Tu verras ! Tu me diras merci un jour, tu seras bien contente de savoir conduire. Et voilà – merci, maman chérie ! Eux trouvent d'abord la blague amusante, puis se prennent au jeu. Très bien, tu conduis.

Juste avant la frontière, celle du Maroc, ils la félicitent en se tenant les côtes, et, trêve de plaisanterie, lui disent de monter dans le camion. Les femmes et les enfants disparaissent, vers un autre véhicule. Il est très tôt, il fait encore frais, mais la lumière est déjà aveuglante. Sous son Stetson, une cigarette au bout des lèvres, elle attend qu'ils reviennent avec son passeport, assise dans la cabine. C'est-à-dire qu'elle leur a confié, comme ils le lui ont demandé, son seul document d'identité, sans lequel elle disparaît du territoire, aux abords de ce no man's land. Elle a vaguement conscience des dangers de cette frontière ; le genre de contrebande dont il peut être question ici lui apparaît assez clairement. Ils sont arrivés en avance, parmi les premiers dans la file qui se forme pour passer la douane : une caravane de véhicules de toutes sortes s'étend en une longue chaîne de carrosserie au milieu de ce décor d'une désolation extrême – du sable, partout du sable. Les hommes se tapent dans le dos, s'échangent des liasses de billets, la désignent en la pointant du doigt. Ils partent vers un autre poste – de police, d'immigration, de quoi ? –, un bâtiment en retrait des péages qui délimitent la voie. Et mon passeport ? demande-t-elle. On revient ! Il faut le faire tamponner. Geste. D'accord. C'est plausible. Mais cette explication parfaitement rationnelle ne la satisfait pas, et alors qu'il n'est plus l'heure de s'en inquiéter, elle doute soudain de ces types entre les mains desquels elle a placé son destin. En l'espace de quelques secondes, son imaginaire s'enflamme comme un mégot jeté sur une traînée de pétrole : elle se projette dans un film d'aventures, d'espionnage, un drame politique dans lequel la jeune Blanche dans sa jupe longue à rayures se fait kidnapper par des brutes, elle n'arrive plus à rattraper le bon bout du réel, aspirée dans une spirale paranoïaque, elle panique. Quand ils reviennent enfin avec son passeport tamponné et le lui tendent, elle est proche de l'évanouissement. Elle doit être un peu pâle, parce qu'ils lui disent de boire de l'eau, l'exigent davantage qu'ils ne le lui proposent. Et puis après la frontière, il y a une piste – la terre tassée en témoigne. Mais ils bifurquent dans la direction opposée. Elle n'ose plus leur demander ce qu'ils ont l'intention de faire d'elle. C'est trop tard, se dit-elle, sa vulnérabilité est irrémédiable à ce stade.

Ils échangent les plaques d'immatriculation de la Mercedes avec celles d'un autre véhicule, nettement plus bas de gamme, dans un parking improvisé au milieu du désert, c'est-à-dire du no man's land entre les deux pays. Là, elle perd confiance, elle ne maîtrise plus sa peur, il faut qu'elle s'échappe. Le poste mauritanien n'est qu'une cabane à toit de tôle, au sommet d'une petite colline. Elle demande au chauffeur du camion son sac, sous prétexte d'y ranger son pull – il fait chaud à présent, et il va bientôt faire une chaleur asphyxiante. Elle inspecte le seul livre qu'elle a conservé, *Terre des hommes* de Saint-Exupéry, dans lequel elle sauvegarde son gri-gri : un trèfle à quatre feuilles qu'elle a ramassé, méditant son voyage, dans les allées du cimetière de Greenwood à Brooklyn. Elle s'est rappelé, en l'arrachant de la pelouse, que son frère, dans le jardin de leur maison de famille à Valmondois – un de ses rares souvenirs de lui, avant le dîner à New York –, lui en avait offert un, trouvé à ses pieds, avant de la soulever pour la porter sur ses épaules. Elle devait avoir sept ans – peut-être six ? Tiens, lui avait-il dit, ton *lucky charm*.

En redescendant depuis le poste-frontière, un embouteillage s'est formé, il faut attendre – elle ne sait jamais ce qu'ils attendent, il faut attendre dans ces contrées, comme pour prendre la mesure de la trivialité de l'existence – et elle remarque un convoi de touristes français, les repère à cinquante mètres. Elle les supplie, ils la trouvent louche, son histoire est vraiment alambiquée, et pourquoi est-elle seule, d'abord ? Un groupe de filles de son âge, deux voitures plus loin, s'interpose. Bien sûr, viens, on se serrera. Il n'est pas question de la faire payer. Elle règle le solde du voyage auprès des chauffeurs du camion, qui ne comprennent pas sa décision mais la laissent partir sans broncher. Les Français ont commencé leur périple en Bretagne ; ils revendront leur voiture à leur arrivée en Guinée, rentreront en avion, après leur mission humanitaire. Elle, ils la déposeront à Nouakchott, où ils ont prévu de faire escale. Nouadhibou, c'est très dangereux, lui disent-ils. Nous aussi, on aurait adoré y aller, pour visiter le banc d'Arguin – une réserve naturelle entre dunes, marécages et îlots, qui abrite des oiseaux migrateurs, des tortues de mer, des dauphins, un site universellement connu pour sa biodiversité. Mais ça craint grave. Elle pensait au train qui va jusqu'à Zouerate, le plus long du monde, paraît-il. Elle imaginait son roulis à travers le paysage. Ah ouais, le train. Mais là, à côté, ton camion de marchandise, c'était la cabine luxe de l'Orient-Express ! OK, va pour Nouakchott.

III

Devant le pont Faidherbe, sur la terrasse du café où nous nous sommes arrêtés, Serge et moi, pour boire un jus de bissap et une Gazelle bien fraîche, je me demande si c'est vraiment Eiffel qui a construit ce pont. C'est bizarre, c'est pas du tout le style, pourtant, lui dis-je. D'où tu tiens ça ? Je crois que c'était dans le *Guide du routard* qui traînait à l'hôtel. Un paragraphe explicatif raconte que le pont a été construit au départ pour franchir le Danube, puis envoyé à Saint-Louis suite à une colossale erreur administrative, et comme sa longueur correspondait, ils l'ont gardé. Un peu comme la tour Eiffel pour l'Exposition universelle : elle n'était pas destinée à rester. T'as idée de la taille du Danube par rapport au fleuve en face de toi ? répond Serge. J'en ai entendu des conneries, mais celle-là elle est énorme. Je tente de visualiser Vienne au-dessus de l'eau émeraude, j'essaie d'imaginer ce que le Danube peut représenter pour un Allemand qui se fait passer pour un Français et vit actuellement en Mauritanie. Hé, fais gaffe avec le bissap ! m'avertit Serge, d'une interjection qui me tire abruptement de ma rêverie. C'est-à-dire ? je lui demande, un peu agacée. Vas-y mollo, ça donne la courante, un truc sévère. La grossièreté de cet homme ne cesse de me surprendre, et pourtant ce n'est pas une découverte.

Notre soirée de la veille, néanmoins, l'a beaucoup fait remonter dans mon estime, et j'en serais presque venue à penser que c'est un type bien en fin de compte, ce Serge. L'affluence, les rues grouillantes de monde, les étals chamarrés, les chants d'enfants de cette ville pittoresque, sémillante, après la route à toute blinde, transbahutée dans son Land Rover entre les dunes brunes de la savane, m'avaient complètement sonnée. Je l'avais laissé choisir un hôtel, puisque finalement il avait besoin d'un logement lui aussi – je n'étais pas sûre d'avoir compris cette version au moment où j'avais accepté qu'il m'accompagne, je croyais qu'il allait chez des amis – et une fois que nous nous étions installés dans nos chambres côte à côte, des huttes au toit en paille, en retrait d'un jardin, derrière une piscine, il m'avait paru compliqué de refuser son invitation à dîner. Il m'avait emmenée dans un restaurant avec vue sur le fleuve, aux lumières tamisées, au décor un brin trop romantique à mon goût. Une bouteille de chablis, du poisson grillé, ma petite robe noire – ce que j'avais trouvé de plus propre au fond de mon sac et, au point où j'en étais, je n'avais plus peur de ses avances, je les attendais, je m'y étais préparée, avais répété dans ma tête mon petit discours. À table, je lui avais demandé s'il se souvenait de la chute du mur de Berlin. Où était-il ce jour-là ? Comment ça, où j'étais ? Moi, je me souviens très bien, lui avais-je répondu, pour donner un caractère plus spontané à cette question lourde de sens. Je me souviens parfaitement où j'étais, au moment de l'attentat du 11 septembre, à la chute du mur en 89, enfin il y a des dates comme ça qu'on n'oublie pas. Non ? Toi, t'étais où ? M'en rappelle pas, avait-il répondu, sur un ton qui concluait de manière radicale cette conversation. Il en avait profité pour me signaler que j'avais une bonne descente, et commander une deuxième bouteille. Après l'addition salée, payée de sa poche, en rentrant vers l'hôtel, je m'étais mise à répéter mon discours de refus en réponse à ses avances – rester polie mais ferme – quand, devant la porte de ma chambre, il m'avait dit qu'il avait passé une excellente soirée, m'avait remerciée, et souhaité une bonne nuit, sans même se rapprocher, sans un geste déplacé. Il me paraissait indubitable qu'il avait, pour emprunter une expression de mon père, envie de me sauter, parce que j'étais, somme toute, baisable, ou j'étais du moins encore jeune et relativement fraîche, critères que papa jugeait suffisants pour dire d'une fille que, s'il la trouvait dans son lit, il n'irait pas coucher dans la baignoire. Et le désir semblait, dans notre société, ou notre culture, la seule raison plausible pour qu'un homme conduise une inconnue sur trois cents kilomètres en pleine brousse, qu'il l'invite à dîner, qu'il passe sa journée à lui servir de guide. J'étais prise de court par sa considération, une élégance que je ne m'étais pas figurée chez lui. La classe. Vraiment. Quel gentleman ! Je m'étais couchée le cœur léger : ses égards me redonnaient foi en la gent masculine, et levaient, en un sursaut d'allégresse, la menace qui pesait en permanence sur mon sexe. Je lui avais expliqué qui était Adama, que j'allais le rencontrer pour la première fois le lendemain. Mon inquiétude s'était d'abord dissoute dans l'alcool, puis dans sa proposition de l'attendre avec moi, laquelle se doublait à présent d'un désintéressement qui l'auréolait d'une bienveillance aussi prodigieuse qu'inattendue.

Et maintenant il devrait arriver d'une minute à l'autre, Adama. Sur la terrasse de l'hôtel, où nous sommes rentrés après notre promenade en ville, au bord de la piscine, je suis passée au rosé. Il est un peu tôt pour commencer à boire, mais, comme disent les Anglais, il est toujours l'heure de l'apéritif quelque part dans le monde. Et puis Serge carbure à la bière dès le réveil, et il n'a pas l'air de s'en porter plus mal. Après le désert, Saint-Louis m'apparaît, dans son architecture coloniale, ses avenues goudronnées, ses codes vestimentaires hétéroclites, son habitude d'accueillir des cars entiers de touristes, avec une familiarité rassurante. Je me sens à nouveau libre de mes mouvements, dans l'indifférence générale, à l'exception des tout-petits qui s'amusent depuis les balcons en fer forgé suspendus aux façades chatoyantes à crier *toubab!* en me pointant du doigt. J'apprécie la capacité de Serge à absorber mon silence, son regard aussi vacant que le mien, et je prends conscience du chemin que nous avons parcouru ensemble pour atteindre ce niveau de confort, cette sérénité avec laquelle nous acceptons de n'avoir rien à nous raconter dans l'immédiat. Je mâchouille l'intérieur de ma joue, me disant qu'il faut vraiment que cesse ce tic ridicule. Lorsqu'un homme immense, vêtu d'un ensemble d'un blanc aussi éclatant que dans les pubs de lessive, la tunique assortie à son sourire gigantesque, marche vers nous, vers moi, à grandes enjambées. C'est lui, dis-je à Serge, qui ne réagit pas. Je me lève, et constate que mon cœur bat plus fort que je n'y étais préparée. Je l'entends tonner jusque dans mes tempes.

Il retire ses lunettes pour mieux me regarder. Adama ! je m'exclame, les bras écartés pour accueillir ses embrassades. Il doit beaucoup se baisser pour me serrer à bonne hauteur. Ma-ma-ma-ma-ma grande fille chérie ! répond-il, dans un élan d'affection insolite et pourtant prévisible. J'ai oublié qu'il est bègue. Maman me l'a dit, je sais qu'elle me l'a dit, je m'en souviens à présent. Toutefois, en fantasmant cette rencontre, j'ai oublié cet élément du réel qui le réordonne de façon explosive. Je suis complètement chamboulée, et comme lui-même lutte contre les mots pour exprimer son émotion, j'observe le tremblement de ses lèvres, j'entends sa phrase trébucher à de multiples reprises, et je sens que je me suis arraché un bout de muqueuse, un goût de sang se répand dans ma bouche. Il continue de me tenir très fort contre lui, nous balance d'un pied sur l'autre, scande son bercement de clameurs joyeuses, de lamentations, et dans ce tintamarre je me rassure, ce n'est qu'une blessure superficielle, j'essaie de me passer discrètement la langue sur les dents. Il se détache lentement de moi, sa main toujours sur mon épaule, et s'étonne : Mais, mais, mais, tu es accompagnée ? Malgré les efforts considérables que je déploie pour étancher le sang avec ma salive, je souris niaisement, très peu naturelle, les lèvres pincées. Serge, assis derrière sa blonde, toise Adama depuis la table. Adama se tourne vers moi : Comment s'appelle ton ami ? Je vais lui répondre, je vais réussir, j'ai surmonté pires obstacles dans ma vie. Ahurie, je regarde tour à tour Serge et Adama, j'ai l'impression d'avoir le cou garrotté, d'être en train de me faire étrangler par une force invisible, je suis seule à savoir ce qui m'arrive et je ne suis pas en mesure de faire usage de la parole pour en témoigner. Cette situation est absurde. Adama, de toutes ses dents étincelantes, le visage rayonnant, dans sa tenue de prince ou de mage, me rassure : Ah, ma grande fille chérie !

Il s'appelle Serge, lui dis-je de but en blanc. Il m'a conduite jusqu'ici. Bonjour, Serge, répond Adama. Enchanté ! Il faut imaginer une conversation hachée au point de s'angoisser à mi-chemin de chaque phrase qu'elle n'aboutisse jamais. Au point d'anticiper une succession de syllabes pourtant jamais prononcées, de deviner des suites de mots qui n'interviennent pas, d'entendre des variations infinies à partir du même prélude. Salut, dit Serge.

Adama aimerait se rafraîchir après son voyage depuis Dakar, dans la chambre. Il a promis à maman de me faire visiter la Langue de Barbarie, de faire un tour en calèche sur l'île. C'est-à-dire ma chambre, donc. Il m'enlace les épaules, attend que je lui indique le chemin, et, dans mon émoi, je n'ai pas l'à-propos de lui demander s'il a donc l'intention que nous partagions une chambre. Après tout, il y a deux lits. Mais s'il n'y en avait eu qu'un ? La question ne se pose pas, il y en a deux. Quoi qu'il en soit, ça lui semble évident de partager ma chambre. Et maintenant que nous nous dirigeons vers cette chambre, l'en bannir – tout de suite les grands mots ! –, l'en écarter m'obligerait à souligner qu'un beau-père est un référent compliqué là où j'ai grandi, qu'il a sept ans de plus que moi, que nous sommes beaucoup plus proches en âge que lui et maman, qui n'est pas là, que tout ça est très limite, que je ne suis pas à l'aise avec ce projet. Lui imposer de coucher ailleurs, à cet instant précis, m'apparaît comme une façon directe et brutale d'insinuer une ambiguïté entre nous, voire de signaler des pensées inconvenantes, malhonnêtes – alors que lui me répète à tue-tête qu'il me considère comme sa fille. Avouer que je ne suis pas tranquille à l'idée de dormir dans une chambre d'hôtel avec lui serait une incrimination implicite : envers lui, ou pire, envers moi-même. C'est moi qui ai l'esprit mal tourné ! Lui n'y voit aucun problème. Je le regarde poser son sac au milieu des affaires que j'ai mises à sécher à travers la pièce – un chemisier, trois culottes, un foulard, deux débardeurs – et la gêne semble, lui, ne pas l'effleurer, et je me dis que ma pudibonderie est grotesque, hors de propos, j'attribue le malentendu au choc des cultures, et en cela je n'ai pas tort.

Après ces présentations houleuses, Adama a insisté auprès de Serge pour qu'il reste dîner avec nous. Dans le restaurant préféré de Catherine qui se trouve être, un hasard, celui où m'a emmenée Serge la veille. Ainsi nous nous installons au même endroit, mais au lieu d'un tête-à-tête, nous sommes accompagnés d'un chaperon à la taille surnaturelle et du fantôme de maman. J'en profite pour demander à Adama s'il connaît l'histoire de ce fameux pont Faidherbe, qui me préoccupe depuis que j'ai lu cette explication oiseuse dans le guide. Oui, bien sûr, répond-il. Il a été inauguré en 1897, c'est un des premiers ponts tournants du monde, tu vois, le milieu du pont peut basculer pour laisser passer les très grands bateaux. Il est relativement bas autrement, il ressemble assez au pont flottant qui l'a précédé. Il a été choisi surtout pour ça, pour des raisons esthétiques, parce qu'il se fond bien dans le décor, il est discret. Il y a un mythe qui dit que le pont a été construit par Gustave Eiffel pour le Danube et envoyé par erreur au Sénégal. Hé, les colons étaient cons mais quand même, faut pas pousser, hein? Adama me tape la cuisse en se tordant de rire. Serge tire la gueule depuis un moment. Je ne sais pas quoi faire pour le dérider, je m'en veux de tant me préoccuper de sa mauvaise humeur. J'ai beau chercher, je n'arrive pas à trouver un sujet de conversation qui nous réunisse. Nous avons déjà évoqué la météo, longuement. C'est fou, ce climat orageux, alors qu'à peine quelques heures au nord c'est la sécheresse. Ils prévoient de la pluie, non? Évidemment, c'est normal, c'est la saison. Nous, nous n'en avons plus, de saisons. Adama finit par relancer la discussion, après un silence que je suis peut-être la seule à trouver si chargé, en dressant l'inventaire des bars de Dakar que lui et Serge ont en commun d'affectionner. Les imaginer, les deux, reluquer les serveuses, picoler dans un club dakarois me donne subitement des frissons. Adama veut absolument payer ce soir, c'est son tour, ça lui fait plaisir, maman serait fâchée, et je le vois déposer ses billets dans le porte-addition en similicuir sans vérifier la note avec un nouvel embarras, sentant ma dette s'accumuler de toutes parts.

De retour dans la chambre, Adama va dans la salle de bains faire ses ablutions du soir, après s'être gentiment assuré que je ne voulais pas y passer la première, et assise sur mon lit, comme je l'entends se gargariser, cracher, se racler le fond de la gorge, je m'aperçois que je ne vais pas y arriver. Ne fais pas ta mijaurée, je me sermonne, on va dormir, c'est facile, rien d'autre, juste dormir, mais je me sens atrocement oppressée. Adama, je sors cinq minutes! je lui crie à travers la porte. Il propose de m'accompagner, je lui promets que je ne pars pas loin, j'ai un truc à régler. O-o-o-o-K! À tout à l'heure. Je lui dis de ne pas m'attendre, qu'il ne se préoccupe pas de moi surtout. On se verra demain matin. OK, ma chérie. Bonne nuit. Bonne nuit, Adama. Merci encore pour le dîner. Je-je-je-je-je t'en prie!

Pourquoi je marche sur la pointe des pieds? Aucune idée. Mon comportement, dans l'ensemble, me paraît de moins en moins raisonnable. J'ai dit que je sortais, ce n'est pas comme si je devais me planquer. Je m'arrête devant la porte de la hutte de Serge, je vois de la lumière sous la plinthe ajourée. La main contre le bois rêche, je sens les fibres de la surface mal poncée, comme une joue mal rasée. J'hésite à recourber mes doigts, former un poing, frapper. J'entends des pas s'approcher et je recule de deux pas. Serge ouvre la porte brusquement. Qu'est-ce que tu fous là? Je reconnais bien là sa courtoisie. Tu t'es perdue? Il hausse les sourcils, sarcastique. J'allais frapper quand tu as ouvert, je lui réponds en guise d'explication. Il rétorque qu'il a vu une ombre rôder. Bah, reste pas plantée là. Tu veux entrer? J'esquisse un oui inaudible, un mouvement de l'épaule gauche qui tendrait plutôt à signaler que je ne sais pas, mais d'un geste franc il me tire à l'intérieur, referme la porte. Tu veux t'asseoir? Sa chambre est étrangement ordonnée, contrairement à la mienne qui semble avoir été mise à sac. Il me présente le fauteuil en osier – il y a le même à côté, recouvert d'une pile de fringues et d'au moins une serviette usagée – rehaussé d'un coussin fleuri. C'est coquet chez toi, dis-je, pour détendre l'atmosphère. Il me regarde de biais. Ouais? Et chez toi c'est moins bien? J'ai été prise d'une crise d'angoisse, je lui confie, étonnée de la spontanéité de ma déclaration, de la confiance qu'elle implique. J'étais hyper mal à l'aise tout à coup, de me retrouver dans cette chambre avec Adama. Hum-hum. Et moi je te mets pas mal à l'aise ? C'est pas pareil, je bredouille, tu n'es pas le mari de ma mère... Il me fixe, adossé à l'armoire, debout, à bonne distance pour que son regard englobe l'ensemble de mon corps, en position assise. T'es mignonne quand tu rougis, ajoute-t-il. Au moment où il se rapproche, je ferme les yeux, me sens sombrer au fond d'une grotte sombre. Il caresse mon bras nu, laisse courir sa main sur ma poitrine, me malaxe le sein.

Je n'ose pas rouvrir les paupières. Effondrée, je murmure en le repoussant : Je suis désolée, non, s'il te plaît. Il s'écarte, glisse ses poings dans ses poches. Qu'est-ce que tu fous là ? Qu'est-ce que tu veux au juste ? J'aimerais lui répondre avec éloquence, avec fierté, au minimum avec dignité. Je ne sais pas, je chuchote, je suis vraiment désolée, je ne sais pas ce que je fais. J'ai paniqué, je crois que j'avais juste besoin de parler, de comprendre ce qui m'arrive, je suis si paumée. Écoute, me dit-il de sa voix d'homme mûr, professorale, je sais pas ce que tu cherches, depuis le début j'essaie de t'aider, mais là tu pousses le bouchon un peu loin. Je suis pas un pervers, c'est pas mon genre de profiter d'une fille à la dérive. Alors fais-moi plaisir, sors d'ici, va dans ta chambre. Je lève les yeux vers lui, et remarquant la colère et le mépris sur son visage, je regrette de ne pas avoir cédé. Si j'avais couché avec lui, est-ce qu'il m'aurait prise dans ses bras ? M'aurait-il rassurée ? J'aimerais lui demander s'il ne voudrait pas me serrer juste un moment un peu fort, j'en aurais tellement besoin. J'ai conscience que ma requête serait mal interprétée, que son étreinte ne serait pas celle que j'attends, qu'elle ne ferait que m'emplir davantage du vertige de l'absence de celle que je désire. Je suis désolée, je lui répète une dernière fois sur le pas de la porte, avant de lui souhaiter bonne nuit. Ouais, c'est ça, bonne nuit.

Dans l'obscurité, je m'aperçois que je n'ai pas ma clé. J'hésite à escalader par la fenêtre de la salle de bains, qui est restée entrouverte, mais je me ravise. Il ne manquerait plus que je finisse ce voyage avec une cheville foulée. Je m'assieds au bord de la piscine éclairée. Elle luit de cette couleur phosphorescente de lagon artificiel. Le coassement des grenouilles accompagne un ronronnement de machines. Je repense à maman, à ses choix de femme, dont elle déplorait tant qu'ils se réduisent à jouer la maman ou la putain. Je me demande si les hommes sont eux aussi assignés par défaut au profil du père de famille ou du salopard, si le monde ne nous présente que des choix binaires, réducteurs. Ni Adama ni Serge ne rentrent tout à fait dans la bonne case. J'ai toujours refusé de classer les personnes en types, et je suis contre les clichés, les recensements. Cependant je me heurte à nouveau au vide. Je n'ai pour m'aiguiller que des notions déstabilisantes, à savoir que le réel est souvent illusoire, que le doute prime sur l'évidence, que la pensée est fluctuante et les sentiments inconstants. Le gardien de nuit surgit armé d'une lampe de poche : Tout va bien, mademoiselle ? Je le rejoins à la réception où il part chercher un passe-partout pour ouvrir ma chambre. Comme il réapparaît derrière le comptoir, j'ai une impression de déjà-vu. Je revois le réceptionniste de mon hôtel à Nouakchott, la clé de ma chambre que j'avais posée sur la table avant de me laisser embarquer par le garçon à la Porsche. Est-ce que Serge l'avait récupérée ? Était-ce Serge qui m'avait déshabillée ? Était-ce lui qui avait disposé mes habits bien proprement sur la chaise ? Essayais-je de me convaincre qu'un homme providentiel était venu me sauver dans l'adversité ? Et ce mirage n'était-il pas en contradiction totale avec l'indépendance dont je me targuais ?

Adama dort. J'essaie de ne pas interrompre son sommeil en contournant son lit. Je ne sais pas quoi mettre pour dormir, alors je garde mon débardeur et ma culotte. Allongée, je sens mon corps se raidir, saisi de picotements, je me laisse engloutir sous les ombres de la pièce. Immobile, un poids asphyxiant sur la poitrine, j'observe la lumière se modifier à travers le rideau opaque, son ondulation au rythme des brassées d'air du climatiseur, oppressée comme j'ai l'impression ne l'avoir jamais été dans ma vie, mais j'ai dû penser ça à d'autres moments, dans cette même vie. Le seul espoir que j'arrive à formuler est de réussir à dormir. Mon vœu est exaucé, car je me réveille en sursaut, tandis que les motifs bariolés du wax pendu à la tringle en face de moi filtrent un nouveau jour.

Je me souviens péniblement des événements de la veille, déduis le départ d'Adama aux draps défaits sur son matelas. Je cherche l'heure, mon portable est éteint, je n'ai aucun moyen de le savoir hormis à l'angle du soleil, en tirant les rideaux. Je vais m'habiller, me passer de l'eau sur le visage, affronter le monde extérieur, sans connaître l'heure, et je me sens désorientée à tel point que le terme me semble impropre. Peut-être existe-t-il une langue dans laquelle un mot a été inventé pour décrire une telle perplexité ? L'allemand ! me dis-je. C'est sûr, l'allemand, en quelques syllabes, saurait exprimer la complexité de cet état de conscience.

Adama est à la réception, en train de régler la chambre. Il est près de onze heures. Tu as bien dormi, ma chérie ? Il me pose cette question sans qu'une once de jugement, encore moins de cynisme, ne transparaisse dans sa voix. J'essaie de lui sourire pour répondre à sa bonne humeur. Comment est-il possible d'être aussi sympathique ? Je vais ranger mes affaires, je l'informe, après avoir récupéré la clé. Il me dit qu'il a croisé Serge, qui l'a chargé de me saluer. Il est parti ? je lui demande, affolée. Il faut croire que oui. Je me rends compte que nous n'avons fait que nous croiser, que nous n'avons pas eu l'occasion d'échanger nos coordonnées. Ai-je halluciné cette rencontre ? Suis-je même allée en Mauritanie ? Au Sahara ? Comment le confirmer ?

Après nous être acquittés du parcours touristique sur lequel Adama avait promis à maman de m'emmener, nous reprenons sa grosse voiture en direction de Dakar. Adama semble très fier de son 4 × 4, il l'entretient scrupuleusement. Soit qu'il trouve mon prénom trop toubab, soit qu'il décide que je mérite un surnom plus affectueux, il se met à m'appeler la Mauritanienne, d'abord, puis Khadija, prononcé avec la fricative glottale de l'arabe. Khadija, c'est la première femme du prophète Mohammed, me dit-il, la première femme à embrasser l'islam. On va te tropicaliser, Khadija! La musique dans le lecteur de CD est une compilation qu'il a réalisée : des tubes locaux, du zouk, du mbalax. Il entonne les refrains en dodelinant de la tête derrière le volant de son énorme engin. Tu vas voir, Khadija, je vais t'emmener danser! Sur la route de la capitale, nous nous arrêtons à Thiès, où il m'explique qu'il a fait ses études. Nous allons passer embrasser la famille. Des proches qu'il ne voit pas souvent, et il ne s'est pas arrêté à l'aller, de crainte d'arriver en retard à notre rendez-vous. Et puis, il tient à me présenter – sa fille, Khadija.

Le pavillon de son cousin, oncle, ami – les liens de parenté ici sont élastiques : après tout, Adama est mon père – ressemble à un intérieur bourgeois d'une banlieue quelconque, hormis la végétation autour de la maison, les canapés démesurément hauts, les tentures bariolées, le parfum d'encens et d'épices, et le programme télé. Nous nous installons sur la terrasse, il fait plus frais depuis qu'il a plu. Une jeune femme nous sert du soda, ils n'ont pas d'eau minérale, s'en excusent auprès d'Adama. D'autorité, il ordonne au garçon qui nous guette derrière la porte-fenêtre d'aller au magasin, il lui tend des billets, va chercher de l'eau, fiston. Après avoir passé des semaines à ne rien comprendre à ce qui se dit autour de moi, le wolof rayonne d'intelligibilité, je l'entends chantonner avec une clarté limpide, lumineuse. En vérité, le contexte me permet d'avoir une idée assez précise de ce qui se dit, et toute conversation alterne entre wolof et français dans un bilinguisme tel qu'on croirait une règle syntactique. De fait, je saisis au moins un mot sur quatre parce qu'il est dans ma langue maternelle. Au bout de quelques jours, je commence à décoder les termes qui ne se prononcent que dans la langue de l'école, la langue coloniale restée idiome national : les chiffres, les jours de la semaine, les modes de transport, certaines abstractions. Les hommes parlent entre eux, et la maîtresse de maison m'invite à faire le tour du propriétaire. Dans la chambre à coucher, elle ouvre un tiroir. Ça c'est secret, chuchote-t-elle en me prenant par l'épaule, gloussant avec une affabilité qui m'apparaît décalée pour notre degré d'intimité. Elle sort de la commode en bois ciré des tenues affriolantes, pour garder son mari, explique-t-elle, de la lingerie plus couvrante que chez nous, et nettement plus colorée et créative. Je ne comprends pas où se mettent ces articles, entre les jambes ou sur les seins, tant il y a de froufrous, de tulle, de satin, de rubans. Tu n'es pas mariée ? s'indigne-t-elle. À ton âge ! Elle regrette d'avoir déployé sa panoplie devant une célibataire, par honte ou par dépit. J'ai presque autant de remords qu'elle – je me demande s'il ne vaudrait pas mieux que je prétende l'être. Il me semble qu'il est trop tard pour me mettre à jouer à ce jeu.

Nous sommes encore sur cette terrasse après que tous les sujets de conversation ont été épuisés, après que nous avons bu de l'eau, du Fanta, de la limonade, après que nous avons mangé les biscuits industriels qui nous ont été servis, après que les femmes ont commencé à préparer le prochain repas, bien qu'Adama ait dit que nous ne dînerions pas là, il y a longtemps déjà, nous restons assis dans un silence interrompu par le passage intermittent des habitants de cette maison, dont le nombre m'échappe autant que la raison pour laquelle nous restons plantés là à attendre la prochaine averse, ou le déluge. Ce n'était qu'une entrée en matière. Je m'aperçois bientôt que chaque journée se décline au rythme de la même langueur indécise, énigmatique, tandis qu'Adama me présente à sa grand-mère, ses sœurs, son père, son frère : Khadija, fille de Catherine.

L'appartement où vivent maman et Adama est surprenant pour la culture sénégalaise ; j'en prends conscience après qu'il m'a fait parcourir la ville. Rares sont ceux qui vivent à deux, plus rare encore l'homme qui habite seul, en attendant que sa femme rentre de voyage à l'étranger. Maman quitte Dakar pendant l'été, l'hivernage avive ses rhumatismes, ses douleurs aux hanches en particulier. Opérée de la gauche puis de la droite, ses guiboles en kit, dit-elle de ses prothèses, lui font de plus en plus mal. Elle part en thalasso en juillet.

Leur logement n'est pas moins étonnant pour moi, qui m'imaginais maman vivant royalement dans sa capitale africaine, en aristocrate, avec des domestiques, dans un palace. Je comprends mieux l'intérêt des gros pneus en arrivant sur la route caillouteuse et ensablée où se trouve leur immeuble. Ils habitent Parcelles Assainies, un des quatre arrondissements de Dakar, Unité 15. Un petit trois-pièces avec vue sur la mer, derrière une vaste plage avec un terrain de basket où se ruent les enfants du matin au soir, une immense étendue de sable pâle d'où les vagues refluent loin de l'activité frénétique de la foule. Au milieu d'un pullulement d'habitations à loyers modérés, de constructions récentes, d'autres en développement, j'ai l'impression d'être arrivée dans la version dakaroise du quartier populaire où maman a grandi. Maman m'avait dit : L'air marin érode tout, le frigo, les châssis des fenêtres, ça dépose une pellicule de poussière partout, rien n'est jamais propre, tu dois sortir ta serpillière en permanence. Assise sur la chaise en plastique de leur petit balcon, peinant à allumer ma cigarette en me cachant du vent, je n'en reviens pas, je suis complètement chamboulée par la modestie de ce logement, ça me paraît tellement saugrenu, tellement étrange, comment est-ce possible que maman manque d'argent en vivant aussi chichement ? Alors me reviennent en mémoire les engueulades de maman et papa, son ex-mari qui continuait de lui verser une pension alimentaire. Nous n'avons jamais compris ce que maman faisait de son argent, et ça n'a pas changé, c'est bien la seule chose familière ici. Comment fait maman, dans l'escalier ? je demande à Adama. Ils ne sont qu'au deuxième étage, mais je sais combien il est difficile pour maman de crapahuter, comme elle dit, et ces marches en carrelage sont hyper casse-gueule, je l'entends ajouter, l'imaginant étalée de tout son long sur le palier entre les étages. Elle se fait aider, me répond-il. Si lui n'est pas là, il y a le gardien en bas, ou la voisine, ou la dame qui vient faire le ménage de temps à autre. Pas en ce moment évidemment, elle est enceinte, pas du tout dans son assiette. Durant mon séjour, je ne la vois qu'alitée sur une natte au milieu du salon. Pourquoi elle ne rentre pas chez elle ? Elle serait mieux dans son lit, non ? Adama m'explique qu'elle peut se reposer ici, elle n'est pas harassée de corvées, des demandes incessantes de sa famille, elle est bien ici, au calme. La femme de ménage est payée pour venir se reposer chez maman. Oui, la vie de Catherine à Dakar trouve lentement du sens. Je commence à comprendre.

*

Est-ce donc ce portrait de maman en Sénégalaise que j'étais venue chercher, en traversant le désert ? Est-ce Catherine amoureuse d'Adama ? Encore aujourd'hui, je ne peux m'empêcher de rouvrir l'enquête, de réordonner les indices, de m'accuser d'avoir ignoré les failles qui auraient dû me paraître évidentes, les saillies invisibles à l'œil nu devant soi, et qui, rétrospectivement, s'élèvent dans leur relief assorti d'ombres. Je me suis demandé, deux ans plus tard, quand maman est rentrée en France l'été, comme d'habitude, pour sa thalasso, et qu'elle s'est suicidée dans son appartement parisien derrière le musée d'Orsay, si mon séjour à Dakar aurait dû me permettre d'anticiper son geste mieux que quiconque. Si j'aurais dû voir, dans les éléments de son quotidien, des signes avant-coureurs, un préavis de son dessein.

Maman avait déménagé, quelques mois avant sa mort. Elle avait décidé de prendre une maison de plain-pied, n'en pouvant plus des escaliers, du sel qui érode tout. Elle quittait Parcelles pour Yoff, le quartier voisin, plus résidentiel, moins dense, pas pour autant plus toubab. La maison en elle-même n'était pas si chère, mais elle s'était mis en tête d'y faire des travaux considérables, ce qui en tant que locataire n'avait pas de sens. Financièrement, c'était une hérésie. Affectivement, elle voulait se construire une maison qui l'ancre quelque part dans le monde. Nous nous étions insurgés à tour de rôle, mon père, ma sœur, et enfin moi, quand elle était venue me rendre visite à New York et que j'avais compris, au bout de quelques jours, que le but de son voyage était de me soutirer de l'argent pour financer sa maison, ou de me convaincre de plaider en sa faveur auprès de mon père et ma sœur. Elle était dans un état critique. Je l'avais attendue des heures à l'aéroport, elle avait été retenue à l'immigration tant elle était titubante. Les officiers avaient hésité à la laisser entrer sur le territoire, l'avaient peut-être mise en cellule de dégrisement, je ne comprenais rien au récit qu'elle me baragouinait en arrivant enfin, poussée sur une chaise roulante. Oui, c'est ma mère, avais-je confirmé, penaude. En se mettant debout, elle s'était effondrée sur moi, et son poids sur mon corps, la lourdeur de ses membres, son odeur de tabac froid, d'alcool, de médicaments, m'avaient donné un haut-le-cœur si violent que j'avais craint de vomir là, au milieu du terminal, maman, sa valise et mon dégueulis empilés en une installation gore. Maman, je lui avais dit, maman chérie, le plus calmement et gentiment possible. Maman chérie, tu sais bien, quand tu es comme ça, tu reconnais les symptômes, non? Tu sais quand tu commences à faire des projets extravagants, à avoir la folie des grandeurs, à tout vouloir tout de suite, à t'énerver beaucoup, hein maman, tu sais? Je sais quoi? m'avait-elle répondu d'une voix spectrale, le timbre creux, vide de toute compassion. Je sais quoi, pauvre petite conne? T'es médecin maintenant? Maman, je t'en supplie, ne sois pas méchante. Je dis ça pour ton bien, parce que je t'aime, parce que je ne veux pas te voir souffrir. Est-ce qu'un jour dans ma vie, putain de bordel de merde, on pourrait arrêter de penser à ma place? Je vais avoir soixante-deux balais, j'ai pas besoin qu'une pétasse de trente piges vienne m'expliquer ce qui va me faire du bien! Maman n'était si odieuse et cruelle que quand elle déraillait sévère. Je voyais pointer l'hospitalisation, sa nécessité. Maman, tu ne voudrais pas faire un séjour en clinique? Pas à l'hôpital, mais tu te souviens, la clinique de Garches, ça t'a souvent aidée, non? Elle refusait d'entendre qu'elle était malade. Les épreuves l'avaient aguerrie à défaut de la guérir. Elle n'était pas malade, je n'étais pas médecin. Qu'on aille se faire foutre.

J'avais moi-même changé d'appartement, d'amoureux. Le garçon qui m'avait retrouvée à Marrakech était revenu s'installer à New York. J'étais à peine rentrée du désert qu'il m'avait appelée, écrit. Il avait prétexté vouloir me rendre la paire de chaussures que je lui avais confiée. Pour moi c'était un amour de vacances, une joyeuse incartade au milieu de mon sinistre vague à l'âme. Je ne comptais ni sur son retour ni sur son assiduité. J'avais tout faux. De crainte de m'effaroucher par trop d'ardeur, peut-être, il s'y était pris par étapes. Il s'était installé dans mon quartier, une chambre dans un squat d'amis artistes où nous ne nous retrouvions que peu : la salle de bains servait de laboratoire photographique, l'évier de la cuisine puait la térébenthine, la cloison de son espace privé était mitoyenne de celle d'une vidéaste expérimentale qui passait ses nuits devant une caméra à pousser des petits cris inquiétants. Il vivait surtout chez moi. Au bout d'un an, il m'avait proposé que nous emménagions ensemble. J'avais tant souffert de mon dernier échec sentimental, comme je voyais se profiler ma prochaine décennie, celle qui déciderait de ma maternité, je feignais l'indifférence, prétendais n'accorder aucune importance aux détails matériels de l'existence – oui, non, habiter ensemble, c'est trivial –, refusais obstinément de croire à son engagement, faisais de mon mieux pour le décourager. La veille de l'arrivée du camion – un pick-up n'allait plus suffire pour transporter mes affaires cette fois, après dix ans à New York – je n'avais pas encore fait un seul carton. Vio ! Deux syllabes avec la diérèse de sa prononciation américaine. Vi-o ! *Seriously ?* Sérieusement, oui, je vais m'y mettre, je m'en occupe, t'inquiète. J'ai attaqué ma grappa au goulot, descendu la bouteille plus assidûment que je n'emballais la vaisselle. Au terme de quelques heures, j'ai dû m'endormir, ivre, au milieu du salon, entre les livres et les tiroirs de mon bureau remplis de lettres froissées, tachées, des pâtés là où étaient tombées mes larmes. Il m'a allongée sur la méridienne – le seul meuble coûteux que je m'étais acheté, qui me tenait lieu de canapé, de chaise de lecture, de lit d'amour, de pleuroir. Un à un, il a mis tous mes objets, mes tasses, mes verres, mes bibelots inutiles, mes casseroles, mes robes, mes chaussettes, mes pulls et mes manteaux, dans les cartons qu'il avait commandés, lui, auprès de la compagnie de déménageurs qu'il avait réservée, lui, qui arriverait quelques minutes après que j'aurai ouvert un œil, le voyant affairé à fermer ce chapitre de ma vie à coups de dévidoir de scotch, empaqueter mon moi célibataire dans des boîtes qui le réduiraient en souvenirs, me propulser vers un avenir qui impliquait que cette époque soit révolue, me prouver de quel soutien il était capable. Je n'ai pas rangé tes livres, m'a-t-il dit, en me montrant les piles qu'il avait disposées exactement dans l'ordre où les volumes étaient présentés sur les étagères. Je les ai descendus de la bibliothèque, c'est tout, j'ai pensé que tu voudrais savoir où ils étaient. Comment ne pas être submergée d'émotion devant tant de sollicitude ? Pourquoi es-tu si gentil ? je lui ai demandé entre deux sanglots, me jetant dans ses bras. On se fera un câlin plus tard, d'accord ? il m'a répondu, en me serrant puis repoussant les mèches de mon visage. Le camion va arriver d'une seconde à l'autre.

Nous vivions ensemble depuis quelques mois quand maman est venue nous rendre visite. J'avais commencé un nouveau travail dans un théâtre, où j'organisais des événements littéraires, des conférences. Le milieu de l'édition était devenu synonyme de mon amour désastreux pour cet homme dont je m'étais séparée avant le désert. Notre passion aliénante m'avait dégoûtée de tout ce que j'y associais. Mon nouvel amoureux avait obtenu un poste au *New York Times*, dont le prestige s'accompagnait de l'inconvénient notoire de devoir, au début, enchaîner les pires créneaux horaires du métier. Il travaillait le soir et le week-end, c'était parfait, me rassurait-il, quand tu devras aller au bureau, je pourrai rester avec ta maman. J'étais inquiète de la laisser seule, même quelques heures dans la journée. Elle ne parlait pas un mot d'anglais, il y avait des escaliers pour arriver chez nous, elle était capable de foutre le feu à la maison. Tu ne te rends pas compte, elle est excessivement difficile en phase maniaque, c'est un cauchemar, elle rendrait n'importe qui cinglé. *It's OK*, me répétait-il, *it's going to be OK*. Il avait appris le français à l'école, mais ne l'avait pas pratiqué depuis le lycée, et la langue de ma mère n'était pas vraiment du même registre que celle que je l'imaginais avoir apprise de la bouche de son professeur au fin fond du Midwest. Elle parle arabe, ta mère ? m'a-t-il demandé pour me dérider. Non, elle parle argot. Ni wolof ni arabe. Walou. Rien. *Zilch*. *Zero*. Tu vas voir, on va bien s'entendre, ne t'inquiète pas.

Alors que les journées avec elle m'avaient laissée exsangue, rompue, abattue, au sortir du théâtre, quand je les ai retrouvés au restaurant où nous avions prévu de dîner, une steak house qui rappelait à maman ses voyages à New York avec papa du temps de leur mariage, ils étaient tout sourires, les deux. Ça va, ça a été ? ai-je demandé à mon compagnon, comme on interroge la nounou après sa première garde. *Great !* Maman ? J'ai passé une merveilleuse journée, ma chérie. Est-ce qu'ils plaisantaient, ou avais-je sombré dans un monde parallèle depuis les coulisses de l'opéra ? Vraiment ? Oui, on s'est éclatés ! Je n'aurais peut-être pas dû m'étonner que maman reprenne du poil de la bête auprès de mon amoureux. Elle s'était évertuée à le liguer contre moi, sans même une langue commune, elle avait réussi à lui expliquer que ma sœur et moi étions des filles indignes, qui la brimions, l'escroquions, la maltraitions. Elle l'avait amadoué pour qu'il l'emmène faire des courses, ce qui lui avait permis de découvrir avec une joie inespérée la générosité sans borne de ce garçon. J'avais fait son lit avec mes plus beaux draps, un ensemble en flanelle dont j'avais pensé qu'ils lui tiendraient chaud, elle qui était si frileuse et arrivait d'Afrique.

Elle les avait tant appréciés qu'elle voulait les mêmes, avait réussi à se faire comprendre avec tant d'adresse qu'il les avait achetés en double, tout en le persuadant de me cacher ce cadeau. Ne lui dis surtout pas, c'est un secret entre nous ! Leur complicité soudaine m'a d'abord émue, puis amusée, avant que je ne comprenne son manège. Étranglée de rage comme je ne l'avais pas été depuis des années, un regain de hargne m'a envahie avec une violence incontrôlable. J'aurais voulu avoir le cran de la jeter dehors manu militari, d'un grand coup de pied au cul. Avec ses cachotteries d'ado sur le retour, putain, elle mériterait qu'on la jette à la rue ! J'ai ressassé jusqu'à ce qu'il me conjure d'essayer de dormir, me chuchotant des mots d'amour dans le cou, me caressant doucement le dos, après m'avoir convaincue de me mettre en position de sommeil. Elle repart bientôt, ne t'inquiète pas, ce n'est pas grave, ne t'énerve pas, ça n'aidera pas, et oui c'est difficile, mais tu es formidable, tu es très forte, allez, essaye de dormir maintenant.

Maman avait parlé d'organiser une grande fête pour célébrer son union avec Adama de façon officielle, auprès de nous en tout cas, ses filles, sa famille française. Quelques mois plus tôt, elle m'avait raconté ce projet avec allégresse : ils feraient ça dans leur nouvelle maison, en profiteraient pour pendre la crémaillère. J'avais dîné chez elle, dans son petit appartement parisien, j'étais affalée sur ce canapé que nous avions fait retapisser l'année où nous vivions toutes les deux. Nous avions choisi ensemble cet épais coton rouge cramoisi, qui changeait du velours bleu marine du salon qu'elle avait acheté avec papa. C'est dire si ça remontait aux calendes grecques ! Mes deux plus proches amies étaient venues nous retrouver, toutes les quatre, nous fumions des cigarettes, mes copines et moi sifflant gaiement une deuxième bouteille d'un grand bordeaux qu'avait dû apporter papa, tandis que maman, en phase sobre, était au Coca light. Nous riions aux éclats en nous imaginant toutes à Dakar en boubou devant un thiéboudienne. Putain la tête de ta sœur, ironisait maman, sachant combien sa fille aînée détestait ce genre d'ambiance folklorique, risquait de tourner de l'œil devant le sacrifice du mouton et de cauchemarder rien qu'à l'idée de mettre les pieds au Sénégal. Son hypocondrie lui faisait redouter d'attraper le virus Ebola, le palu, la dengue, le choléra, une suite interminable de potentielles causes de mort prématurée, dont la crise d'anévrisme liée au stress du voyage ou le crash de l'avion. Je savais que maman et ma sœur se moquaient tout autant de moi et de mes goûts ésotériques. Je les entendais glousser dans mon dos, se demander si je me foutais de leur gueule quand je me pâmais, intarissable d'éloges pour un spectacle de sept heures en tchèque surtitré, joué principalement dans le noir. C'est facile, vous, vous n'aimez que les navets, je leur répondais. Mon univers personnel s'était défini au contact du théâtre, d'œuvres expérimentales, de la poésie, de la danse, de créations hybrides. Ma sœur et moi étions capables de prendre sur nous, de nous accommoder l'une comme l'autre de nos mondes aux antipodes, de mettre de côté nos critères esthétiques, nos opinions politiques, de réserver nos jugements. Ma sœur serait venue aux épousailles de sa mère à Dakar en pestant que c'était un supplice, l'enfer sur terre, et ça nous faisait hurler de rire, mes copines, maman et moi.

Au moment de son séjour à New York, maman avait déjà renoncé à son projet de mariage. Ça n'avait pas l'air d'aller terrible avec son compagnon, qui, à juste titre, s'inquiétait des humeurs de sa femme. Je n'ai pas su comment lui expliquer la maladie de maman ; ma sœur et moi nous sommes demandé s'il fallait la faire interner, mais endosser cette responsabilité ne nous paraissait pas plus gérable à ce moment-là qu'avant. Il aurait fallu assumer de trahir maman pour mieux la soigner, mais la livrer à l'ennemi – l'hôpital psychiatrique dans ses phases d'extravagance s'apparentait dans son esprit à une armée adverse, impitoyable – était au-dessus de nos forces. Et qui s'occuperait d'elle au sortir de l'hôpital ? Qui allait sacrifier sa vie pour rester au chevet d'une mère destructrice, manipulatrice, dangereuse, imprévisible, suicidaire ? Laquelle de nous deux allait choisir de porter la culpabilité de la mort de maman, le cas échéant ?

Elle aurait pu périr d'une maladie tropicale, dans un accident de voiture, noyée sous une lame de fond, d'une embolie pulmonaire. Je doutais qu'elle meure de vieillesse, ne serait-ce que parce qu'elle nous avait assez souvent répété qu'elle ne finirait pas grabataire à nos crochets, elle tirerait sa révérence avant d'être invalide et gaga. Elle quitterait cette terre sûre de son ascendant sur ses sujets, ses amants et ses filles. Elle partirait digne : fugitive parce que reine, c'est ainsi. Elle a choisi de s'en aller, l'été 2009, deux ans après mon voyage chez elle à Dakar, d'une surdose de Théralène que lui procurait sa pharmacienne, sans ordonnance. Elle a laissé une lettre sur la table de son salon, à Paris, adressée à nous, ma sœur et moi, dans laquelle elle nous dit de nous démerder, qu'elle, elle a eu son compte. Allez ciao. Salut, les filles. Bonne continuation. Elle nous demande juste de régler quelques questions pratiques dont elle n'a pas pu s'occuper. Faire changer le titre de propriété de sa voiture, s'assurer qu'Adama ait de quoi vivre, prendre soin de lui. Elle a le culot d'ajouter que nous nous en remettrons. Vous verrez, vous vous en remettrez.

S'il y a une chose dont je suis sûre en ce bas monde, c'est que je ne me remettrai pas du suicide de ma mère. Non, maman, j'ai pu beaucoup de choses pour toi, mais là, non. De ta mort, je ne me remettrai pas.

Ma sœur et moi avons fait ce que maman nous demandait. Nous nous sommes occupées d'Adama, nous nous sommes cotisées pour payer le loyer de leur maison un an de plus. Nous avons fait changer le titre de propriété de la voiture.

Pour le premier Noël après sa disparition, j'ai décidé de retourner à Dakar, revoir la maison une dernière fois. Nous avions échangé des messages, Adama et moi, dans l'intervalle. En fouillant dans les archives de mon ancienne adresse mail, j'ai retrouvé un courrier que je lui avais adressé à l'automne :

> Adama, pardonne-moi d'avoir tant tardé à te répondre. Je suis partie à Paris pour vider l'appartement de maman là-bas, ce qui était aussi pénible que tu peux l'imaginer sans doute. J'ai tardé surtout parce que je voudrais te répondre avec autant de sincérité que tu en exprimes dans ton message et c'est compliqué parce que je n'arrive pas bien à comprendre ce que je ressens ces temps-ci, et j'ai peur de mal interpréter et tes mots et mes propres pensées. Je n'arrive pas à cesser d'imaginer que nous aurions pu sauver maman, que nous ne l'avons pas suffisamment entendue, qu'elle nous a envoyé des signaux que nous n'avons pas reconnus. C'est terrible de t'écrire ça à toi, aussi pardonne-moi à nouveau; je sais que partager cette souffrance ne mène à rien sinon nous torturer davantage, mais je ne sais que te dire. Pour tout l'amour que tu as eu pour maman, pour les années que vous avez vécues ensemble, je veux te garder dans mon cœur, t'aider et te protéger autant qu'il me sera possible. Cette tâche pourtant me rappelle celle que maman me demandait d'exécuter dans son ultime lettre : celle de t'annoncer la nouvelle, et de m'assurer que tu la comprennes. Et elle me rappelle aussi sa présence, le soutien que nous devions lui apporter toujours, depuis notre enfance, ma sœur et moi, et par

là même son absence. J'aimerais tant te voir et te parler au calme. Le téléphone est trop criblé d'interférences. Je projette de venir à Dakar fin décembre si ça te va. J'ai hâte de te serrer dans mes bras. Je t'embrasse fort, et à travers l'écran et par-delà les kilomètres, j'espère que mon affection t'atteindra. Ta petite Khadija.

Adama m'a accueillie avec la même chaleureuse bienveillance qu'au premier jour. Un soir, comme nous dînions en tête à tête, j'ai été prise de panique : une fausse note s'était insinuée entre nous. J'étais à table avec un homme de ma génération, dont ma mère m'avait prescrit de m'occuper, jusqu'à ce qu'il trouve une nouvelle compagne éventuellement, comme elle le suggérait dans la lettre qu'elle lui avait adressée, dont elle m'avait chargée de lui indiquer la cachette. Nous devions partager un deuil qui ne pouvait représenter la même chose pour lui et pour moi. Notre lien de parenté était au mieux ténu ; notre chagrin sans commune mesure.

Je suis tombée enceinte deux ans après la mort de maman. C'était une grossesse désirée, mais je n'étais pas sûre d'être prête à réenclencher le cycle de la maternité. La seule chose pour laquelle j'en voulais à ma mère – moi qui éprouvais envers elle si peu de rancune – était qu'elle n'ait pas attendu de rencontrer ses petits-enfants. Lorsque maman nous avait quittées, nous avions atteint l'âge qu'elle avait quand elle nous avait mises au monde. Elle m'avait longtemps demandé quand j'allais lui donner des bébés à pouponner. Je n'ai remarqué qu'après coup que la question avait disparu de nos dialogues depuis plusieurs mois. J'étais la première de ma tribu d'amies à porter un enfant. L'une s'était mariée à vingt ans, avait divorcé un an plus tard; elle avait eu le plus grand mal par la suite à faire annuler sa première union par l'Église, pour se remarier devant Dieu. Les autres avaient été trop occupées à se fourvoyer dans des histoires sans suite. Deux de mes plus proches amies avaient avorté, s'en étaient remises tant bien que mal, souffrant de traumatismes divers. Pouvait-il en être autrement, si rassurante que soit l'appellation *interruption volontaire de grossesse*? Je ne me suis jamais sentie autant abandonnée qu'envahie par cet être qui grandissait en moi. Mon compagnon travaillait jusqu'à deux heures du matin. Je dînais seule les soirs où je n'étais pas au théâtre. Je ne supportais personne d'autre que le spectre de maman, qui revenait me hanter à mesure que mon ventre poussait. J'ai rêvé chaque nuit que je perdais l'enfant; chaque matin, j'étais persuadée de me réveiller dans un bain de sang. Enfin, ma fille s'est décidée à me rejoindre dans le cercle des vivants, avec onze jours de retard sur la date escomptée. J'ai vu ses cheveux noirs poindre, j'ai entendu un vagissement d'outre-tombe s'échapper de ma gorge. J'avais refusé la péridurale. Je voulais sentir mon enfant naître. Depuis plusieurs années, j'avais renoncé aux médicaments. Tous, en vrac. Nous étions dans un hôpital qui favorisait les naissances naturelles, un hôpital réputé de l'Upper West Side, le quartier où descendait mon père quand il venait me rendre visite sur ce continent, à l'autre bout de l'île. Le deli au coin de la rue où, quand je fumais encore, je passais me ravitailler en cigarettes avant de retrouver papa à son hôtel, s'était transformé successivement en café, en magasin de jouets, en studio de yoga, en épicerie de luxe. Sept ans plus tard, sur les berges de l'East River, là où ma sœur m'avait annoncé la mort de maman au téléphone, je regardais ma fille tourner sur un cheval de bois du carrousel qui avait été construit là dans l'intervalle. Bientôt viendrait le jour où elle m'interrogerait sur l'absence de ma maman à moi. La sage-femme m'a demandé si je le voulais, mon bébé. Je n'ai pas compris sa question. Je parle anglais pourtant. Elle me parlait anglais. *Do you want your baby?* Oui, oui, je le veux, j'ai répondu, à la manière d'un énoncé performatif, délivré devant un prêtre ou un juge. Viens la chercher, m'a-t-elle enjoint. Viens chercher ton bébé! Je me suis courbée en avant, j'ai serré entre mes doigts ces toutes petites épaules visqueuses et velues, j'ai sorti d'entre ma chair meurtrie cette créature invraisemblable, un crapaud au plumage irisé, je l'ai portée jusqu'à mon visage, j'ai regardé ses yeux immenses me fixer de leurs rétines opaques, et je me suis vue naître, dans les bras de maman, je me suis sentie ressusciter et la ressusciter à la fois. J'ai posé mon bébé mouillé contre ma poitrine, elle a happé mon sein entre ses lèvres violettes, et je l'ai aimée avec une férocité ineffable, en proie à un déchirement inimaginable, au milieu de ce corps saccagé qui lui avait appartenu, dont je l'avais aidée à se départir pour toujours.

À l'apogée de la détresse, aux prémices de mon deuil, j'ai voulu retrouver le premier mari de maman pour lui annoncer son décès. Je ne l'avais jamais vu. Maman m'avait décrit les sept années de sa vie avec lui comme parmi les plus belles de son existence. Elle s'était mariée à vingt ans, l'avait suivi à Marseille, où elle avait monté une école de danse. Ils avaient été heureux, fous amoureux, elle s'était épanouie professionnellement, mais au moment où la routine s'installait, où elle avait l'impression de stagner, elle avait rencontré papa – un homme plus âgé, incroyablement charismatique, un séducteur invétéré, riche, évoluant dans les plus hautes sphères de la société –, elle s'était laissé tourner la tête, elle avait tout plaqué pour le suivre. Il existait des arguments pour expliquer sa décision, mais quiconque a vécu, s'est brûlé à aimer, sait que ce n'est pas une affaire de raison, ce n'est pas une histoire qui se justifie avec logique. J'ai établi, en épluchant l'annuaire, une liste des personnes qui portaient le nom de famille de cet homme ; je les ai appelées une à une, jusqu'à tomber sur une cousine, qui avait son numéro. Elle lui communiquerait le mien. Il m'a rappelée dans les dix minutes. Oui, je sais qui vous êtes, m'a-t-il dit. Vous avez une sœur. Je l'ai rencontrée une fois, il y a vingt ans, je l'ai croisée, plutôt. C'est la dernière fois que j'ai vu Catherine. Elle n'a pas bien vécu nos retrouvailles à l'époque. C'était juste avant son hospitalisation à Sainte-Anne, lui ai-je répondu, recoupant les dates. Mais j'anticipe. Sa première question, en apprenant la mort de Catherine, m'a confirmé l'authenticité de son amour. J'ai entendu dans son trouble l'ardeur d'une flamme qui n'a jamais cessé de trembler : C'est elle qui l'a décidé ? C'est elle qui a choisi de mourir ? Il n'imaginait pas qu'il en fût autrement. Il avait quitté Marseille, il habitait la Côte d'Azur. Il n'avait pas d'accent. Nous nous sommes donné rendez-vous au café d'une gare du sud de la France. Je portais mon Stetson et ma petite robe noire, pour me donner du courage. J'avais l'âge qu'elle avait quand ils s'étaient séparés. Il avait quelques années de plus qu'elle. Il s'était remarié, comme elle, deux enfants, des garçons, du même âge que ma sœur et moi. Il n'avait jamais oublié Catherine. Pensait à elle pour chacun de ses anniversaires, se demandait souvent ce qu'il serait advenu d'eux si elle ne s'était pas débarrassée de cette grossesse, aux mains de son père. Il m'a décrit cette scène d'avortement abominable, à laquelle je n'avais pas cru dans le récit de maman. Que cet événement ait vraiment eu lieu, que quelqu'un d'autre qu'elle en ait été témoin, m'a estomaquée. Il m'a dit que je lui ressemblais, à Catherine. Pensant peut-être me faire plaisir. Il m'a confié un médaillon avec à l'intérieur leurs portraits l'année de leurs fiançailles. Il ne l'avait jamais quitté ; il tenait à ce que je le garde à présent.

Dans les papiers de maman éparpillés sur son bureau après sa mort, j'ai trouvé des photos de son père, Serge, dont j'ai compris à ce moment-là qu'il lui avait souvent rendu visite à Dakar. J'ai repensé à la violence avec laquelle ce type avait fait irruption dans notre vie, à l'adolescence. Et cet autre Serge, tellement louche, que j'avais croisé en Mauritanie, qui avait été à mes côtés lors de ma rencontre avec Adama. Ces hommes me renvoyaient au paradigme masculin, au fait qu'il ne pouvait exister d'homme qui ne soit à maman : son père ou son mari, ou son ex-mari, ou son amant. Le fatras de notes, de factures, de cartes postales et de vieux agendas que maman avait laissés pêle-mêle était vertigineux. Le moindre bout de sopalin déchiré était susceptible de receler un secret que je m'apprêtais à découvrir, avant d'admettre qu'il n'existait pas de réponse définitive, qu'il n'y aurait pas d'épiphanie. Depuis la disparition de maman, l'état de santé de papa s'était beaucoup détérioré. Il lui arrivait de ne plus se rappeler le passé proche ou les réalités de son quotidien. La première fois qu'il m'a demandé des nouvelles de Catherine, inquiet de ne pas en avoir eu depuis longtemps, j'ai été suffoquée. Papa, tu ne te souviens plus ? Ah si, s'est-il repris. Si, je me souviens. Elle s'est suicidée. Pourquoi ? est-ce que tu sais, toi, pourquoi elle a fait ça ? Il m'a posé cette question à de nombreuses reprises par la suite, au point qu'au fil des répétitions je l'ai interprétée comme une demande d'absolution. Je ne sais pas, papa, lui ai-je répondu, des dizaines de fois. Je ne crois pas qu'il y ait eu une cause unique et précise. Elle était malade, c'était trop difficile pour elle de continuer à vivre. Je n'ai pas raconté à papa que le document le plus accablant que j'ai trouvé dans les affaires de maman, c'était une page du livre d'entretiens qu'il venait de publier en guise d'autobiographie. Catherine y était mentionnée sur deux lignes, en des termes affligeants. Il lui avait fait déposer le livre par son chauffeur alors qu'elle était à Paris. Elle avait photocopié la page au moins trente fois, et surligné au stabilo jaune le passage où elle était citée. Au téléphone, je l'avais suppliée de s'en foutre. Il y a prescription, maman, on s'en fout ! Et puis ce livre est une daube sans nom, franchement, ça ne vaut pas la peine de lui accorder le moindre intérêt. À ce moment-là, je ne lui ai pas dit que je lui écrirais un livre dans lequel elle brillerait, où elle retrouverait sa superbe, un livre qui la rendrait magnifique. Je l'ai pensé tellement fort que je me suis persuadée qu'elle m'avait entendue.

⋆

Dans l'appartement de maman à Dakar, à force d'insister, la femme de ménage accepte de se reposer dans mon lit plutôt que sur sa fine natte en plastique, à même le carrelage. Pour me témoigner sa gratitude, elle prend l'initiative de laver les affaires que j'ai laissées traîner dans la petite pièce qui fait office de bureau et de chambre d'amis. Il est indéniable que je suis bordélique, j'admets volontiers qu'il n'est pas évident d'imaginer que mes piles de fringues disséminées sont le résultat d'une organisation réfléchie. Le tas dont elle décide de faire une lessive est roulé à côté d'un chèche indigo qu'on m'a offert au Maroc et d'une melhfa magenta de Mauritanie. Ma jupe longue à rayures beiges, mes deux débardeurs blancs, mon chemisier écru ressortent de la bassine dans un camaïeu entre pervenche et lavande. En enfilant mes vêtements, je visualise la fleur de Colchide, pays de Médée, parfois appelée safran bâtard ou tue-chien. Je me suis transformée en colchique.

Adama me présente l'entourage de maman. Nous sortons dans un club où se danse le mbalax. Je rencontre sa grand-mère, alitée dans une belle robe, au centre d'une chambre sombre, sans porte, sans vitre à la fenêtre, à l'arrière d'une cour carrelée où des femmes plus jeunes préparent le déjeuner. Elle se redresse un peu contre la tête de lit en bois coloré en voyant son petit-fils, remonte ses immenses lunettes de vue sur son visage frêle et creusé, surplombé d'une chevelure grise, hirsute, mousseuse comme l'usnée. Elle me fait signe de sa main noueuse à la paume pâle de m'asseoir auprès d'elle. Adama m'encourage, je m'exécute. Elle me tend ses doigts osseux pour que je les prenne dans les miens, scande ses paroles de tapotements éloquents. Je sais qu'elle me parle de maman sans comprendre ce qu'elle me dit. Elles passent beaucoup de temps ensemble, Catherine et elle, me confie Adama lorsque nous la quittons. Peu importe que l'une parle wolof et l'autre français. C'est un détail trivial que les mots qu'elles emploient pour communiquer soient dénués de sens l'une pour l'autre. Adama a perdu sa mère au moment de l'apprentissage du langage; les orthophonistes ont expliqué que son bégaiement aurait été provoqué par le deuil.

Il ne travaille pas dans l'immédiat, parce que c'est l'été, ou parce qu'il a pris un congé pour s'occuper de moi lors de mon séjour. Il est professeur de sociologie à l'université. Il me dit que lorsqu'il enseigne, comme lorsqu'il chante, son discours devient fluide, il ne bute plus sur les syllabes comme il le fait en me l'expliquant. C'est dommage que ce soit l'hivernage, il m'aurait emmenée en Gambie ou en Casamance, où il va parfois avec Catherine. À défaut, nous visitons l'île de Gorée, faisons le tour des quartiers de la ville, la corniche, la plage de la Voile d'or, les Mamelles, les Almadies, où nous nous arrêtons prendre un verre sur la terrasse du bar-restaurant qui surplombe la petite plage où, deux ans plus tard, nous disperserons les cendres de maman, derrière le Méridien qui depuis est devenu un Club Med, où elle passait ses après-midi au bord de la piscine avec ses copines, où parfois elles restaient boire l'apéritif, admirer le coucher du soleil. D'un ton de guide touristique, Adama me dit : C'est ici la pointe la plus occidentale de tout le continent africain. Puis, en rigolant, il ajoute : Si tu regardes bien, tu pourras presque voir New York !

Sur l'ordinateur dans ma chambre, je me mets à chercher des destinations suffisamment proches pour m'y rendre facilement, suffisamment lointaines pour qu'Adama n'insiste pas trop pour m'accompagner. J'hésite à fermer l'onglet de la page du site porno ouvert sur le serveur Internet, de crainte qu'il sache que j'ai vu. Je me demande pour la énième fois ce que je fais ici, pourquoi j'ai entrepris ce voyage, pourquoi je me retrouve à espionner la vie sénégalaise de maman. J'identifie enfin un village à quelques heures au sud, accessible en car, Palmarin. Il y a une auberge où je réserve une chambre : je vais devenir une experte en planification si ça continue. Je dois débattre un moment avec Adama pour le convaincre de ne pas me conduire jusqu'à Joal. Je préfère prendre un taxi-brousse, dans lequel je vais être entassée avec plein de gens, alors que je pourrais être confortablement assise dans un 4 × 4 dernier cri. Il cesse d'insister. Après tout, je lui ai aussi parlé du train Dakar-Bamako. L'amie de maman qui l'emprunte régulièrement pour son commerce de tissus entre le Mali et le Sénégal était témoin. Est-ce qu'elle est folle ? a-t-elle demandé, sans ménagement. Est-ce que tu es folle ? a-t-elle répété à mon intention, avant de s'esclaffer. Non, non, les toubabs ne prennent pas ce train, il est dégueulasse, il pue, c'est excessivement long, épuisant. Personne ne prend ce train en guise d'expédition touristique. C'est une idée grotesque, que seule une Blanche à côté de ses pompes saurait formuler. Alors Dakar-Joal en taxi-brousse, ça passe. Il me dépose à la gare routière, j'ai mon sac jaune à l'épaule, un baluchon à la main. Je resterai deux-trois jours, je reviendrai à temps pour qu'on puisse passer une soirée ensemble avant de prendre mon avion. OK, bon voyage, Khadija. Fais attention à toi. Tu m'appelles en cas de pépin, hein !

À Joal, il faut attendre que le car se remplisse. Un jeune Américain, engagé dans le *Peace Corps*, m'explique : Il vaut mieux rester assis parce que le chauffeur peut décider que plus personne ne viendra aujourd'hui et se mettre en route. Alors il faudra revenir demain. Il y a partout des affiches placardées par une ONG qui œuvre pour l'assainissement des eaux locales ; la phrase *stratégie de gestion durable des ordures ménagères* me revient en mémoire, et dans son sillage les acceptions du mot *humanitaire*. Au large de la côte, l'épave d'un navire démâté flotte au gré des courants, face au cimetière marin de Fadiouth, sur l'île aux coquillages, un rare lieu de recueillement commun aux catholiques et aux musulmans. À Nouadhibou, des centaines de bateaux envoyés d'Europe pour soutenir la pêche mauritanienne gisent dans les eaux du port ; ils n'ont jamais servi ; leur métal rouillé empoisonne les poissons. Je ne jurerais pas que le blondinet du Massachusetts qui baragouine dix mots de wolof sache mieux que moi ce qu'il fait là. Je lui souhaite d'avoir la conscience plus tranquille. Le remords ronge peut-être autant que l'iode.

Les jambes engourdies, j'ai retiré mes sandales pour m'asseoir en tailleur sur le siège. Le garçon du *Peace Corps* est descendu il y a un moment. Remarquant mes semelles élimées, je me rappelle mes péripéties avec une pointe d'orgueil que je m'empresse de juger excessive. Mes aventures n'ont pas toutes été glorieuses, tant s'en faut. Cependant, me retrouver seule, sans chaperon, m'emplit de gaieté et d'insouciance. Je me sens enfin un minimum autonome. Qui sait, peut-être parviendrai-je même à devenir responsable, pondérée ?

Le chemin est moins long mais aussi cahoteux que je l'anticipais. Il n'y a plus de dunes ici, le sable s'est mué en terre, un humus roux et aride, où poussent baobabs, acacias, palétuviers dans la mangrove. Le chauffeur s'arrête sur la pente ascendante d'une colline, d'où j'aperçois l'océan à ma droite, à ma gauche quelques huttes qui semblent inhabitées. C'est là, me dit-il. Je lui ai donné le nom de l'auberge, il m'a affirmé qu'il connaissait. Je me retourne. Il n'y a plus, dans le car, que des femmes les bras chargés de provisions et quelques hommes dont les habits laissent supposer un travail harassant. C'est là, répète-t-il, s'impatientant, le doigt pointé vers la ligne floue où le sol et le ciel se séparent. Là-bas ! Je ne vois pas de sentier, juste un dégradé de bruns orangés, ponctué de broussailles d'un vert délavé. Par là derrière, ajoute-t-il une ultime fois. Je sens arriver le moment où il va me pousser hors de son car si je ne prends pas l'initiative d'en descendre. D'accord, j'ai compris. Je me retrouve sur le bas-côté, je vois la portière se refermer, regarde la poussière qui s'élève derrière le pot d'échappement. L'azur commence à se teinter du rose sucré du soir, des striures mauves en diagonale. La beauté du paysage se détache du marasme de ma conscience. Imperceptiblement, mon trouble se meut en une joie diffuse, hésitante. J'allume une cigarette, mon Stetson à nouveau sur la tête après l'avoir gardé sur les genoux pendant le trajet. Le contour de mon ombre s'allonge à mes pieds, je pense à Lucky Luke, j'entends le générique du dessin animé de mon enfance – bang-bang, Lucky Luke ! – et je m'esclaffe. La possibilité d'une grâce accordée à l'errance nimbe la route.

Tu te moques de toi et comme le feu de l'Enfer ton rire pétille
Les étincelles de ton rire dorent le fond de ta vie

DE LA MÊME AUTRICE

Aux Éditions Gallimard

FUGITIVE PARCE QUE REINE, 2018 (Folio n°6631).
Prix du roman *Marie Claire* 2018, prix Françoise Sagan 2018

ROSE DÉSERT, 2019 (Folio n°6952)

Composition PCA
Impression Maury Imprimeur
45330 Malesherbes
le 05 mai 2021
Dépôt légal : mai 2021
Numéro d'imprimeur : 254515

ISBN 978-2-07293549-7 / Imprimé en France.

377821